永田和宏

シリーズ牧水賞の歌人たちVol.3

シリーズ牧水賞の歌人たち Vol.3

永田和宏

CONTENTS

表紙・口絵・インタビュー写真：永田淳

シリーズ牧水賞の歌人たち Vol.3

永田和宏

科学者としての歌人、vice versa

Essay ●矢原一郎 Ichiro Yahara

既に歌壇の選者の紹介などに書かれているので、永田さんが歌人であると同時に、日本を代表する細胞生物学の研究者であることは、短歌の世界でもよく知られていることと思われる。歌人が別の顔をもつということは稀ではない。その代表として、斎藤茂吉は歌人であると同時に精神科医であったが、その比重は歌人のほうに圧倒的に傾いていた。逆に、市井の多くの歌詠みは本業を持っており、短歌は余技である。ところが、永田さんにおいては歌人と科学者という二つの顔の均衡がとれており、どちらも一流である。さらに、一方が他方にいい意味での特性を付与してきたと思われる。私は細胞生物学を仕事としているので、永田さんの一面の同業者にすぎないが、仮に永田さんが歌人でなかったら、彼の研究業績はなかったと信じている。とは言うものの、最近の歌壇での華々しい活躍に接すると、斎藤茂吉的になりかけているのかなとも思う。しかしながら、内容を説明する余裕のない専門用語で恐縮だが、永田さんは専門とする〝小胞体ストレス〟という重要な分野で、最近次々と衝撃的な発見を生んでおり、まだ彼独自のバランスは狂っていない。

永田さんの歌人（科学者ではなく）としての側面には、若き日に物理学を志したという残渣（未

練？）が認められる。さらにこのことは彼の細胞生物学のスタイルも決めてきた。たとえば、

クォークにチャームを加え素粒子の世界いよいよはなやぐらしき　『百万遍界隈』

記憶より呼び戻しおりコンプトン効果一題娘のために解く　『荒神』

などの歌である。物理学との離別は、細胞生物学の研究にも強いバイアスをかける要因となった。本来アナログ的な生物学にデジタル論理を持ち込んだのが物理学で、その結果生まれたのが分子生物学である。この転換の立役者となったのは、大腸菌やバクテリオファージ（大腸菌に感染するウィルス）であったが、これらの微生物を永田さんは研究したことがない。彼が末席とはいえ、名を連ねたのは理論物理学の湯川秀樹研究室であったことを考えると、不思議である。逆に、永田さんの細胞生物学は徹底的なアナログである。このアナログの科学はまちがいなく短歌の世界と重なり合う。同時に、捨てた物理学への憧憬が歌の形で表れている。

また、永田さんの歌には、感情をいつまでも引きずっている研究者の心を、自己を相対化しつつ、見事に言葉にしてしまったものがかなりある。私は科学者として、そのような感情を殺すことが習いとなってしまっているので、永田さんの以下のような歌に接すると感動せざるをえない。

決心をして来しならんわが部屋に入り来ていきなり批判を始む　『風位』

非はわれにあれどもわれに譲れざる立場はありてまず水を飲む　『風位』

批判するならまっすぐ見よと言いたればまっすぐわれを批判しはじむ　『百万遍界隈』

この批判はおそらく研究そのものについてではあるまい。研究内容についての議論だとしたら、教授の部屋に行くのに、わざわざ〈決心をして〉というほどのことはない。その若者の（おそらく）研究の発表形式か研究費の取扱いの問題についての異議に対し、研究室を主宰する者の〈譲れざる立場〉を断固と主張できなかったなさけない自分を見ている。まず、こういう感情は、学術を研究

する人間にとっては弱みとなる。いまの医学や生物学は、一人でこつこつと仕事をして進めるというスタイルではやれない。つまり、ある程度組織化された研究推進グループが必要であり、大学ではその構成員の多くは大学院生やポスドク（博士課程を修了した研究者予備軍）によって構成されている。こうしたグループを率いて、研究業績を上げ、若手を一定の期間内に育成することを意図すると、心に棘のように引っ掛かることを振り切る習性に、研究者はいつしか馴染んでしまう。しかし、永田さんはそのようなことを考えず、むしろこだわるのである。

昨年、ある学術シンポジウムの特別講演で、永田さんは、「二股かけた生活をしていることが常に強迫観点となっているが、それが自分の立脚点である」、という主旨の話をされ、多くの聴衆の感動をよんだ。

研究になぜに没頭できぬかとわれの言葉はすなわち刺さる　　『風位』

サイエンス以外はなべて遠ざけて来しと聞きしかばすなわちひるむ　　『風位』

永田さんのように、企業での経済的に安定した身分を捨てて、無給の大学研究生に戻って、物語のように成功した研究者は、己の労苦をかさにきてアロガントになるのが普通である。しかし、学生をしかる言葉が多くの場合自分にはねかえってくることの驚きを率直に受け止めている。そのため、権威を作りきれないが、それが彼の研究に常に他の研究者が真似のできないフレッシュさを付与してきた。まだまだ進化するとみた。

Profile

やはら・いちろう　1937年生まれ。細胞生物学者。株式会社医学生物学研究所・伊那研究所所長。著書に『生物の論理—分子・細胞・進化』（岩波書店）など

編集者としての永田和宏

Essay ●樋口　覚 Satoru Higuchi

医学関係の編集者をして三十年がたつ。フランス文学を志したが、なんの偶然かこの世界に入り、そこで生きる多数の科学者を知り、彼らの実験とはるかなたくらみと困難をまのあたりにし、魅了された。永田和宏と最初に会ったのは二十年も前の癌学会のときで、たちまち意気投合した。医学と文学の二足の草鞋をめぐる、「あれかこれか」の困難と日夜戦う人がいた。科学者として、批評家としてすぐれた同世代の知己をえた。そのことは決定的なことであった。しなやかな感性と、妥協せず物事を追求、未知の世界を切り開く少壮の研究者。話題は広く博物学的で、聴いていてあきることがなかった。科学と短歌はなんら矛盾することなく共通の話題になり、たがいを刺激した。

われわれの前には『免疫の意味論』をかいたばかりの多田富雄という刺激的な免疫学者がいて大冊の『現代免疫学』を編集してもらった。両者ともに詩人であり、打算とトリヴィアリズムを徹底的に排する豪傑であり、斎藤茂吉、木下杢太郎の医学の系譜に属する文学者であった。二人は酒豪であり「酒中に真あり」を心得た達人でもあった。今度は永田に生化学の翻訳を依頼し、それで火がついて書物の編集へと飛び火した。著者と編集者という違いはあれど、向かうところは一致し、鏡像関係によるラビリントスに突入した。実験と論文だけが科学ではない。こうして長期にわたる、だれもが想像もつかない、しかしやりがいのある難路を踏み出す作業が始まった。仕事が一段落すると百万遍界隈でどのくらいのんだことか。

　永田和宏は目利きであり、精読者であり、いい意味で頑固な批評家、添削者であった。T・S・エリオットの『荒地』の冒頭をエズラ・パウンドがばっさり削除して見違えるようにしたように、文章と編集に関し厳正な審美観を兼ね備えていた。このことが誰の目にもはっきりしたのは『分子生物学・免疫学キーワード辞典』を出したときで、語彙の選択から頁数の配分、著者の選択、多数の項目の執筆と、原稿の査読まで膨大な時間を費やし作業が渦中に入ったときである。こちらが辟易するほどの情熱をもって細部をつめ、他の免疫学担当の編集者を交え白熱した議論と質疑が深夜まで続いた。本作りの醍醐味はこうした著者と編集者の二人三脚にある。サイエンスは理科的だから文学的な修辞は必要としないなどというのは間違いである。文学に匹敵するかそれを上回る表現への厳正なレトリック感覚が要求されるからだ。壮年期にさしかかった永田和宏という文学者、それも表現を簡潔に凝縮するプロの歌人がいたことはこの辞典を制作、編集するうえでどんなに幸いしたことであろう。短詩型の批評家でもあるのだからこれは僥倖である。茂吉も杢太郎も、鷗外も辞典編集をしていないのだからその苦労とも快楽とも無縁である。細胞生物学と免疫学の間には少なからず発想と方法論のうえでなじまないところがある。この二つの領域を個々別々にしないで、風通しをよくし架橋し、共通言語で語るという所期の目的を達成させるには想像以上の困難があったはずだ。科学ははてしない探求と実験の世界であるが、定義と、命名（ノミナ）という記述の世界であり、それとのたゆみなき闘争である。批評と創造、原稿の査読と添削を常に要求するという意味では文芸とも一致する。辞書の制作は総合芸術のようなもので、すべてを明るみにだしまた曝露される。永田和宏が白血病細胞を用いて癌細胞を分化させ分裂を阻止するというユニークな研究から、ヒート・ショック・プロテインをへて分子シャペロンの先端に登りつめることができたのは、人文的な資質とサイエンスを稀有なかたちで融合し、それを上質なワインのように熟成させたからである。カンブリア紀の巻貝のように螺旋型の曲線の軌跡を描きつつそこに到達した。それは『明星』に「寄生虫」という詩を書いた皮膚科医の杢太郎とも、精神科医となった茂吉とも異なる、二十一世紀的な現象である。

この辞書の改訂業がそれからまもなく始まったが、全面改訂となり、語彙と略語は猛烈な速度で増殖し、著者の変更から、内容の改正もおびただしく錯綜し、語彙の統一と査読も紛糾した。千頁を越える大冊となり、そこに岡井隆が陣頭にたって企画した『岩波現代短歌辞典』の仕事が入り、永田和宏と編集に加わることになった。てんやわんやの事態が起こり、脳内はさまざまな科学用語と歌語、古語と超近代語が日夜ランダムに交差し、言霊が幸ふどころか破裂寸前になった。辞書の改訂は三十六回校をとって刷了にした。よくもちこたえたものだと思う。この間に永田の辞書編集の腕は格段に上がったことはいうまでもない。

　　モルモットを海猽と呼び天竺鼠と訳したる日本近代の暁紅《モルゲン・レーテ》

永田和宏の歌集にはモルモットをはじめマウス、線虫や蛍、ゴキブリなど様々な動物が登場するが、どれも面白い。近代日本の「暁紅」は物名の命名から始まった。

Profile
ひぐち・さとる　1948年生まれ。文芸評論家。医学書院勤務。著書に『一九四六年の大岡昇平』『三絃の誘惑』『書物合戦』など。

並でない人

Essay●柳澤　桂子 Keiko Yanagisawa

永田氏は寂しい人であると、思う。それが彼の人なつっこさの秘密なのだ。

私がどうやって、永田氏と知り合ったか、お互いに思い出せない。彼は「彼の方から歌集か何かを送った」と言い張られるが、無名の私に永田氏からコンタクトしてこられるとは考えにくい。もちろん、永田氏がアメリカでよい仕事をして京大教授で帰国なさったことを私は知っていた。

おそらく私が第一歌集『いのちの声』をお送りしたのであろう。その時に私も生命科学者であることを名乗ったと思う。

すぐに達筆のお返事をいただいて、「あなたの歌は、科学者の余技というようなものではない」と励ましてくださったのを私ははっきりと覚えている。それ以後、永田氏は私を大先輩と呼ばれることがある。

高齢者とはいえ、私は女性だと思っている。若い男性から「大先輩」と呼ばれるのはどうも気持ちが落ち着かない。「朽ちても花」という言葉があるではないか。と思っていたが、年齢を計算してみると、私は永田氏よりちょうど十歳年上なのである。

これで私も観念した。私は分子生物学の黎明期の華やかなりし時代に、彼よりも十年も早く研究生活に入っていたのである。このようなことがあってから、永田氏はしきりに「歌集を出すように」と勧められた。彼にいわせると「外車一台買うと思って歌集を出せばよい」のだそうである。「先生、そうはいわれますけど、私は免許をもう失効させてしまったし――」という事情ではあったが、彼がとても親切に勧めてくださるので、私は「清水の舞台から飛び降りる」気持ちになった。

永田氏は超多忙な合間を縫って、「まえがき」を書いて下さった。内藤明氏の「あとがき」にはさまれて、歌集『萩』はできあがった。その間に身に余るご親切をしていただいて、私はどうしても永田氏にお目にかかりたくなった。

そう思っているときに、「婦人之友」社から出ている高齢者向けの「明日の友」から永田氏と対談をしてくれないかという申し込みがあった。私は体調が悪くて、どなたにもお目にかかれないので、対談はすべてお断りしていたが、永田氏にだけはお目にかかりたかった。そして、永田氏は、はるばる京都から東京の外れの多摩まで来てくださることになった。髪の立ち上がった永田氏を予想していたが、髪はきれいにとかされ、立派な紳士の出で立ちで入ってこられた。

おみやげといって差し出されたものが、私には持ち上がらないくらい重いのである。彼は、これを京都からこんなに遠くまで持ってきてくださったのだ。開けてみると大きなおつけものの箱が二つ入っていた。一つは編集者にである。京都で一番おいしいおつけもの屋さんのものなのだそうだが、よくこんなにたくさん買ってきてくださったものだ。これを運んでこられた先生の度胸に恐れ入った。この方は並ではないと思った。

対談を始めてみると、永田氏はおつけものの他に大きな鞄を持って来ておられ、私は再度驚いた。

そして、なかから出てきたものが何と私の著書ではないか。それも五〜六冊あったであろうか。その一冊一冊にたくさんの付箋がはさまれている。彼はこんなくだらない本を精読したのである。研究とまったく関係のない、私の闘病記やエッセイ集を付箋を貼って読まれるとは。

私はますます驚いて、歌人と科学者の第一線に立っている永田和宏という人の熱意を思った。すべてにこのバイタリティーで取り組むのであろう。こういう人が世の中にいるのだ。大きく並外れた人がいるのだ。

彼が歌人で科学者であると世間でもてはやされているのは、彼のほんの一面に過ぎない。彼の執念、努力は短歌と科学に限らないのである。漬け物を運ぶことにさえ執念を燃やす。

このような大物と、対等に話すことができるわけがなかった。しかし、彼はユーモアを解する人で、対談はおもしろいものにし上がった。そして、私は永田氏からたっぷりと豊かな個人授業をしていただいた。その教えにしたがって、私がそれ以後毎日続けていることがある。いい歌集を一首残さず、始めから終わりまで書き写すこと。

最後はやはり生物学者であった柳澤も仲間に入り大いに盛り上がった。学問のこと、アメリカでの生活のことと話がはずみ、私たちは百年の知己のようになり、別れを惜しんだのである。

Profile
やなぎさわ・けいこ　1938年生まれ。生命科学者・エッセイスト・歌人。著書に『生きて死ぬ智慧』など多数。歌集に『いのちの声』『萩』など。

Column

永田和宏を詠み込んだ歌

その男永田和宏を会衆となりて眺むるはほどよく愉快　河野裕子『はやりを』

葱の根の干からびたような髪をして永田和宏徘徊をせり　花山周子「塔」二〇〇三年十一月号

葱の尻尾の髪いかように整えて宮中へ行きしや永田和宏　黒住嘉輝「塔」二〇〇四年四月号

真昼間の寝台ゆ深く手を垂れて永田和宏死につつ睡る　小池光『日々の思い出』

河野裕子が永田和宏を叱るころゑゆめの渚のあけぼののころ　小池光『草の庭』

批評しぐるれパトグラフィアの夜明けまで永田和宏仁和寺の家　岡井隆『マニエリスムの旅』

千円札野口英世の髪型に少し似ている永田和宏　倉林春夫「産経歌壇」平成十六年十二月十二日

総合誌読みつつ夫がまた亀とつぶやく　永田和宏巻頭二十首　川本千栄「塔」二〇〇五年十一月号

大き仕事生業で続け歌業にも殉ずる如き永田和宏　奥村晃作「奥村晃作短歌ワールド（HP）」

投稿のハガキの山の間に沈み永田和宏あくび大明神　河野裕子「短歌現代」二〇〇六年二月号

好敵手のコスモスチーム。高野公彦　永田和宏　みな若かりき　岡野弘彦「現代短歌雁」59号

感性とロマン

Text 中村暢宏

私が研究室に来た頃、永田さんは教授になられたばかりで、学生の人数も格段に少なかった。永田さんの歌に何度も登場している（と噂に聞いていた）Tさんが最初の博士学生で、私が二番目だったと思う。とは言っても、医学部や他大学から3人ほど大学院生が派遣されてきていたし、助手のHさんも居られたので、研究室はすこぶる活気に溢れていた。個性的な技官のおばちゃんTさんとの四方山話も楽しく、毎日賑やかであった。研究室のメンバーは全員、出身大学や学部を異にする、謂わば「よそ者」ばかりであったが、その分研究で一旗揚げてやろうという梁山泊的な気風があったように思う。

その頃の永田研の研究テーマは2つの柱からなっていた。先代の市川教授から受け継がれたマウス骨髄性白血病細胞の分化の分子機構の解明[1]と、永田さんが留学時代に発見されたHSP47の機能の解明[2]の二つである。私は、先輩のTさんやMさんとともに、先の分化の仕事をすることとなった。一方、助手のHさんは、京大ウイルス研の最先端のクローニング技術[3]をひっさげて永田研にこられ、他の学生とともにHSP47のクローニングやその機能解析をされていた。その頃、HSP47は、細胞に熱をかけると増える熱ショックタンパク質[4]である事や、コラーゲン[5]にくっつく事が解っていたばかりで、その機能は謎であった。この仕事はその後見事に開花発展し、永田さんのメインテーマとして現在に至る。私が永田研にいる間に、細胞に熱をかけると増える熱ショックタンパク質群のほとんどが、〝分子シャペロン[6]〟である事が明らかとなった。永田さんはその後、「シャペロンを利用すれば、ゆで卵を生卵にできる[7]」というキャッチフレーズ[8]とともに、日本のシャペロン研究の第一人者として世界で活躍される事となる。

科学は冷徹な論理に基づく哲学世界であり、その一次的生産物（知識）は感性やロマ

永田和宏の研究

from a laboratory

ンとは本質的に無縁のものだ。しかし、科学研究を牽引するものは第一に新しい知識を得る喜び、つまり好奇心であり、第二にその二次生産物（実用化技術）への期待である。ここに、感性やロマンの入り込む余地があるのである。歌人永田和宏の感性は、科学者永田和宏ではロマンとなって発現する。永田研での6年間、シャーロック・ホームズが事件の真相解明に挑んでいたときのワトソンや、「薔薇の名前」(9) のウィリアム修道士が迷宮や禁断の書物を発見したときのアドソのように少しはロマンを共有出来たろうか。

Profile

なかむら・のぶひろ　1964年生まれ。細胞生物学者。金沢大学大学院自然科学研究科（薬学部）助教授

注1 「骨髄性白血病細胞」 血液の中には白血球と呼ばれる細胞があって、免疫などを主に担当している。白血球は未熟な状態で骨髄の中でゆっくりと増殖しているが、成熟すると増殖能を失い（分化という）血液の中へ出て行って機能を発揮する。白血病は血液の中に出ていった白血球が増殖能を持ったまま無制限に増えて免疫をはじめとする身体の機能を損なう血液のがんである。永田研では、白血病細胞を何らかの方法で分化させれば、がんでなくなるという仮説のもとに、白血病細胞の分化の機構と細胞の性質の変化を研究していた。

注2 「HSP47」永田さんが米国衛生研究所 (NIH) のケネス・ヤマダの研究室に留学中に発見されたコラーゲンに結合するタンパク質。

注3 「クローニング」あるタンパク質の遺伝子を解析可能な量にふやして、その構造と機能や調節機構を解析すること。

注4 「熱ショックタンパク質」 細胞に熱をかけると量が増えるタンパク質群のこと。その多くは細胞を守るために増えると考えられている。

注5 「コラーゲン」 細胞と細胞をつなぎ止め、体を支える重要なタンパク質。熱をかけて変性させ（注7参照）精製したものがゼラチンである。魚の煮凝りが固まるのはゼラチンのせいである。

注6 「分子シャペロン」 タンパク質が作られた時や形が壊れた時に、正しい形を取るように助けるタンパク質。

注7 ゆで卵は、卵のタンパク質が熱で正常な形を失い（変性という）固まってしまったもの。シャペロンはタンパク質の形を正常に戻すので、これを制御する技術が開発されれば生卵に戻す事も不可能ではないかも。

注8 本当にこんなキャッチフレーズだったかどうかあやふや。

注9 「薔薇の名前（上・下）」ウンベルト・エーコ著（東京創元社 , 1990年）

永田和宏

自分の時間への責任

両方あるからもらえた賞

伊藤　今度、京都府文化賞功労賞を受賞されたということで、おめでとうございます。
　僕は九州にいて、あんまりこの賞を知らないんですけど、どんな業績の人に、どういうことで賞を贈るんですか？

永田　ありがとうございます。第二回が高安国世さんなんですよ。それで、四、五年前に河野ももらってるんですね。

伊藤　じゃあ、永田さんにとっては縁のある賞ですね。

永田　そうですね。第一回が瀬戸内寂聴さんとか染色家の志村ふくみさんなんかがもらってて、京都のいろんな分野の人たちが受賞しています。今回は都はるみさんとも一緒でした。
　それは一応歌のほうの賞なんですけども、今年、もう一つ京都新聞大賞というのをもらって、それは不思議で、サイエンスと歌と両方です、って言われて。

伊藤　その京都新聞の賞は、サイエンスと短歌のほうと二つ合わせての受賞。それはちょっと珍しいですね。

永田　梅原猛さんにだいぶ「両方あるから、

伊藤一彦

母のこと・二足の草鞋

もらえたんやで」って言われました（笑）

伊藤　梅原猛さんが選考委員で？

永田　たまたまどっちも梅原さんが担当だったんです。京都新聞大賞のほうは、梅原さんが受賞理由を一人一人に述べられた。京都新聞大賞の文化学術賞というので。井波律子さんという『三国志』の専門の方と、もうお一方は考古学の小笠原好彦さんでしたが、たぶん京都新聞でも、そんな受賞理由って初めてじゃないかな。

文化功労賞のほうは、わりと京都の有名なっていうか、いい仕事をしてこられた人が、歴代ずっと受賞しておられるので、それはうれしかったですね。

今年の受賞者の最高齢者は百四歳。

伊藤　それは、裕子さんが「塔」の後記に書いておられた。僕もテレビで特集を観たんですが、山口さんだったかな。

永田　山口伊太郎さんと安次郎さんで、お二人兄弟なんですよ。弟が百二歳ぐらいなんです。

伊藤　女性の高齢の人っていうのはいるけれども、男性！

永田　百四歳の伊太郎さんは『源氏物語絵巻』を西陣織にするという仕事をされてま

す。百四歳なんですがちゃんとあいさつされて、京都市の市政に対する注文までして、すごかった。

伊藤　まだ完成するためには何年もかかるということでした。

永田　僕は昔、平塚運一さんって人に会ったんです。

伊藤　ああ、あの版画の方ね。アメリカで永田さんが親しくされたっていう。

永田　そうです。あの方もすごかったですね。山口さんも何年かかかるって言っておられるでしょう。平塚さんも、僕が会ったのは九十ちょっと過ぎたとき。で、版木をいっぱい買っておられた。奥さんが、この人は百五十歳ぐらいまでやれるつもりで、版木を買っているんじゃないかって仰って……

平塚さんなんて、「梅原くんがね」って言ったら、梅原龍三郎なのよね。若山牧水と一緒に同人誌をやっていたんです。それで、「若山くんが」って言ったら、本当に若山牧水なんで、そのへんのときのことを、もうリアルタイムでしゃべるわけ。おもしろかったですね。棟方志功なんかの先生なんですね。

伊藤　永田さんは京都は四、五歳ぐらいから住んでいるわけですよね。

どうですか、まあ、いろんな魅力があると思いますけど、永田さんが住んで、仕事をされていての京都の魅力というのは、どういうところにありますか?

永田　やっぱり長いこと住んでいるからかな、どこへ行っても安心していられるっていう感じですね。

伊藤　安心していられるっていうのは?

永田　緊張して歩かなくてもいいというのかな。東京には六年いたので、ある程度は知っているんだけども、東京へ行くとどこか外国のまちを歩いているみたいな、ある種の緊張感があるんです。外国を一人で歩いているときもけっこう好きなのと同じで、東京も好きなんだけど。京都はどこへ行ってもホームグラウンドであるという意識がわりとあって。

横道が面白いですね。メーンストリートじゃなくて、どこの路地に入っても、何か面白いという感じ。

伊藤　それでいて、どこも京都であるという感じですかね。

永田　そういうとこほど、京都。

僕らは名所とかは、お客さんが来て案内するときぐらいしかあんまり行かない。でも、その寺町あたりの細道を歩いていると、一回一回、あ、こんなところに、こんなものがあるんだという発見があって。そういう面白さってありますよね。

伊藤　人間の作ってきた豊かなものが、隅々まであるっていうことですかね。

永田　われわれはどこへ行ってもそうだけど、名所とかを「見に」行っているわけですよね。でも、京都にいると、そういうところは自分の日常の一部なんです。御所にキノコ採りに行ったりとか。ですから、名所が本当に日常の一部になっているというような、そんな感じ。

伊藤　歴史が街に溶け込んでるからかな。

永田さんのように長く住んでいる人はもちろん馴染みがあるけれども、そうでない、僕みたいに九州から来た人間でもやっぱり京都に来ると、すごく何か馴染める、落ち着く、安らぐっていうのはありますね。人間が豊かに作ってきたものがあるからですかね。

永田　中学校が双ヶ丘《ならびがおか》中学校でね。双ヶ丘っていうのは、兼好法師がいたところ。

双ヶ丘っていまはもう史跡ですけどね、お墓なんですよ。それで中学の裏山でもあったし、うちの家の裏山でもあった。放課後友だちとそこに行っては、2Bって爆弾あったでしょう、火つけてポンとやったらすぐに爆発する。あれを頂上の松の木の洞《うろ》に投げては遊んでいたんです。そうしたら、途中で火がついて煙が出始めた。

それでもう大変で、友だち三人と麓の家まで走って、バケツに水をくんできて水を放り込んで、何とか鎮まったんだけど。あれ、燃えていたら大変ですよね、史跡を燃やしたことになるもんなあ。

伊藤　史跡を燃やした犯人で補導されるところですね（笑）

物理の落ちこぼれ

伊藤　この再生医科学研究所に勤められて何年になられるんですかね。ここのあたりも京都の非常にいいところですけども。

永田　森永乳業中央研究所というところに勤めていたんですけど、二十九歳のときにそれを辞めてこっちに帰ってきたんですね。それからですからちょうど三十年。

伊藤　永田さんは大学入られたときには、理学部の物理学科でしょう。そしていまやられているのは、細胞生物学。

地球だとか宇宙を対象にする学問を学部時代やっていたわけじゃないですか、巨大な、マクロなものをね。そして今は、同じ大学でも物理学じゃなくて、今度はまさにミクロの世界、細胞を研究されています。

永田　要するに、まあ、物理を落ちこぼれたわけですよ（笑）

伊藤　物理に行かれたのは、湯川秀樹を目指したからだって何かで読んだような気がするけど。

永田　そうですね、高校のときの塾の先生がとてもよかったんですよ。

その先生は物理の解答はいろいろな解答があっていいという教え方。ちゃんとした解答じゃない解答を求めるという先生だったんです。それがとても面白くて物理にのめり込んでいった。

伊藤　物理の先生って、そういう先生が普通ですかね？

永田　いや、あんまりいないんじゃない。

伊藤　ですよね。物理や数学というのは、一つの答に向かって解いていくという学問だし。まあ、解き方は多少あるにしてもね。

永田　普通はそうですね。

われわれが高校で習ったのは古典力学でした。古典力学というのは、F＝maという一つの公式があったら、その公式から世界が全部微分方程式で導き出せる。それをその先生に習って「ええっ、世界ってそんなに面白いのか！」と思うわけね。

それから、もう一つはカッパブックスかな。あれで『数式を使わない物理学入門』という、猪木正道さん…正文さんかな。

伊藤　正道さんは、政治学者かな。

永田　猪木正文さん。それがすごく面白くて、高校のときよく読んでいたんです。そうしたら、アインシュタインの相対性理論とかが書いてあるんですね。

相対性理論を持って、高校の物理の先生に聞きにいくとわかるわけない。で、あとで教員室に行くと、先生がみんな頭並べて解いているとかね。そういうのをけっこう面白がって楽しんでいた。

まあ、猪木さんなんかの本で、湯川さんの仕事の話とかも読んだし、やっぱり世界が一つの式だけで解けるとなったら魅力的だなと思って、それで物理に行こうと考えたんです。

物理は大学に入ったころはわりとよくできたんですけどね。僕の解答用紙が教室中を回って、試験が終わったころに帰ってくるとかね。

伊藤　さすがだなあ。

永田　それは一年までで。その後どんどん落ちこぼれちゃって。

伊藤　短歌に熱中しすぎたのかな?

永田　そうですね。短歌と恋人。

伊藤　短歌と恋、その二番目が大事!

永田　もう、のめり込んでいましたからね。それと学園紛争で講義もなかったし。

伊藤　そうでしたね。われわれの時代っていうのはね。永田さんの時代も全共闘の時代ですからね。

永田　もう講義はなしでしょう。試験もなしでしょう。みんな何に熱中するかっていったら、政治ももちろんそうだし、デモも毎日みたいに行くし、バリケードもあった。けれど僕の場合、本当に熱中したのは、やっぱり歌かもわからんですね。

三人の恩師

伊藤　いったん企業に行って大学に戻るっていっても、同じ専門のところに帰るということが多いと思うんですが、永田さんは違うんですよね。「アサヒグラフ」に永田さんが書いているんです。市川康夫先生、永田さんが繰り返し歌っている恩師だけれども、その市川先生を大学時代の永田さんが知っているかと思ったら、知らないんですよね、専門が違うから。

　それで、母校の先生というだけで、その市川先生を訪ねて行ったときのことを、永田さんが書いているんですよね。

　普通は、自分が教えを受けた先生とか、そういう先生のところに行くわけじゃないですか。ところが永田さんは、手紙を書いて、初対面の先生に会いに行って、先生の部屋が狭くて暑かった。クーラーなどはまだなかった。そこで、ステテコ姿の先生に出会って、いろいろ話したってあります(笑)森永乳業で細胞の研究を始められたわけですか。

永田　まあ、あのころはほら、バイオ。バイオっていったら、もうオールマイティーみたいな感じでした。

　物理なんて行ったってあんまり役に立たないので、しばらくぶらぶらしていたんですけど、「おまえ、やれ」ということになって、顕微鏡で細胞を見るわけです。でも誰も動物細胞って顕微鏡で見たことないんですよ、周りの人はね。

　培養した細胞を顕微鏡で見るんですが、どうも増えが悪いなということで、その当時、医科研(医科学研究所)というところに相談に行ったんです。吉倉広先生っていう先生がいて、彼に培養を教えてもらっていたんで、彼に見せたら「ばかだな、おまえ、これはちりだよ」って(笑)

　顕微鏡の焦点を合わせるのがうまくいっていないわけね。それで全然関係ないちりを見ていた。そんなレベルから始めたんですが、それでも、森永で三年ぐらいやっていたかな。

　森永にいた時代に、森永としては珍しいんですが、外国の雑誌に論文を書いていたんです。市川先生の仕事が面白いというのを文献で読んで知ったので、手紙を書きました。京都には盆正月に帰っていたのかな、帰省中に訪ねて行ったのが、最初ですね。

　暑くてね。細胞培養をするので、汗なんかかいているとコンタミと言って、バクテリアが入っちゃうんですね。それは困るので、できるだけ涼しい格好で。ステテコで白衣を着ているから、もうすごいエロチックな格好で出てこられた（笑）それが知り合った初め。
何回か京都に帰ってくるたびにちょっと出掛けて行って話を聞いたり、早く論文を書けと言って叱咤されたりね。そんなことがあって研究室に飛び込んできたんですけどね。まあ、でもいいかげんなもんですよ。無給ですからね。

伊藤　それを永田さんは決断して、もちろん裕子さんも、あなたがやりたいなら、やりなさい、と。

永田　彼女はもう東京に不適応を起こしたから。

伊藤　あ、それは何か書いておられたのを読みましたね。

永田　それで京都に帰ってきて研究室に入ったんですが、子ども二人でしょう、将来どうなるあてもなくて、市川さんもいい加減で、まあ、おいでという話だったけど、二、三年無給でやって、海外にでも出ればいいなとぐらい思ってるわけね。こっちも全然勝算があるわけでも何でもないけど、まあ、何とかなるだろうと思っていたのは、たぶん若かったんでしょうね。

永田研に掛かる市川康夫の写真

伊藤　それで、塾で得意の物理を授業で教えて生活費を稼いでいた。

永田　そう、物理が役に立ったのは、僕の人生のなかでそれだけ（笑）物理は好きでしたからね。物理を教えていたときは面白かったですね。
ちょうど三年ぐらいやってたら、研究室で職ができて、講師になったんです。それで勤められなくなって辞めたんですけど。
岩波の『図書』にも一回書いたことがあるんだけど、すごく小さな塾で、一学年二十人ぐらい。高校一、二、三年といて、塾長やってる人が全部自分の給料をそこにつぎ込んでなんとかやっていくという、そういう塾だった。
僕が二期生で、それからずっと続いていた。僕が卒業して京大入って、森永から帰ったときに、三年間先生をやったでしょう。そのあと淳が入って、淳の奥さんもそこにいた。そこで知り合ったんじゃないかな。それで、紅も入った。

伊藤　永田家と非常に縁の深い塾ですね。

永田　片田清先生っていう先生がやっていたんだけど、亡くなって残念ながらつぶれちゃったんですね。

伊藤　その片田先生は、永田さんが三人の恩師がいると書かれた…市川先生と高安先生と、その片田先生。

永田　そうです。英語の先生でね、とにか

く自分でガリ版で文例から何から全部書いて資料を作っておられました。結局それがあとで一冊の本になったんですけどね。僕のいま使っている英文法っていうのは、もうその授業だけですよ。それ以降何も入ってきていませんね。

　けっこう怖い先生でしたね。怖い先生だけど、それだけ面白い先生で、亡くなったときが、またすごくてね。

　本人はよくＬＰや全集がいっぱいあるって言ってたんだけど、僕ら全然信じていなかったんですよ。ところがいざ亡くなって家に行ってみると全集、ＬＰ、ＣＤがいっぱい残っていた。

　ものすごく貧乏な先生で、毎日コンビニの肉じゃがしか食べていないような先生だった。自分の給料を塾につぎ込んでいたしね。本当に三軒長屋の狭いところに住んでいたんですね、生涯独身で。

　ただ、神田なんかでは全集を集めるということでわりと有名な人だったみたい。それで、全集だけで亡くなったときに一万冊を超えていた。

伊藤　すごいですね。それ、個人の家に全部あったわけですか。

永田　三軒長屋のほんとに狭い家です。行ったら、壁際にまず全集の棚があったんです。その前にもう一列全集の棚があって、その前にＬＰ、それからＣＤの棚があった。ＬＰなんか戦前からのを含めて、縦に並べると六十メートルもあるんですよ。
　ＣＤもやっぱり六十メートルぐらいあって。ところが身寄りが誰もないので、大阪府が処分すると言うんです。

伊藤　もったいないですね、それは。

永田　それで、それらが散逸するのはあまりにも忍びないと思って、京大図書館に話を持って行ったんです。京大図書館もこのごろ蔵書がいっぱいなんで、普通は受け付けないんだけど、渋々ながらもとにかく見に行ってもらった。すると、行った途端にあんまりにも量がすごいので、担当者がちょっとびっくりしてしまって、ぜひ受け入れたいということで話がまとまりました。いま京大の開架図書に並んでいますけどね。

　棚を全部一列にすると本だけでも何百メートルかありますよ。新村出全集からカントから何から、堅いものからサザエさん全集までね、それが全部残っていて。ＬＰはいまだに整理が付いていないんだって。ＣＤはさすがに全部整理が付いて、オーディオルームという部屋で自由に聴けるようになっています。週一回音楽会をやっているのかな。「片田文庫」って名前が付いていますけどね。

　片田さんが紙袋にＬＰを入れてきて「いらんか?」ってそういうのは前からあった

んですよね。だけどあそこまですごいとは思わなかった。僕が京大に貢献したのは、それが唯一かもしれない（笑）

伊藤　ちょっと市川先生の話に戻りますけど、市川先生から次々弟子が去っていって、自分が一人になったという歌を作っておられるじゃないですか。

永田　市川さんは政治的に動ける人じゃなかったし、大先生になるという野望もなかったんでね。いい仕事をしておられるんですけどね、世界的に通じる大きな仕事が三つぐらいあるんですよ。高松宮妃癌研究基金学術賞かな、そういうのをもらっていたんだけど、あんまり弟子には恵まれていなかったですね。市川さん自身も好き嫌いが激しかったし、僕らも少数精鋭とか言っていました。

　個人的には非常に馬が合ったというか、フィーリングが合ったというか。『山なみ遠に』という、自分の半世紀みたいなことを書いた市川さんの本があるんだけど、そこで「ようやく文学を語れる友に巡り会った」と僕のことを書いていて。僕本人の目の前では言わなかったですけどね（笑）

　まあ、友人だったでしょうね。僕でもいまの学生をあんまり学生とは思ってなくて。面白いやつと対等にいろんなことしゃべるというのが一番面白い。

伊藤　先生とはいくつ違われたわけですか。

永田　ちょうど二十歳ですね。馬場あき子さんなんかと同じか。

伊藤　じゃ年の離れた兄弟ですかね。まあ、学問上は先生と弟子かもしれないけども。

永田　市川さんも自分の専門ではない領域に入っていこうとしているときだったんで、二人で一緒に、わからんことをやっていましたからね。そういう意味では同志でもあるし。

　亡くなってから本当に、自分の先生、師と思ったけども、生きておられるときは、もちろん「市川さん」と呼んでいた。師という感じではなかったですね。まあ、友だちでもなかったですけども。でも、いい人に巡り会ったと思いましたね。実験が一段落したら毎日のように部屋に行ってだべっていましたしね、映画の話とか文学の話とかね。

　それがまた市川さんはよく読んでいるんですよ。僕はサイエンティストのなかではわりと小説とかいろいろ読んでいるほうですね、当然。それでも市川さんと、もう一人、東京都臨床研に矢原一郎さんっておられて、彼らにだけは負けるなあと思っていましたね。

　あの当時は面白かったですね、お互い若かったしね。だいたい帰るのは夜中の二時ぐらいです。それでも夕方に一時間ぐらいだべっているのは、全然苦じゃなかった。

伊藤　ここでいま永田さんがされている研究のことをちょっと…

永田　市川さんのころは、血液のがんで白血病というのがある。白血病の細胞をいろんな薬剤とかタンパク質とかで正常な細胞に戻すという、そのメカニズムを解明するというのが僕のテーマで、市川さんのテーマでもあったんです。そういう仕事をしていたんですけど、海外留学して、そこで新しいテーマに出会った。

　われわれの身体を作っている一番大事なものはタンパク質ですよね。タンパク質がきちんとした構造をとって機能を獲得できるというのは、すごく大事なことなんです。細胞の中では、一秒間に数万個という単位で新しいタンパク質が作られているんですが、作られるだけではだめで、一つ一つが正しい構造を作らないといけないんですね。それを助けるいろんなタンパク質があって、助けているんですが、そういう研究をしています。その構造を作るのに失敗すると、いろんな病気が起こる。例えばアルツハイマーなんかもそうですしね。小脳変性疾患とかいろんな病気がある、それは全部タンパクが間違って構造を作ったもの。

　いま、巷間をにぎわせているプリオンというのもそうで、変に構造を作ってしまうんで、それがどんどんと、本来は正常にはたらくはずのプリオンも悪くしてしまう。脳のなかにそういうのがたまって、脳がスカスカになってしまうのが海綿状脳症、ウシ海綿状脳症と言います。じゃあ、間違ったやつをどうしたら正しく戻せるか。タンパク質の品質管理というんですけど、そのメカニズムをいまやっています。

伊藤　僕は放送大学でたまたま、永田さんが授業しているところを見ましたよ。自分の研究室で、若い人も行き交っているところのね。

永田　あれ、一回だけ研究室でやって、あとはもう幕張に行って。

　あれ、ひどいのね、朝、細胞生物学で、夕方に短歌のほうが出るとか、何かそんな時期があったみたい（笑）

母親の記憶

伊藤　じゃあ、永田さんの小さい頃からの話を。生まれは饗庭郡《あえばぐん》五十川《いかがわ》。これはどんなところなんですか、地理的に言うと…

永田　琵琶湖の西側。今津というのがあって、そのちょっと京都側なんです。いまでいうと高島市。高島というと、わりと『万葉集』とかに出てくるところなんですよね。土屋文明も歌っている、比良山系がずっとなだらかに下りていくあたりで、いまは自衛隊の演習場になっていますけれど、饗庭野というのがあって、その一帯を饗庭といっていたんですけどね。ほんとに山と琵琶湖のあいだに挟まれた狭い地域です。北だし、雪の深いところですね。

伊藤　永田さんが書いた自筆年譜によると、一番古い記憶というのは、お母さんが亡くなったとき、まだ四歳にならない前にお母さんが亡くなって「父に枕元に連れて行かれ、何か言ったら、その場にいた人たちが一斉に泣いた。それが私の最も古い記憶である」という風に書いておられるけど。

永田　母親についての記憶は本当にないんですよ。僕の顔色が悪いからっていうんで医者に連れて行ったらしいんだけど、そしたら「子どもは大丈夫やけど、あんたのほうがあかん」と言われて、それで診てもらったら結核だったんです。ストマイなんか出ていない時代。

伊藤　お母さんが亡くなったのは二十六年で、お母さんが悪くなられたのは、昭和二十四年ですもんね。戦争直後の感じですよね、昭和二十四、五年ぐらいまではね。

永田　それでもうすぐ離さないとダメだとなって、母親から隔離されました。お寺が山の上にあって、そこのおばあさんに子どもがいなかったんで、二つぐらいからそこに預けられた。

　そこから母親の隔離されているところまで下りていって離れで寝ていたのを見た記憶はあるんだけど、どんな顔か全然わからない。一番古い記憶ではっきりしているのはその葬式のときの記憶だと思いますね。よくわからないんですけどね。

伊藤　記憶っていうのは実際の記憶の場合もあるし、誰かから話を聞いて、自らの記憶にした場合もあるし。あるいは、自分が想像していくような記憶っていうものもありますから。

永田　だから、母親に出会っていたというのは、あとから自分で作り上げた記憶かもわからないので、そのへんはわからないですね。ただ、その葬式のときの記憶ははっきりしていて、何かすごくあらたまって、おやじが手を引いていって、何を言ったのか全然わからない、本当にその年譜に書いた通りで、何を言ったのかわからなかったけども、何か言ったら背後でどどっと人達が泣いたんです。子ども心に晴れがましい場面で、けっこう得意でもあるわけ、ある種の主人公だから。寒いときで雪が降っていて。

　いまでもありますけども、共同墓地まで歩いて行って。棺を下ろすときの記憶は、たぶん違っているな、あれは別の何かの記憶だろうと思うけど、行ったところまでは覚えていますね。

伊藤　永田さんは歌のなかでは、母とは何かというのが一つのテーマでずっと歌われていますね。『無限軌道』の巻頭の「饗庭抄」。あれがやっぱり非常に印象に残りますね。塚本さんは当時、永田さんの歌集のなかで『無限軌道』が一番いいとおっしゃっていましたけどね。

永田　ほう、そうですか。それは本人から聞いたことない（笑）

伊藤　連作で母親を歌われたのは、これが最初ですか。

永田　そこは難しいところですね。やっぱりある種の構成というか、わりと自分で作ろうという意識がかなり表立っている一連でもありますね。

伊藤　僕は自分のテーマをここで出されているなと思いますね。自分が母親を亡くしたという体験が根底にあるんだけど、母とは何か、母がないとはどういう存在かっていうことが、一つのテーマになっているように思います。ここの歌では「幼らの輪のまんなかにめつむれる鬼が背後に負わされし闇」の輪のなかの鬼が自分とか「わが裡に闇ともわかぬ沼ありて髪の類が靡いておりぬ」の自分のなかの真っ暗な沼、そこに髪のたぐいがなびいているとか。

　この一連は、われわれにとっての母体というか、母性的なものというのか、何かそういうものを歌われていると思いました。この一連の最後は、「抱かれし記憶持たざるくやしさの、桃は核まで嚙み砕きたり」ですね。

　永田さんの歌の一番のキーワードは「抱く」。『メビウスの地平』以降こんなに「抱く」という言葉の多い歌人は他にいないんじゃないかな。「抱く」と「乳房」だな（笑）『メビウスの地平』はもちろんそうだけど、その後も「抱く」と「乳房」が多い。いまの話につながるんだけど、永田さんが母を早く失ってしまったという意識が、どっかで抱く、抱かれるというところに象徴的に出ているのかなと思いますね。

永田　システィーナ礼拝堂でミケランジェロの「ピエタ」を見ました。

伊藤　『饗庭』に歌がありますね。

永田　あのときに、「われかつてこのように抱かれしことなし恍惚と死に溺るるイエス」とか四首ほど作って、初めてようやくそのへんが、衒いなくというか、構えなく出せたかなという気持ちになりましたね

伊藤　「死んでも泣かせる母がいない」っていう一連かな。あれも印象に残っていますね。

永田　そうそう、泣かせる母がいないのは悔しいという、そんな歌だったけども（「そ

永田さんの歌って、温かみが一貫して変わらないと思うんです。（伊藤）

の母を嘆かすることなきわが死などはもうとうにつまらなし」）。母親のことは、アキレス腱なんですよね。どうしても歌えなかったですね。

伊藤　第三歌集で、ようやく挑んでみようということで、歌われたと思うんだけどね。

永田　システィーナ礼拝堂の「ピエタ」を見たときに歌ったあたりから、何となくそのへんのことが人に言えるという感じになった。

小さいときから、とにかく母がいないというのは、一番大きな自分のマイナスっていうか、誰にも言えないことだった。特に二度目の母親が来ていたから、もう禁句だったわけね。それを自分で出せるまでに、だいぶ時間がかかった気がしますね。今度の歌集の『百万遍界隈』で僕のなかでは一番大事な歌だと思っているのは、「母を知らぬわれに母無き五十年湖《うみ》に降る雪ふりながら消ゆ」です。やっぱり五十年かかったという。

伊藤　その一連に二、三首お母さんの歌があって僕も印を付けてます。

永田　「月の蟾蜍」っていう一連です。

梅原さんも、それを挙げてくれて、うれしかったですけどね。

伊藤　その次のね「昼の月透き通りおりはじめからわれにあらざりしものとして母」これもあらざるものとして「母」があるっていう感じの歌ですよね。ないんじゃなくてね、ないことによって一層永田さんに存在感をもって迫ってくる母。

永田　若いときにモーリス・ブランショにずいぶん凝ったことがありまして「ないものが存在する」という、第一評論集なんかにずいぶん書いたことがあるけど。ちょっとそんな感じかなあ。ないことが自分にとって一番大きな意味なんだという、そんな気はしましたね。そのへんが、衒いなく歌えるようになってきたということかもしれません。

父親も母親の薬代を稼がないといけないし、田舎にいたんでは当時、職もありませんでした。役場には勤めていたんですけどね。ですから結局京都に働きに行ってたので父親もいませんでした。ストマイがちょうど出始めたころだったから、だいぶ無理をしてストマイを…

伊藤　高かったわけですよね。

永田　高かったんですよね。一本二千円だって言っていました。当時の二千円がどれぐらいなのかよくわからないですけど。それを三本か四本買ってきて打ったりしてたようです。するとちょっとよくなったらしいんです。働き者だったらしいのでちょっとよくなると、真冬の川に行って野菜を洗ったりなんかしたらしいんです。それで急にまた悪くなって亡くなったみたいなんですけどね。

伊藤　お母さんの人柄とか、お父さんから、あるいは親族の方からいろいろ聞かれていますか。

永田　働き者だったということと、力持ち

だったというのを聞きましたね。一俵を担いだって言っていたかな。

伊藤　永田さんの歌って、温かみが一貫して変わらないと思うんです。厳しい境遇を生活してみえたわけじゃないですか、いまおっしゃったようにね。にも関わらず温かさっていうのが変わらない。

いまのわりと普段の暮らしを歌う歌のなかでも、人と人とのいろんな係わり、場合によっては険しい係わりとか、難しい係わりとか、そういう係わりを歌っても、永田さんの歌は温かみがある。

それはできるようで、なかなかできないことだと思うんですよね。仲よくしている歌っていうのは、温かくなるかもしれないけども、ものすごく険しい人間関係だとか、あるいは難しい課題に取り組んでいる時っていうのは、何かそういうものが冷たくなりすぎることがあるじゃないですか。

そういうものがお母さんのお人柄だとか、お父さんの生き方とか、そういうものから永田さんに受け継がれているのかなと思って、ちょっとお母さんの生き方、お人柄というのを聞いてみたんです。

永田　母親の人柄は、あんまりよくわからないですね。父親はわりと楽天的というか、いろんなことがあっても、けっこう能天気というか、明るい。

伊藤　淳さん、お父さんは楽天的ですか。

ちょっと突撃インタビュー。息子としてどうですか、お父さんって楽天的？

淳　楽天的っていうよりか、物事を常に明るく見ていますね。悲観的になることがないというのかな。まあ、楽天的と言えば、そうなのかもしれません。失敗をあまり考えないというか、考えないということではないんでしょうけども。まあ、そういう風には思いますね。

永田　二回目の母親が来てからの生活というのは、僕が存在悪なのね。つまり、存在することが家庭不和の原因になるという。そういう状況が長かった。母親がべつにそんなに悪かったわけではないと思うんですけど。

伊藤　うん、そういう問題じゃないですよね。

永田　いい人だったと思うんだけど。家庭のなかで「自分がいなければ」といつも思っていた。実際に言われもしたし、自分でもそう思ってた。それをどう乗り切るか、どう自分のなかで耐えていくかというのは、すごく大きかったですね。

伊藤　そういう境遇というのは、場合によっては本当に道を踏み外して、とんでもない方向に…

永田　そうです。だから、うちの女房は、「あんたはそれはすごい」って（笑）

伊藤　僕もカウンセラーの仕事をしているけれども、場合によってはそういう状況っていうのはね、自己否定にいかざるを得ないような、そういうコースになってしまうじゃないですか。

永田　そういえば伊藤さんの専門でしたね。

だから、家を出られたときはほっとしました。解放感というのが非常にあった。家にいる間っていうのは、やっぱり辛かったですね。まあ、それでよくグレなかったなとは思いますけどね（笑）

伊藤　小学生、中学生の頃のことをあんまり歌ってもおられないし、語ってもおられないというのは、語るにはなかなか重いものがおありなのかもしれませんね。

永田　そうですね、まあ、言ってもしようがないという思いも一方ではあるし、いま言うと何か自分で落とし前つけちゃうだろう、と、きれいに処理しちゃうだろうという思いもあって、なかなか言えないですね。母親がいないことを言うことすらも、すごく時間がかかったという気がするから。

まあ、でも子どもが独立するようになると元気になるんですよ、そういう意味では。そのへんの縛りも取れてくるしね。

伊藤　永田さんの温かさというのは、永田さん科学者だから、事実を大事に、そこに感情的なものを持ち込まないわけでしょう。サイエンスでものを見る時っていうのは。

永田　うん、感情ではないですね。

伊藤　それで、一人一人の人間や人間関係を見るときにも、自分に感情はあるけど、そういう感情的なものは除外して、人と人との係わりだとかを見ているからなのかなと思いますね。普通の人だったら、もっと感情的に見てしまいそうなことでも、すごくきちっと見ているから。

永田　どうでしょうねえ。わからないですけど。

伊藤　人間関係でも、あるいは自然でも、科学者として見るときと、歌人として見る時の区別はないのかな？

永田　あんまりないと思いますね。ただやっぱりいま言ったみたいに、恨みを引きずったら生きていけなかった。そういうものを自分のなかで忘れようとするというか、捨てていこう、ある種の恨みとか、怨念みたいなものは、どっかで捨てていかないと、もう生きていられなかったという事情がありますから。人の長所は覚えているけど、嫌なことって忘れてしまう。うちのおやじも同じなんで、遺伝なのかもわからないけれどもそういう感じなんですね。

だから、本当に恨んだ人というのはあんまりいないですね。もちろん何人かはいますけどね（笑）

新聞投稿で特選に

伊藤　短歌は高校時代に国語の先生、アララギの先生、が課外プリントを作って指導されたということを書いておられたけど、それが短歌との出会いですか。

永田　そうですね。あれが大きかったですね。受験戦争の真っただなかでしょう。そんな時にガリ版で落合直文の「父君よ今朝はいかにと手をつきて問ふ子を見れば死なれざりけり」ってあって、あれが一番最初です。

伊藤　それはみんなではなく、希望者が？

永田　これね、学校だと思っていたんですけど、塾だったかもわからない。二百首ぐらいあったんじゃないですかね。アララギだから、やっぱり五味保義ぐらいまで入っていて。

　近代の大事な面白い歌、牧水なんかも勿論入ってました。それがとてもよかったですね。文法とか何もしないんですよ。「こんな風にいいですね」という感じで、鑑賞ですよね。それが勉強という感じじゃなかった。受験戦争のなかの、ある種日だまりみたいな感じで、ほっとする時間でした。これだったら作れると思って、作って…

伊藤　新聞に投稿したっていう。宮崎の講演のときに言われていたけど。

永田　言いましたっけ？

伊藤　うん、それで「ええっ、永田さんも高校時代に投稿してたんだ」と思って（笑）それで特選か何かになったって。いま自分が選者になって考えてみると…

永田　そうなんですよね（苦笑）

伊藤　高校生ってめったに投稿ないから、それで採られたんだということがわかったけれども、あのころはずいぶん才能あるんじゃないかと思ったたって、宮崎での講演で言われてましたよ。

永田　「ほろ酔いの父を迎えに外《と》に出でぬ元旦の夜のオリオンの冴え」だったかな。

伊藤　おお、いいじゃないですか。

永田　「酔いまさん父を迎えに」って直してあるのよ。「酔いまさん」って、わからへん（笑）

伊藤　ほろ酔いならわかるけどね。

永田　そんな感じでしたね。まあ、それで、歌ってこんな簡単なもんかと思って、やめてしまいました。

伊藤　もともとはスポーツやったりするスポーツ少年でもあったわけでしょう。

永田　もう完全な体育会系ですよ。中学時代は軟式テニスで、これはけっこうよくて、京都市で八本でした。八本というのは、四位から八位までの間。三位にはなっていないんですけどね。

伊藤　すごいじゃないですか。

永田　うん、もう中学時代ってテニスだけしかやっていなかった。高校になってテニスをやめて、一応勉強のほうだったんだけど、でもバスケットやったり。バスケット好きでしたけどね。で、大学に入って入ったのは合気道部。これは動機が不純で、袴を履きたいだけ（笑）

　僕ね、三高に憧れていたんです。舞妓さんと三高生の恋の物語に憧れていてね。京大に入るよりは、三高に入りたかったんだけど、当時はもう三高はなかった（笑）

　大学時代はずっと、下駄履きでした。さすがに袴を履こうと思うと、合気道部か柔道部かぐらいしかない。それで合気道がかっこうよさそうだったので。

伊藤　ああ、そうか、何で合気道に入ったのかなと思っていたら、そういう理由だったんですね（笑）

永田　ただ、袴を履けるようになるまで二年かかると言われて、「これはあかん」と思って、バスケットが好きだったから、バスケット部に入った。それがすごい練習で、一週間もすると指と爪の間から全部血が出てくる。受けるときに、バアンとなるでしょう。好きだったんで、けっこう自信があったんだけど、何しろ相手は一八〇センチとか一九〇センチばっかりでしょう。これはどう考えてもかなわんと思ってやめて…

伊藤　それで京大短歌会に？

永田　そうなんですね。

三カ月ぐらい休んでいたら、藤重さんから電話がかかってきて「もう一回出ておいで」って。（永田）

伊藤　それは高校時代に短歌に出会ったということで、また短歌を作ってみようかなという気に…

永田　そうです。それがすごく大きかった。

伊藤　特選になった実力があるわけだし、ねえ（笑）

永田　そりゃ大いばりですよ。藤重直彦さんという、当時医学部の修士だった人が短歌会を作ったんです。北尾勲さんもいて、けっこう短歌を作っていた人ばっかりが集まってきたんです。素人は僕とか、ほんの二、三人だったんですね。

伊藤　それは大学一年のとき?

永田　一年の秋ですね。それで第一回の歌会に、例の特選歌を出したんです。それでこっちは絶対に自信があるわけね。ところが批評の場になったら、みんな、口では褒めているんだけど、これ、どうにも批評のしようがないというような感じが態度でわかるわけ（笑）こっちもみんなの言っていることが何もわからないの。

伊藤　だいたい普通は近代短歌を教科書で習って、短歌ってそんなもんだと思って来るわけだもんね。

永田　そうそう。批評用語がわからなかったですね。よく覚えてるんですが行ったときに、藤重さんがプリントを持ってきて、四人の歌人の歌が十首ずつ書いてあったんです。高安国世、これはまあ、顧問。寺山修司、塚本邦雄、岸田典子。

伊藤　岸田さんはあしかびかな?

永田　喜望峰ですね、あのころ。

そんなのが四〇首載っていた。藤重さんが「誰か知っていますか?」って言うんだけど、誰も知らないの。名前も知らないし、歌もまったく知りません、と。藤重さんはひどくがっくりしたんじゃないかと思うけど。

それで、結局三カ月ほど行ってやめたんです。三カ月ぐらい休んでいたら、藤重さんから電話がかかってきて「もう一回出ておいで」って。

伊藤　そのとき、藤重さんからそういう誘いがなければ、ひょっとしたらもう行かないまま…

永田　絶対やめていたと思いますね。

伊藤　おお!

永田　藤重さんの誘いに乗って出て行った時に、その三カ月間ってべつに何も勉強したわけでもないし、歌を読んでいたわけでもない。けれど三カ月過ぎて行ったら、何となくわかるんですよね。これが不思議だった。いま考えても不思議ですね。

伊藤　何があったんだろう、その三カ月に。

永田　それまではちんぷんかんぷんで、みんなが言っていることもわからないし、みんなの歌のよさも何もわからない。でも、三カ月して行ったら、まず自分の歌の駄目さ加減がわかった（笑）それから、他の人の言ってることがわかる、歌の良さが本当にわかったかどうかはよくわからないんですが。

意味ある偶然

伊藤　僕の入ってた早稲田短歌会は、人の悪口を言うことが日常会話でしたから。
永田　伊藤さんが早稲田短歌に入ったのはいつなんですか。
伊藤　僕は四年生のときなんです。
永田　そうそう、わりと遅かったんですね。
伊藤　遅かったんです。僕が歌を作り始めたのは三年生の終わりぐらいで、もう部も入らないつもりだったんだけど。
　最後半年、福島泰樹が強引に僕の歌を載せたんで。いまさら入ってもしようがないと思ったけど、入って。まあ、よかったんですけどね。
永田　ええ。やっぱりそういうきっかけって大きいですよね。
　茂吉だってそうでしょう。好きで作っていたんだけど、伊藤左千夫に何か質問して、自分のこういう歌がこういうふうに言われているんだけど、どうだろうと文法の質問をして歌を送ったら、伊藤左千夫が「君の歌載せたから」って。それで入っちゃったんだからね。
　河野だってそうですよ。何か勝手にコスモスに入れられてしまっていて。
伊藤　河合隼雄さんがカウンセリング過程で、意味ある偶然が起こるって言われています。必然じゃないんですよね。
　非常に意味のある偶然がわれわれの人生で起こるということですね。
永田　ああ、それはわかる気がするな。
伊藤　いい言葉でしょう、意味ある偶然。あとでふり返ると、たしかにそこが人生の分岐点だったということが。
　それで、高安先生に出会われたんですね。
永田　そうですね。三カ月休止のあとにまた行った時に、俺の歌はこれではだめではないかと思いました。近衛通りの楽友会館というところで歌会をやっていたんですけど、帰り道に高安先生がバスを待っておられた。一度は行き過ぎたんだけど戻ってきて、「歌うまくなるのはどうしたらいいですか」ってなんとも間抜けな質問をして（笑）
伊藤　そうしたら？
永田　高安さんもさるもので、「塔にお入りなさい」と（笑）
伊藤　それは見事な答えですね。
永田　あそこまで自信を持ってはよう言わんなぁ、僕なんか絶対。
伊藤　今だったらどうですか、塔にもどこにも入っていない人に「永田先生、歌はどうやったらうまくなりますか？」って聞かれたら。
永田　この頃は若い人には「入ったほうがいいですよ、仲間がいるから」と言えるようになったけど…
伊藤　われわれ世代にはやっぱり結社罪悪論の名残がずっと続いているから、それから抜け出すのにかなり時間がかかりましたよね。
永田　それは大きいですね。やっぱり第二芸術論というのはわれわれの中では大きなトラウマですね。
伊藤　われわれが歌を始めたころは、まだその亡霊が生きている時代だから。
永田　第二芸術論から何とか抜けられると思ったのは、読者論を書いてからですね。
　「読者論としての第二芸術論」というのを角川で一回書いたことがあって。あそこでようやく呪縛から逃れたという気がしますね。それまでは、いまの若い人には全然わ

第二芸術論から何とか抜けられると思ったのは、読者論を書いてからですね。（永田）

からないと思うけど、歌をやっていることってものすごい恥ずかしかった。

伊藤　そうですね。早稲田詩人会、俳句会、短歌会とあってね、詩人会のメンバーは肩で風切って歩いているように見えるんですよ。われわれ短歌やっているのは、何かこう後ろめたいようなね。そういうものをわれわれは持っていましたね。

永田　ただ、やっぱり塚本さんがほかの世界で取り上げられていたのは、うれしかったですね。自信を与えてくれましたしね。

伊藤　それで京大短歌に入られて「幻想派」も一緒に創刊されて、そこで裕子さんに出会われるのですね。

　年譜を見ていたら、京大二年のときの昭和四十年、一九六七年、ちょうど永田さんが二十歳のときだ、このときに塔に入会して「幻想派」創刊に参加して、河野裕子さんに出会って、塚本邦雄さんに出会ってっていうね。

　合評会に塚本さんみえたんでしょう。

永田　ええ、そうですね。

　このあいだ塚本さんが亡くなって、あちこちに引っ張り出されて思ったんだけど、われわれの世代で塚本さんの本当に近くにいたっていう歌人が、わりといないんですね、みんな東京だったから。僕の場合、たまたま関西だったから。

伊藤　近くにいても、何かちょっとこう近寄ることができない存在でもありましたけどね。

永田　それもありますね。けれど近くにいられたことはよかったですね。だって、合評会に三回ぐらい来てくれましたから。

伊藤　そのとき塚本さんが、永田さんのことを「華麗なる馬車馬」と言ったのは、どういう意味で言ったんですか。

永田　荒々しくて迫力があるけれど、ただ突っ走るだけということかなぁ。「幻想派」の0号の作品のときでしたね。河野が持っている「幻想派」にもちゃんと書いてあります。「華麗なる馬車馬」、河野がメモしたのがね。

伊藤　かっこいいじゃないですか、華麗なる馬車馬。

永田　かっこいいですけどね、要するに、繊細なところがないみたいな、とにかく馬車馬なんです。ばあーっと。

伊藤　もう走るんですね、突っ走るね。疾走する象《かたち》。

永田　どうだったんでしょうね、塚本さんもまあ、面白いとは思ってくれたんじゃないかと思いますね。

伊藤　そうでなければ、こんなネーミングはないですよね。

永田　でも、あんまり塚本さんから褒められた記憶ないしなあ。

六十歳になったら旧仮名

伊藤　仮名遣いのことは塚本さん、ものすごく残念がっていましたよね。

永田　そうそう、「雁」の特集でも「定家に遭わず」って、わざわざ新仮名で書いておられた。

伊藤　仮名遣いはどうですか。

永田　宣言したらまずいかもわからないけど、六十歳になったら旧仮名に変えようか、と。

伊藤　それは重大宣言。

永田　いや、ちょっと今のところまだね。でも、やっぱり永遠のあこがれではあるんですよ、旧仮名というのはね。

伊藤　仮名遣いが変わることは、やっぱり文体や思想が変わることにまでつながりますかね、どうですか。

永田　それはもう絶対変わってくると思いますね。単に新仮名で作って、あとで旧仮名に変えるというもんじゃないですからね。これはもう非常に大きいと思うんだけど。それをやったほうがいいのか、やらないほうがいいのか、ちょっとわかんない。

伊藤さん、最初からですか。途中からでしたよね？

伊藤　僕は第三歌集から歴史的仮名遣いに変わったんですよ。

永田　変えてどうですか。

伊藤　僕は歌を作りやすくなりました。変える前はね、何か自分のまさに文体や思想まで変わるんじゃないかっていう危惧がありましたよね。

永田　どうですか、それは。あんまり関係なかった？

伊藤　と、僕は思ってますけれどもね。だから、永田さんに聞いたんですけれどもね。でも、自分の知らないところで変わっているのかもしれない。例えば「におい」という時に、現代仮名遣いで「におい」と書くのが耐えられなくなって。そうすると「におい」という言葉を避けるまでに自分がなってしまったから。

これじゃもう歌ができないと思った。それで、自分が歴史的仮名遣いに行き詰まりを感じたら、もう一回現代仮名遣いに戻ればいい、一生というわけじゃないんだからと思って、第三歌集のときから、つまり第二歌集を出したあとから変えました。

永田　僕も一回変えたんですよ。

伊藤　ねえ、しばらく両方してましたね。

永田　しばらく変えてたんですよ。そうしたら、当時「塔」は新仮名だけだったんです。「塔」にも旧仮名で出すと宣言したら、高安さんがすごく心配して、僕が旧仮名で出したときのために文章を用意されたと人づてに聞きました。おそらく、駄目だという内容だと思うんだけど。それで結局、塔にはついに旧仮名では出さず仕舞い。総合誌には旧仮名でしばらく出していたんですね。ただ、何となくまだ中途半端だったんで、もう一回新仮名に戻っちゃったんですけどね。

伊藤　寺山さんみたいに『血と麦』は新仮名で、『田園に死す』は歴史的仮名遣いでっていう風に、ワールドによって使い分けた人もいるけれど。

永田　馬場あき子さんも変えましたよね。

伊藤　戦後はともかく戦後民主主義と現代仮名遣いとがセットでしたから。で、果たしてそれが正解なのかどうなのか…

永田　そうですね。塔なんかもろにそうで未来もそうでしたね。

伊藤　塚本さんがすごく残念がっておられたから。塚本さんは、それこそ永田さんや佐佐木さんの自分の気に入った歌は、歴史的仮名遣いに変えて原稿を書きたいっていうぐらい。逆に言うと、そうできないときには、その歌を引くのをやめるぐらいでしたから。

永田　そうですね。また、あの人は正字だもんね。

第一歌集の頃

伊藤　最初に角川の「短歌」に出されたのが、昭和四十四年二月ですね。「疾走の象《かたち》」ですね。これは『メビウスの地平』の巻頭でもあります。

それで僕思ったのは、あの「短歌」の初出とこの巻頭の作品とは、まったく異同がないじゃないですか。

普通はね、第一歌集の巻頭といったら、自分の処女作みたいなもんで、あとで歌集作る時には耐えられなくて、推敲しそうになるけれど…

永田　でも、その前に「幻想派」に出した作品は、歌集の後半の初期歌篇に入れているんだけど、あれはずいぶんと削りましたね。

やっぱりあの頃って時代ですよね。要するに少数精鋭で、文学的にレベルの高い歌だけを精選すべきだって、むちゃくちゃ削るでしょう。第一歌集なんて、いまから考えたらすごく惜しいと思うけど、三分の二は削っていますね。だから骨だけになっちゃってるんで、本当はもうちょっとたくさん収録しておいたほうがよかったんですけどね。

伊藤　僕が記憶している限りでは、永田さんの作品を総合誌で取り上げて初めて論じたのは、佐佐木幸綱さんだと思います。昭和四十五年の「短歌」の短歌月評、ここは普通、総合誌の作品を取り上げるじゃないですか。でも、佐佐木さんは「幻想派」の五号の作品を引いて「福島泰樹君の次の世代の戦う学生の短歌を最後に紹介しておこう。見事にまとめられた作品である」と書いているんですよね。

僕は永田さんの名前はちらほら聞いていたけれども、いやあ、永田和宏ってすごい歌作るんだって思いましたね。それでまた『メビウスの地平』にも入っていない、いい歌があるんですよ。

永田　ああ、そうか、サーチライトの歌とか、あれは入っていたかな？

伊藤　サーチライトは入っているんだけど、入っていない歌ではね、「笛やみしつかの間闇は緊りつつ〈孤立!〉すなわち小便したし」「火のつきし彼がころがりきたるとき思わず一歩さがってしまう」ってこう、火炎瓶闘争のころのね。この二首を特に幸綱さんは「美しすぎるイメージより、私はこれからの学生短歌のために（いま紹介したような）自由でぬけぬけとしたところのある作品をかう。実際の出来としては後者の方が上であろうが。」と書いてます。

　これが昭和四十五年の五月だから、闘争が昭和四十三年、四十四年が全共闘闘争時代で。

永田　たまたま立て籠っている友だちの陣中見舞いに行ったんです。夕方に法経一番教室に入ったら、あの頃のいわゆる三派って一団にそのまま閉じこめられちゃって、一切出られなくなった。どんどん石が飛んできて、机も何もかも全部なかったですね、バリケードにするのに。石と火炎瓶が飛んで飛んで、大きい教室では守り切れないというんで、法経四番教室という小さな教室に逃げ込んだんですね。

　そうしたら、そっちにもやっぱり催涙ガスが入ってくるし、闇のなかから石は飛んでくる。怖いですね、闇のなかを飛んでくる石ってね。当たるまでわかんないですからね。支給されたヘルメットはかぶっているんだけど、火炎瓶はどんどん飛んでくるし。

　一番よく覚えているのは、飛んできた火炎瓶を投げ返したんだけども、それがちょうど窓から入って来ようとしている学生に当たって、彼がそのまま火だるまになって向こう側に転がり落ちた。まあ、あれは表面だけだから、死にはしてないんだけど。

　そのとき初めて、前線の兵士が「突撃!」ってやるでしょう、あの時の心理みたいなのが分かった気がしましたね。あんなもの、死ぬのが分かっていて、何であほみたいにやるんやろうと思ってたけど、やっぱり集団ヒステリーみたいになって、たぶんやるんだろうなという気がしましたね。

　二階から飛び降りて、自転車置き場のスレートの屋根を蹴破って落ちたとかね。何かいろいろありましたけどね。

伊藤　話は戻りますが、この一連は全部歌集に入れてほしかったですね。僕はこれを見たくて「幻想派」を送ってもらったんですよ。

永田　あれを抜いたのは、自分の思想形成っていうかな、そのへんがすごくいい加減だったので、ちょっと出せないなあという気がしていたんです。いまから考えると、出しといたほうがよかったんだなと思います。けれど、自分の気に入らないものはすべて削るという、あのころの歌集の編み方だったから。

伊藤　あの頃はやっぱり厳選の考え方ですよね。だって、『メビウスの地平』なんて、あとがきもなければ誰かの推薦文もない。

永田　何もないです。

伊藤　茱萸《ぐみ》叢書の、誠に清々しい（笑）

永田　突っ張っていたんですよ、もう。

伊藤　やっぱりあの頃の考え方がよく出ていますよね。

永田　女々しいあとがきなんて書くもんか、とかね。誰かに推薦文もらうなんて何ちゅうこっちゃとか、思っているわけで。とにかく歌壇っていうものを馬鹿にしていましたよね、われわれは。

伊藤　そうですね。あの頃はまだ二元論的な考え方でね。歌壇対われわれとか、歌壇対前衛とか、何かそういうとらえ方がありましたからね。

永田　原稿依頼してほしいと思っているん

だけど、歌壇みたいなのに尾っぽ振るやつは、とか言いながら。だいたい『メビウスの地平』なんて、歌壇関係の歌人への贈呈は五、六〇冊ですからね。まあ歌壇内の礼儀を教えてくれる人がいなかったということもあるけれど。

伊藤　あの頃の永田さんの作品で非常に印象に残っている初期ので『現代短歌'70』の「海へ」という、この二十首「あなた・海・くちづけ・海ね　うつくしきことばに逢えり夜の踊り場」から始まる、永田さんの『メビウスの地平』の代表作ですけれども。「きみに逢う以前のぼくに遭いたくて海へのバスに揺られていたり」とか、永田さんの初期の代表作がいっぱい入っている。「水のごとく髪そよがせて　ある夜の海にもっとも近き屋上」とかね。こういう『現代短歌'70』自体がそういう歌壇に対する一つのアンソロジーだったわけですよね。

永田　そうでしたね、歌壇にはなかなか依頼してもらえないけれど、っていう感じがあって、そこに結集するみたいで熱かったですよね。

伊藤　タイトルが「海へ」ですけれども、海とか岬とかの歌がすごく多いじゃないですか。育ったところは海というと…

永田　ないんですよ。僕は海を全然知らないんです。海で初めて泳いだっていうのは大学じゃないかなあ。それまで琵琶湖だけしかない、真水だけ。

伊藤　永田さんは第三回の牧水賞受賞者ですけども、牧水も山国の坪谷で生まれて、小さいときから坪谷で一番高い山に登って日向灘のほうを見て、海は見えないんだけど、何かあっちが海だと言われるだけで胸がときめいて、そして初めてお母さんに連れられて耳川を下って海に出会ったときの感動を、何度も何度も書いていて、若いときの牧水のあこがれっていうのは、まず海なんですよね。

永田　なるほどそうですね。僕もわりと近いところがあったんじゃないですかね。

伊藤　「あなた・海・くちづけ・海ね」と、海が二回出てくるじゃないですか。さっきの「きみに逢う以前のぼくに遭いたくて海へのバスに揺られていたり」も、きみが恋人でも、ほかの人でもいいんだけど、そのときも海へのバスとかね。

永田　海へのバスっていうのは、絶対に寺山の影響ですね（笑）

その歌はわりとあっちこっちで、教科書なんかにも採ってくれて、やっぱり若い、きみだけじゃなくてもいいんだけど、何かに出会ってしまって変わってしまった自分っていうのがあって。

伊藤　出会ってしまって、ある自分が形成されていく。それはそれで非常に貴重な自分なんだけど、とはいえ、出会う以前の自分っていうものも、どっかでまた大事だと思うんですよね。

永田　僕は海を知らないので、やっぱり人間がちっちゃいんじゃないかなとも思う。僕の海っていったら、せいぜい琵琶湖ぐらいだったから。

伊藤　牧水とそういう点ではね、この海へのあこがれというのは似てますね。『メビウスの地平』に海っていっぱい出てきますよね。

永田　そうですね。一番大きな憧れというか、何かありそうな気がするところなのかな。「海へ」っていうだけで、何か行きたくなるようなね。

伊藤　タイトルが「海へ」だもんね。海が近くにないだけに、海というのはものすごい憧れの対象。

牧水は、彼女と行くときにはもう海でして、例の千葉県の根本海岸とか。

永田和宏養生訓

永田　僕が一番長い評論を書いたのも「現代短歌」ですね。初めて書いた評論で「虚数軸にて」だったかな。五十枚ぐらい書きましたね。

もう、書き方が全然わかんないんですよ、五十枚なんて初めて書くと。あれは大変でしたね。何年生のときだったかな。とにかく必死に書いた覚えがありますね。筑摩で三冊本が出て。

伊藤　あれも長い文章でしたね。『短歌の本』ですよね。

永田　そうですね。『文体論』っていうのに書かされた。あれもやっぱり歌壇じゃないところで書くという意識があって、一所懸命に書いた覚えがあるなあ。

伊藤　サイエンスの研究が忙しいなかで、歌と論と本当に両方だったね、永田さんの仕事っていうのは。

永田　その頃って全部無給の時代ですよ。無給の時代によくやったと思いますね。サイエンスやって、生活のために働いて、それから評論でした。やっぱり若かったですね。体力勝負ですね。

伊藤　やっぱり体力っていうのは、仕事するためには大事ですしね。

永田　そうですね。だから、三枝昂之が「永田と一緒にいると、もたんよ」とよく言っていましたけどね。

伊藤　体力を保つ秘訣は、永田さんはよく寝られるけれども、睡眠は大事なんですか。

永田　どうでしょうね。まあ、どこでも寝られましたけどね。

伊藤　宮崎にも、南の会のシンポジウムのとき講演に来てもらって、僕の家にも泊まったことがありますけどね。よく眠っておられたから（笑）

永田　もうね、いつも寝不足だから。結局、僕の生涯はずっと眠い、眠いで過ごしてきたような気がするなあ、どこでも寝ちゃう。小池光に「永田和宏死につつ眠る」っていう歌があるんですけどね（笑）あれは、短歌人の夏の全国大会に呼ばれて、僕の講演のあとでみんなが集まるまでにちょっと時間があったのかな、その時に部屋を一つ貸してもらって、そこで寝てしまった。そのとき小池が見に来たんだと思うんですよ。

当時、無理していた頃は、いつでもちょっとした時間に寝ていましたね。

伊藤　それだけ本当にハードな生活をしていたということですね。

永田　市川先生が感心して「あんたはよう寝るなあ」って言ってた。実験室でみんなで比叡山にテニスしに行くと、車に乗った途端に寝たらしくて。まあそんなのでもっていたのかなあ。

伊藤　このシリーズで佐佐木幸綱さんが、馬場あき子養生訓っていうのを五つ書いたんですよ。馬場さんが元気な理由っていうのは声が大きいとか。

永田さんが自ら語る永田和宏養生訓はどうですか。

永田　まあ、寝るのはそうですね。

伊藤　ともかく時間を見つけて、場所を見つけて、寝る。

永田　あんまりくよくよ考えないほうじゃないかなぁ。

伊藤　あんまりくよくよ考えない。

永田　さっき淳が言ったけど、ポジティブだと思いますね。一つの失敗したことがあって、ネガティブなところでくよくよするのか「えい、いいや」と思って何とか次を考えるというのがあるのかもしれませんね。
　企画でもないけど、いろんなことを考えるのも好きですね。新しいこととかね。次に塔はこんなシステムにしようかとか。

伊藤　次から次に企画を考えたり、夢を持ってプランを考えるっていうね。

永田　それはサイエンスをやっていることの裏返しかもわからないですね。

伊藤　意識っていうのは一つのことにしか向けられないから、そういうプランとか夢のほうにいってしまえば、たしかに余計なことはあんまり考えなくなりますよね。

永田　こんなことやったら面白いんじゃないかとか、これとこれがわからないからやれとかって学生と喋るのはわりといいのかもなと思います。

伊藤　他にありますか？

永田　あんまり身体のためになることはしてない（笑）飲み過ぎているから。

伊藤　身体のためになることをしようと、思わないところがいいのかな。

二足の草鞋

永田　ただ、一貫してこれまで自分を縛ってきたのは、二足の草鞋ですよね。それはもう、抜けがたく自分のなかでしんどかったことですよね。でも、結果的にはそれが何となくよかったのかもわからないという気がするんですね。

伊藤　高安先生が『黄金分割』かな？栞に、自分もドイツ文学と短歌と両方やってきて、永田さんが、サイエンスと短歌と両方やることについて、非常に心配されていてね、自分と同じ苦しみだ、と。結婚の相談に来たときも、早いんじゃないかと言ったけど、永田さんは結婚しちゃったってね。二足の草鞋とさらに家庭生活。研究者のなかには、研究のためには結婚は控えたほうがいいとか言う人もいますよね。家庭生活に時間を取られたくないっていう理由で。ところが永田さんは三足の草鞋…

永田　家庭はあんまり顧みなかったから。
　高安さんが結婚に反対したのはね、坂田博義の自殺があったんですよ。それが非常に大きかったと思います。坂田さんが早く結婚しちゃって、まあ、家庭に問題があったというんじゃなくて、責任感の重さに耐えられないみたいなことで死んじゃったんですね。で、またそうなるんじゃないかと。
　坂田博義っていうのははるか昔の人だと思っていたけど、僕が入った頃から考えたら、五年ぐらい前の出来事なんでまだ生々しかったんですね。だから、あの反対っていうのはそういう不安が高安さんのなかにあったと思いますけどね。
　ただ、高安さんの言う二足の草鞋は、僕のタイプとは少し違いますね。僕は全然違うことをしていますので。まあ、いまでも後ろめたさがないかと言えば、それはもちろんあります。歌がなければ、もっと学生叱れるのにとかね。

伊藤　ああ、そうですか（笑）

永田　全然集中していない、もっと一所懸命やれと思う学生がいっぱいいるわけだけど、何でこんなオモロイ事に集中できないかって怒ったら、全部自分に返ってきちゃうんで。

伊藤　でも、永田さんにとっては両方面白いわけですからね。

永田　そうですね。だから、やめられないというのはそういうことですけどね。
　高安さんの場合は、ドイツ文学と歌はわりと近いのでいいような悪いような。
　佐佐木幸綱さんなんかでもそうですよね。僕はもう全然違うので、全然違うっていうのがしんどかった。人からいつも、何で両方やるんですか、とか、何が同じなんですかと、質問を受けるんですね。みんな共通項を見つけて安心しようとする。それで僕もなんとか共通項を見いだそうとしていたんです。

十年ほど前は「どちらも新しい自分に出会える」だとか何とか、わかったようなことを言ってごまかしていたわけです。でも、考えてみると全然違うことなんで、それがよかったのかもわからんですね。

伊藤　特に科学の最先端の研究っていうのは、あらゆる時間と労力をそこに注がないといけないような仕事なんでしょう。

永田　特にこの大学には、僕よりはるかに優秀な人たちがいっぱいいるわけでしょう。同じ教授さんでもね。

伊藤　まして永田さんさっき言いましたように、学部時代は別のことをやっていて、二十代後半ぐらいから、いまの細胞生物学の勉強を始められたわけでしょう。

永田　とにかくかなわんっていうぐらいに優秀な人がいっぱいいるのに、その人たちは全部自分の力をサイエンスに集中してやっていて、こちらは、もう一方で別のことをやっている。それはもう、どうしようもなく後ろめたいことですね。その道一筋の美学というのが自分のなかにあって、自分のなかにあるのが一番困るんです。人から言われるのでなくてね。

伊藤　冒頭におっしゃった梅原さんの言葉は、両方あって永田和宏さんですから〇・五足す〇・五の一でなくて、一足す一の二が永田さんの魅力という意味で、梅原さん流のユーモアだと思いますね。

永田　ただ、どっちみちサイエンスはずっとはやれないので、何年かのちに閉じざるをえないと思うんですね。いま急いで片一方をやめちゃうと、両方だめになっちゃうんだろうなという気はしますね。

そう思えるようになったのは、ここ十年ですよ。特に全然関係ないんだよと、人に言えるようになったのはすごくびっくりなんですよ。そう思ったらね、すごい楽なんで。関係ないことをやっているんだって。

伊藤　われわれの歌の世界の者からすると、科学者の永田さんが歌を作り続けていて、科学の世界をいろんなかたちでわれわれに見せてくれたり、あるいは科学的な捉え方を歌のなかに示してくれたりというのは大きな財産だと思いますよね。

そのことに限らず職業詠というものが、とても大事だと思っているんですね。やっぱりその職業を通してしか、現場を通してしか見えないものっていうのは必ずありますよね。

だからそういう仕事の現場からの歌っていうのは、大事だなあと思います。

永田　本当にその通りですね。僕の場合は、自分で手を動かして実験することがなくなっちゃったんで、それが割と歌いにくくなってきているんですね。この頃学生をしかっている歌しかない（笑）

伊藤　（笑）それもなかなか面白い。どうですか、この頃の若い人というのは。

永田　学生がね、何か隠れて僕の歌を読んでいるらしくて。あれ、誰々のことだとか言って。

伊藤　私も二足の草鞋を先生のように歩みたいと思います、っていう学生が出てくることないですか。

永田　大体だめですね（笑）

伊藤　二足の草鞋はだめだって言われて、やめるようだったら初めからやらないほうがましでしょうね。

永田　僕は割と負けず嫌いだと思うので、歌をやっているからサイエンスのほうでは、「まあ、いいや」とはなかなか思えなくて。歌のほうでも、やっぱり負けるのは嫌だという気がするんで、それは結構たいへんです。特にやっぱりサイエンスの世界は負けるというか、仕事が出なくなると途端にもう研究費が来なくなっちゃうんで。それはもう、死活問題ですよね。超零細企業の社長みたいなもんです（笑）

コロキウムイン京都

伊藤　仕事の中身は別だけど、研究グループを組織するとか、あるいはシンポジウムをおこなうとか、そういう点は歌の方と仕事としては共通してませんか。学会でそういう仕事をされること、あるいは歌人としてあるシンポジウムを企画するとか、そういう点では何か永田さんの能力が生きているんじゃないですか。

永田　どうでしょうねえ。

伊藤　細胞生物学会の会長をされてるわけでしょう。

　歌のほうでもいろんなものを企画して。僕が覚えているのは、あれは何年だったのかな、一九八一年、昭和五十六年だ。

　ちょっとシンポジウムの時代が続いていてね、聞かせるためのシンポジウムじゃない、われわれ自身がお互いに学び合う、クローズドのディスカッションをやろうじゃないかというので、永田さんが企画してね、京都に十人ぐらい集まって。

永田　そうでしたね。

伊藤　コロキウムイン京都か。みんな自弁で集まって。

永田　そうですよね。何も金出さなくて佐佐木さんも来てくれたし、伊藤さんも来てくれたし。

伊藤　高野公彦さんは東京から250CCのオートバイで来てくれて。

永田　雨のなかをオートバイで来て。たいへんですよね。あれ、面白かったですね。

伊藤　面白かったですね。

永田　唯一残念だったのは、記録を出さなかったことですね。とにかく十人集まって、全員が発表する。一時間ぐらいずつでしたっけね。夜遅くまでディスカッションして、次の日またやって。

伊藤　うん、二日間やりましたよね。

永田　何か、真面目でしたね（笑）

伊藤　あの頃永田さんすごく忙しいじゃない、昭和五十一年だから。

永田　そうそう。無給で一番忙しいときだった。

伊藤　でしょう。そのときにね、企画して。今日僕そのときの手紙も持って来てるんですよ。これ、大事に取ってあるんだよ。コロキウムの手紙。

永田　えーー!!

伊藤　コロキウムの手紙があるですよ。

永田　へえ～！感動やなあ、それは。

伊藤　来たんですよ、この手紙がね、みんなのところに。

永田　自筆？

伊藤　いや、書かれたものを全部十名にコピーしてね。それで、最後はちゃんとサインを入れて、永田和宏の。

永田　ああ、そうですか、それはまったく忘れていた。

伊藤　実際の内容はね、決まってここに、最終的には三月二十一日、二十二日、あ、そこです、京都教育文化センター。夜は鴨沂荘《おうきそう》に泊まって。

　テーマが定型論、韻律論、文体論、詩性論、短歌史の表現。みんな自分で資料を用意してね、四百字詰で一枚から三枚の資料をつくって、前もって永田さんに送って、それでもうみっちりやったんですよ。
永田 そんなの、一人が言い出して、みんなよく賛同するよねえ（笑）
伊藤 北海道から細井剛も来たよね。仙台から佐藤通雅が来て。
永田 これを一回やったでしょう。あと、まあ、大きなシンポジウムっていうのは何度もやってますけど。
同じように割とクローズドでやったのは、岡井隆さんと小池光と僕と三人で、茂吉について喋る。二カ月に一回、一年間、六回やったよね。
それはものすごく傲慢な企画で、三人で喋る、と。会場から一切質問も受けない。一人が基調発表して、三人で討論して、聞いていただく。そして、六回分前払いしてもらう。来ても来なくても払ってもらうという、そんなのでやってね。それは一冊になりましたけど、面白い会でしたね。
伊藤 このコロキウムの企画っていうのは、何かいまのシンポジウムだけでいいんだろうかっていうときに出てきたものですね。聞かせるものでなくて、お互いが問題を、課題をぶつけ合う。クローズドで、他の者を入れないでやろうじゃないかって言って、自弁で集まってやろうというね。
永田 そうですね。ちょっと最近のシンポジウムは特に、みんながタレントになり過ぎちゃった。どこへ行っても、会場を適当に沸かせてという感じになっちゃった。
しかし、その手紙にはほんとに感動したなあ。
伊藤 他にも永田さんの貴重な手紙をいろいろとね。「裕子と結婚することになりました」というのもあるけど、それは永田さんが生きている間はちょっと（笑）

『饗庭』の頃

伊藤 牧水賞受賞歌集の『饗庭』について。第三回の牧水賞選考委員会で、ともかく大岡信さん、岡野弘彦さん、馬場あき子さん、もちろん私を含めて、もう第三回は『饗庭』しかないということで。
永田 僕ね、賞に縁がなかったんですね。
伊藤 えっ？
永田 本当に。ほとんどそれまでなかったんです。
伊藤 そうだよね。現代歌人協会賞も取ってないしね。
永田 ずっと縁がなかったんです。まあ、角川賞は本当は塚本さんが出しなさいって言ってきたんだけど、あの頃はさっき言ったみたいに、歌壇に尾っぽを振るなんて、って。
伊藤 そういう応募して何か賞を受けるなどというのは、われわれの時代は不本意だったんです。
永田 そうそう。それで牧水賞をいただいたのがすごく大きかったです、僕は。で、すぐそのあとで読売文学賞。あれも牧水賞が弾みになったんで。あのへんから、何か賞をもらうようになって。安森敏隆が「お互い無冠で行くはずだったのに」って怒っているんですけど（笑）
伊藤 『メビウスの地平』から一つの永田さんの作風があって、少しずつ変わってきて『饗庭』っていうのは、あのとき大岡さんが特にユーモアの感覚が自ずから滲み出る、と言っておられましたね。
永田 あそこで随分変わりましたね。
伊藤 ご自分でもそう思われますか。
永田 『華氏』前半までが前期、『華氏』の後半からちょっと変わったと思うんですけ

普段の言葉っていうのを一首のなかで生かすって、すごく難しいじゃないですか。（伊藤）

ど、『饗庭』から今までが中期だと思いますね。

伊藤　『饗庭』から今度の『百万遍界隈』までが？

永田　そうですね。『百万遍界隈』がどのへんに位置するのかまだわからないですけど。『饗庭』で確かに自分の中で何か変わったなという気はしましたね。

伊藤　それは何か、自分として特に考えてそうなったところはあるんですか。

永田　いや、そんなにないんです。ただ『饗庭』の時期っていうのは、すごく忙しかったんです、研究の方が。

教授になって、研究室を主宰することになって、まだ何もないところから研究室を立ち上げていく時期だった。それで『華氏』の刊行も遅くなりましたけど『饗庭』もずいぶん長くかかったんです。そういう時期だったんで、歌でどういうスタンスを取るかっていうのをあまり考えてませんでした。さっき伊藤さんが職業詠っておっしゃったけども、もう自ずから自分の生活が衒いなく出てくるような感じで。

だから「あ、こういう風にもなるんだ」という、そんな気がしましたね、後から見たらね。

伊藤　われわれが歌を作り始めた頃っていうのは、何か、日常っていうものがすごく否定すべきものとして。

永田　そう。唾棄すべきものとして。

伊藤　そうそうそう。『饗庭』から暮らしを見る視点、暮らしを歌う視点が、すごく豊かに出てきたという気がしますよね。

永田　うん、そうですね。

以前はやっぱり「作る」という意識がすごく強かったでしょう。いかに作るかということ。みんなそうだった。人の作っていない、新しいものをどうして作るかとか、どういう風に表現を作り上げていくかという意識は、誰もが持っていたので、それは大事なことなんですけれども。

『饗庭』の頃は自分の生活を大事にするという、そういう意識はあまりなかったんです。研究の方に没頭していたんで、それに引っ張られて自ずと歌がそういう風になっていった。後から見ると、それが自分の中では、一番率直に感じたことを歌えているという、そういう気がしましたね。

伊藤　作るという意識がなくなると言うけれども、そう簡単にはこの歌は作れないですよ。やっぱりそこに流れている、温かい叙情、対象との親和的な関係性っていうのが、人に対しても、自然に対しても豊かに感じられるし、さりげない。それこそ普段の言葉っていうのを一首のなかで生かすって、すごく難しいじゃないですか。もちろん口語自体がね、定型にフィットしてきた、言葉の持つ長い時間もあるでしょうけれども、なかなかこの普段の暮らしを作品にして、読者にある感動を与えるって、すごく難しいじゃないですか。

その意味では、さりげないけれども、言葉が斡旋されているし、それはやっぱりすごいことだなと。『饗庭』のときにそんな話もしたし、それは『百万遍界隈』までずっと続いてきていると思うんですよね。

時間に対する責任

永田　この頃、歳をとっていくというのはいいことだなと実感しています。

伊藤　それは、今日是非、老いの話を聞かなくちゃいけないので。ただ、老いに関してもね、否定的じゃない老いのとらえ方っていうのは、僕は感じられるんですよね。

永田　そうですね。われわれの世代っていうのは、伊藤さんも含めてそうだと思うけど、うまく歳をとれていない時代なんですね、たぶんね。というのは歌壇的に言うと、年寄りが元気過ぎるから。馬場さんとか岡井さんとか、やたら元気で、そうすると、いつまでも馬場さんなんて、まだ「あの子たち」って言っているわけだから（笑）「あの子たち」の世代なんですよね。

だけどどこでそれをうまく、何て言うかな、自分で老いを持つというんじゃなくて、自然に馴染んでいけるかという、その自然の入り口をどういう風に見つけるかって、すごく大事だという気がするんですよね。

唯一、自分で責任を持たないといけないものは、時間だと思うんですね。

伊藤　ほう、時間。

永田　うん。自分の時間にどんな風に責任を持つか。若いときに冒険をする、若いときにいろんな新しいものを取り入れてやる、というのはその若い時期の時間に対する責任だと思うんですよね。ただ、いつまでもそれでやってられないので、われわれの世代は。ある年齢を経たときにいかに……う～ん、難しいなあ、ちょっとようわからんのですけどね。

昔から言うような、自然に老いて、円熟した境地になるというのは、全然ないんだと思うのですが、いつまでも自分が老いていくことに対して抵抗して、自分は老いない、老いない、若い、若いと思っていてはいかんのじゃないかなということを、いま、わりと思ってる。

伊藤　この『百万遍界隈』を読んでそういう風に感じましたね。

永田　年齢相応に老いるというのとはちょっと違うんですよ。でも、やっぱり人間絶対老いていくもんだという意識を、どんな風に受け入れられるかというかな。突っ張らないで、自分は若いんだ、若いんだと言わないで、その時その時の自分の〈時間〉をどんな風に受けとめて、歌の中に持ち込んでいけるかという意識ですね。時間は本当に一回限りだと思うんです。そこの時間の見極め方みたいなものが、大事なような気がするんですよね。

伊藤　人間というのは、乳児期、幼児期、児童期、青年期、壮年期って、一定の心身のコースを辿るんです。ところが、この高齢の時期、老人の時期っていうのは、まったく千差万別。そこが面白いんじゃないかと思ってます。コースはもうないんですよ。だから、六十代でいわゆるお年寄りになってしまう人もいるし、百歳で先ほどの山口さんのように、元気な人もいるしね。それからのコースっていうのは、まったくオリジナルに自分が作っていくもの。そういう風に思うと、何かどんな風に老年を生きるかっていうのは、何か面白いなあという気がするんですよね。

永田　そうですね。そこでどんな面白い老年になるか。

伊藤　永田さんどうですか。どういう？

永田　僕はまだね、まだもうちょっと…

伊藤　まだ、五十代ですもんね。

永田　ただ、サイエンスの世界がいま面白くてまだまだやりたいことがあるので、ここはもうちょっと引き払えないなと思ってます。このあとどう生きるかっていうのはね、おっしゃったように、これからは千差万別で、齢とってからの個人差は大きいですね。全然つまんない老人になる人はいっぱいいるわけですね。

いつまでも「若い、若い」と若ぶってたらそこが見えてこない。作品もやっぱりそんなの面白くないと思うんですよ。若い作品は、若いものに任せておけばいいので。ただ、本当のところ、老年になって面白い歌って、あんまりないですよね。

伊藤　そういう歌を見たいですよね。

永田　茂吉の『つきかげ』なんて面白いと思いますけどね。あれはちょっと特殊な面白さ。伊藤さんが以前このシリーズでおっしゃっていたように、馬場さんなんかはけっこう新しいところに来た女性ですよね。

女性っていうのは、歳のとり方がすごく下手で、誰も女性で面白くなる人はいない。斎藤史だって、僕はあんまり面白くないと思っているし。馬場さんなんかうまく歳をとっているほうだと思いますけどね。

伊藤　いま、斎藤茂吉の『つきかげ』を言われたけど、ほかに老いの歌で注目している歌はありますか。近代でも、現代でも。

永田　清水房雄さんなんか面白いですね。それから、岡部桂一郎さんですね。

だいたい男なんですよね、それって。女性はちょっと思い浮かばない感じ。

伊藤　清水さんと岡部さんなんて、どっちも老いを歌ってるんだけどまったく違う世界ですよね。でも、それぞれ面白い。

何かそういう面白さが、いろんな老いの歌が出てくればいいかなと思いますね。

永田　老いは必ずしもテーマにはならなくてもいいんですね。

伊藤　うん、そう、生きていることを歌えば、そこに何か、六十代は六十代、七十代は七十代の歌が出てくるんでしょうけどね。

永田　そういう意味で結局何が大事かっていったら、自分の時間に責任を持つということやと思うなあ。

塚本さんに最後やっぱり若干不満が残るのは、そこですね。塚本の老いの歌を見たかった。

これはないものねだりで、塚本さんはあれでいいんで、あの人は一代横綱だから、一代横綱はそれを最後まで、横綱で立派にまっとうしたので、それでいいんだけど。ただ、一読者としては、塚本邦雄が老いていったときに歌を作り続けたらどうなっただろうという、それをうまく見せてくれれば、うれしかったという気がしますし、岡井さんなんかにも、僕はやっぱりそれを望みたいですね。「岡井さん、早く老いてよ」という、そんな気がしますけどね。

伊藤　これから、裕子さんと二人で老いの家庭を作っていかれるんだけど（笑）今日は裕子さんの話をあんまり聞いていない。

裕子さんがもう、永田和宏、永田和宏って歌ってる歌がありましたね。

欠伸大明神の歌とか。相変わらず忙しくてたいへんだなと思っているけれども。

歌人一家

永田　伊藤さん、このシリーズの高野さんのときだったかな、言っておられたけど、家の者は読まないって。

それはいいですよね、たぶんね。

伊藤　永田さんのところはお互い歌を読んでもらったり、批評してもらったり…

永田　批評はあんまりないけど、○×を付けたりはします。とにかく必ず読まれているというのはね、なかなか難しいものがありますね。
伊藤　そうですね。
永田　息子、娘も読むし。
伊藤　僕なんか女房が歌を詠まないから、自分がモデルになることはなくて、勝手にモデルにしているだけだけど、自分がモデルになった感じっていうのは？
永田　あんまり気にならないですけどね。
伊藤　お互い作品だと思ってるから。
永田　そうそう。そこに歌われているのは「あ、こんな風に感じていたのか」と思うことはよくありますし、それがあるから、やっぱり日常会話で通じないところまで通じちゃうところがあってね。それはいいような悪いようなで、しんどいことですけどね。ただ、モデルになるっていうこと自体は、自分そのものではないという気がするので、あんまり気にならないですね。
伊藤　淳さんや紅さんには、ぜひ歌を作ってほしいと両親とも思っておられたんですか。それとも自然に？
永田　いや、それはもうまったく思ってなかったですね、僕の場合は。始めに作ると言いだしたときはびっくりしたので。淳が中二かな？
伊藤　淳さんが作り始めたのは、どういうきっかけ。おやじが、おふくろがやっているので自分もやってみようという。
淳　何だったんでしょうね。別に何にもなかったんですけども。そういう多感な時期ですよね、中学校二年ぐらいって。それでまあ、何かやってみようかなというだけだったんですけど。
伊藤　両親の歌の仕事に対する、尊敬心があったから？
永田　いや、それはないんじゃないですか（笑）ただ、福島泰樹が家にやってきたりとか、そういうことがしょっちゅうあったこともあるだろうし。何か急に言いだしたんだよね、淳は。作るわって。そしたら紅も、じゃ、私も作るって言って。
伊藤　逆に言うと、両親が歌を作れって押し付けたりしなかったことが、かえってよかった。
永田　そうかもしれませんね。こっちも一切そんなこと考えもしなかったのに。おかげで変な家になりましたね、ほんとにね。
伊藤　変な家ですかね。周りからうらやましがられるような家じゃないですか。
永田　いや、まあ、変わってはいるでしょうね。やっぱり普通の人だったら、とてもじゃないけど耐えられないと思うんですよね。お互いが全部わかっちゃうとかね。けれども歌を続けてくると、それは全然違うんだということがわかるんですよ。
伊藤　でも、淳さんと紅さんの歌っていうのも、やっぱり永田和宏、河野裕子のいいところを影響を受けていますよ。僕、そう思っていますね。
永田　僕はね、なかなか偉かったのは、河野裕子が最初にばあってデビューしたでしょう。
伊藤　角川短歌賞を取ったときに。
永田　角川短歌賞以降もね。で、歌壇の人たちは「与謝野晶子、与謝野一家だ」「鉄幹と晶子だ」って、鉄幹と晶子って言い方は、鉄幹はだめだけど晶子はいいというニュアンスでしょう（笑）。そう言われ続けてきたんだけども、それにめげずにきたところかな。いまでもそういう評価はけっこうあると思うけど。まあ、それとは違う、自分の歌は、河野のとはまた違うよさはあるんだと思っている。
いろんな夫婦を見ていても夫婦でやるとね、やっぱり一つの集団のなかで、二つ立つということはすごく難しい。「塔」っていう集団でもそうだし、家庭という集団でもそうだけど、どちらも同じような力をもって出て行くというのは難しいんだけど、河野があそこまで華々しくデビューしたら、僕はもうあきらめてサイエンスに没頭するというのが普通の成り行きですよね。でも、まあ、歌が面白かったっていうこともあるし、僕自身好きだったからやってきたんだけど。世評に惑わされず、あそこでへこたれなかったのがよかったんだと思いますね。

伊藤　永田さんの歌と文を見ていたら僕なんかは全然そんな印象はないですね。

永田　いやあ、やっぱり世間的にはそうでね。そういう時期が長かったですね。

伊藤　まあ、それだけ裕子さんが歌壇的にも輝かしい存在だったっていうことはあるんでしょうけどね、僕なんかはやっぱりそういう印象じゃ、全然ないですね。
歌も論も、永田さんは僕より四つ若いわけですかね、ともかくさっきの佐佐木さんの文章じゃないけどね、新しい歌人が生まれたっていう感じだったから。

永田　まあ、停滞も長かったけど…

伊藤　そうですか。停滞っていつ？

永田　『やぐるま』から『華氏』のあたりは、ちょっと停滞じゃないかなあ。『やぐるま』って歌集は、あまり見るべきものがないっていうか。

伊藤　そうですか。タイトルが難しくて、悩んで付けられたとかなんとか。やっぱり歌集自体も、かなり永田さんは悩んでおられたのかもしれないけれども。

永田　『華氏』の後半ぐらいからはわりとね、いまにつながるある種の面白さ。ちょっとあそこで切れている感じがしますね。
僕自身は『黄金分割』とか『メビウスの地平』のあたりの歌も、けっこう好きですけどね。まあ、自分でやっぱり悩んでいたころの煩悶が如実に出ているのかもわからないですね。

伊藤　『饗庭』の後記に書いておられたけど、かなり苦しい状態が続いているなかで、といって歌が暗くならずにね。

永田　まあ、でもやっぱりよかったですね、続けてきて。

月水金

伊藤　僕も永田さんのところには何度か厄介になってね。

永田　あの当時、たくさん人が集まりましたね。伊藤さんも。

伊藤　そう、よくね、永田家はみんな押し掛けて。

永田　あの、竜安寺の家でね。伊藤さんと、三枝と岡井さんと三人が泊まって。

伊藤　永田さんが『黄金分割』を出して、三枝が『水の覇権』を出して、僕が『月語抄』を出して、月水金と言われた。

永田　月水金（笑）次は是非「火木土」でいこうとか言って盛り上がった。

伊藤　夜明けまで大きい声でしゃべっていて、僕なんか声が特に大きいから、近所から苦情が来るからって言って、裕子さんに「もう静かに寝てください」ってしかられた（笑）

永田　両側が壁一枚で。古い家でさ、壁のあいだから向こうの電気の光が見えるのね。岡井さんの声もよく通るし。伊藤さんもよく通るしさ。で、いつまでも寝ないのよね。

伊藤　押し掛けて行ったんだな、泊まる予定が。あれは一九七七年の現代短歌シンポジウムのときですね。

永田　あのころは、家が汚くても何でも気にならなかったから、呼んだんだと思うけど。

伊藤　われわれが押し掛けたんですよ。

塔について

伊藤　ともかく毎号ほら「塔」は面白いじゃないですか。隅々まで神経が行き届いていてね。読ませる工夫があってね。

永田　もうこの頃、細かいことは何もタッチしていないんですよ。

いまは全部松村正直くんがやっているので。報告は受けていますけどね。だから、あんまり僕なんか、もうやらないほうがいいのかもわからんと思うんです。ただ、枠組みだけはね、まだこれで充分だと思っていないので、どうするかというのを考えるの面白いですよね。

伊藤　さっきの永田和宏養生訓の一つだもんね。プランを考えるっていうのはね。

永田　最近のヒットは「若葉集」ね。

伊藤　一年未満の人がいる欄でしょう。

僕なんかも塔をもらって、やっぱりあそこを見ますもんね。しかも秀歌は前のほうに選抜されて出て「若葉集」の人はアスタリスク（＊）が付いているじゃないですか。だから、おっと思ってね、あれは新しく入った人にとってはすごく励みだし。あそこがすごく新鮮に思えますよね。

永田　「若葉集」っていうのは、入ったところでこれからっていう意気込みがあって、それがすごく面白いですね。

伊藤　表現はたしかに未熟かもしれないけど、初めて表現する、やっぱり短歌で思いを表現する、やっぱり初心の輝きっていうのはありますよね。上手下手を超えてのね。何かそういうものがあるし、そしてある意味では、いまやっぱり口語っていうのが、日常の言葉が短歌となじんできているので、短歌を特別勉強したことのない人でも、何かきらっと光るものがね、新しく作った人のなかに感じられるなと思います

よね。

永田　そうですね。昔から塔は新陳代謝が激しくてね。どんどん変わっていって。昔、小野茂樹が塔のことを「高安ゼミ」だって言ったことがあるんですよ。つまり、ゼミみたいに毎年人が変わっていくと。

伊藤　入っていくけど出て行ってしまうという。

永田　というのがあって、それがずっと続いていて。それがだんだん大きくなってしまったんだけど、大きくなってしまうと、今度は新しく入ってきた人がわからなくてね。われわれの時代は一年に入ってくるのが二十人もいなかったんで、同じ年に入ったのは同期の意識がすごく強くある。不思議ですよね、同期っていつまでたっても同期なのね。

　だから、そういうのをやってみようっていうんで塔は毎年一回、十年目の作家、二十年目の作家、三十年目の、四十年目の、五十年目のというのを特集するんですよ。それも一つは同期の意識ですね。あのとき、一緒に入った人はいまもこんなに作っているんだというのは喜びなので。その意識をもうちょっとシステムとして何とかできないかなあと思ったときに、思い付いたのが「若葉集」。

伊藤　ああ、面白いね。

永田　松村編集長が心配するみたいに、あれが尻すぼみになってはまずい。

伊藤　新入会者がいないと、あれは成り立たない企画ですからね。新入会員がちょぼちょぼだと、この結社はこれだけしか入ってこないのかとなってしまうけど。

永田　もう、いっぺんに目に見えちゃうからね、それが。

　でもね、あれも言うは易しで、僕が提案したころは、無理だという意見のほうが多かった。というのは、どう管理するのか。つまり、まず入った人に「若葉集」に出しなさいと言うことから始まって、一年後にその欄を抜ける。それを誰が管理するのかとなると大変で。何人かそういう事務をやってくれている人のバックアップがあってね。

　「若葉集」に力があるというのもそうだけど、やっぱりそういうものがシステムとして動かせるというのが、いまの塔の頼もしいところだと思いますね。若い連中がそういうので働いてくれるんで。

　あと結社で難しいのは選歌ですね。

伊藤　選歌がやっぱり結社の一番、勝負のしどころでしょう。

永田　塔はなかなか面白い選歌体制だと思うし、心の花でも同じようなことをやっておられると思うけど。ただ、前から言っているみたいに選歌のシステムに正解ってないですよね。

伊藤　いろんな方法があってね。やっぱり固定化しないほうがいいのかな。

永田　それをどうするかっていうのは難しいところですし、実際僕と河野が、いま毎月全部の作品に目を通しています。全部の作品に目を通すっていうのがいつまで続くかですね。

伊藤　ああ、永田さんのそういう歌、あったなあ。「選歌に殺されしとう宮柊二をこの頃肯定しているしかも本気で」（『百万遍界隈』）とあるからね、これやめちゃいけないわね。

永田　さあ、どうですかね、本当に最後まで続くかどうか。もう千人超えたら無理だろうしなあ。でも、それに代わる何か別のシステムを使って。

　この制度は三回、目を通るというのが、

会員にはとてもいいんですよね。各選者と永田、河野という、その三人の目を通っているというのが、ある程度安心できるんだと思うんだけど。三つの目を通すっていうのが物理的に無理になってきたときにどうするかですね。

伊藤　選を受ける人はどうかわからないけど、選者は試されますよね。選者のほうがどういう歌をどういう方針で採るかってことをいつもね。

永田　朝日の選を始めて、共選というのがけっこう面白いんです。塔には「百葉集」といって、その月の二十首を選んでいるんですけどね。あれを選者が二人か三人で、共選にできないかなと思っているんですけどね。

伊藤　ああ、なるほど。

永田　時間と距離、物理的にできるかどうかだよな。でもその月の塔の全部のなかから、重なった歌が出てくるかどうかっていうのは、すごく面白いと思うんだよね。

伊藤　ともかく歌を出したほうは、選ばれるか選ばれないかっていうことが非常に重要ですよね。そこから学んでいくわけですからね。だから、選ぶ側もその点はやっぱり真剣勝負でね。

永田　伊藤さん添削はされるほうですか？

伊藤　いや、僕はほとんどしないですね。

永田　それは新聞歌壇でもそうですか。

伊藤　添削して採りたいなと思う歌もあるけれども、まずしないですね。

あれは何か裁判になったのがあって。添削してもいいという判例が出たっていうことを聞きましたけれどもね。

永田　そうですね。

伊藤　だから、添削はやってもいいですよって、この前聞いたけれども。

ああいう新聞選歌でも、どういう歌を選ぶかって、ものすごく重要ですよね。自分にとっても重要だし、投稿者にとってはもちろんですけれどもね。

永田　そうですね。やっぱり塔なんか見ていても、今月この選者、元気ないなというのは、もろにわかりますね。

それは選び方の元気のよさというか、生き生き し方っていうのがあって、選者のある種の気迫みたいなものがたぶんあるんだと思いますね。思い切って削ってよくなるとか、緩く入れてよくなるとかって、いろいろあるんで。

心の花は何首選べっていうのは決まってるわけ？

伊藤　いや、毎月みんな八首送りますよね。何首採るかは、もう選者に任されていますね。平均すると、三首か四首ぐらいですかね。八首全部載せるときもあるし、まあ、一首は載せないと着いたかどうかがわからないということになるのでね。

八十〜九十名選をして、特選を四人選んで、その特選についてコメントする。だからまあ、一首でも特選にしていいわけですけどもね。

八人の選者が選んだ歌のなかから、幸綱さんが今月の十五首を巻頭に置くというシステムですね。

永田　幸綱さんは選者が四人選んだ中からその十五首を選ぶんですか。

伊藤　いやいや、じゃない。それ以外からも多いですね。だから、幸綱さんは全部見て選ぶんですね。

選ぶ側は本当にたいへんだけど、やっぱり選ぶっていうことが、これはもう『古今集』のときから、どれを選んでどれを選ばないかっていうのは、歌人の勝負みたいなところがありますよね。

いま、朝日歌壇だって、永田さんは永田さんの選歌をしていて、それぞれ四人特色があって面白いですよね。

永田　特色ありますね（笑）

伊藤　だから。ときに重なる。

永田　でもやっぱり、あんまり塔らしさっていうのが出てしまうと、またこれもよくないんですね。知らないうちに塔らしさみたいなことが、どっかに出てきてしまいますね。歌会なんかでもね。

伊藤　何ですか、その塔らしさっていうのは。

永田　うーん、何かえもいわれぬものだけど。ある種の具体的なところの、目の付けどころみたいなところですかねえ。みんながそんな小さな具体をうまく取り込みすぎるようになると、全体に歌柄が小さくなる危険もある。

　ただ、塔は昔から、僕も学生時代から編集長だったし、吉川宏志くんが長くやってたし、最近は松村くんに移ってね。若い世代に編集長を任せるあたりはわりと健全だと思いますね。これがいつまで続くかですね。松村もそう長くはやってられないだろうし。そのあとどう人材を育成できるかです。

伊藤　いったん「らしさ」ができないとだめですよね。そこが一つの土台になって「らしさ」を作って今度は「らしさ」を壊して、誰かがまた出てくればいいわけだわね。

永田　そうですね。やっぱりもういまは高安国世の塔とは完全に違いますからね。

　いったん前衛を経たわれわれが入ってそれで、かなりごちゃごちゃした時期があって、それで今はまたどっか落ち着いていこうという時期なのかなあ。高安さんなんかでも、アララギから見るとまた違うんですけどね。

　僕はもう、とにかくいつも言っていることは、いろんなのがいないとだめなんだということ。いろんな芽がないと、結社というのは面白くならないですね。それを摘まずに、しかも結社というのは従《つ》いて行きたいと思う人がいっぱいいるわけ。従《つ》いて行きたいと思う人がいかに迷わないでいられるかという、そのへんのある種の牽引力と、しかも一つの方向だけに引っ張って行くんじゃない、ある種の自由が必要。

伊藤　結社にはいくつもの顔が必要であると同時に、一本筋が通っていないといけないわけだからね。

永田　それはすごく難しいところ。そういうこと考えるのは、楽しいですよね。この次どうしようかとかね。

伊藤　そのあたりは結社に対してわれわれは、ものすごく純粋に考えられるようになりましたですよね。

　以前は結社の主宰者なんていうのは、もう（笑）

永田　悪の権化ですよ。僕が同人誌にいた頃は、安森敏隆が「おまえはアララギにいるからだめなんだ」とか「塔なんて結社にいるからだめなんだ」って言われ続けてきましたからね。まあ、時代も変わったということ。

伊藤　そうですね。

永田　ただ、やっぱり、結社って大事ですよね。

伊藤　そうですね、僕もそう思いますよ。

　ただ、どういう結社にするかっていう、各人にとってどういう結社であるかっていうことが大事であって、結社自体が枠のような価値というのをね。

短詩型読者論

伊藤　じゃあこれから永田さんの作りたい歌を聞かせていただこうかと。いよいよ、中期が終わって。

永田　これを作りたいというのは、これまでもあんまりなかったんで。何となく作ってきたんですけどね。

　ただ、いま一つやりたいのは、読者論をまとめたいというのがありますね。もう、本のタイトルは決まっていてね、出版社も決まっているんですよ。

伊藤　タイトルは何ですか。

永田　『短詩型読者論』。

伊藤　短詩型文学論ではなくて、短詩型読者論。

永田　ただね、前から書いたものを集めてもちょっと面白くないので、それを基にして書き直そうと思ってるんです。そうなると時間が足りなくて。サイエンスのほうでいろいろ約束がいっぱいあって、それを何とかしてからじゃないと、ちょっと手に付かないので、まだそのままになっているんですけどね。三枝昂之が非常にいい本（『昭和短歌の精神史』）を出したりとか、ね。そうすると、いろいろと刺激も受けるし、自分もぜひ、短詩型読者論は、わりと面白い視点だと思ったんで、まとめたいなと思っているんですけどね。

伊藤　実作のほうはどうですか。僕らから見たら、永田さんってわりと自分の歌をこれからああしよう、こうしようって考えて作ってるようにも見えるけれども、自分としてはそうでもないんですか。

永田　自分としてはそれはないですね。まあ、前期の『メビウスの地平』『黄金分割』のあたりは当然、岡井を超えなきゃとか、塚本を超えなきゃっていう意識がすごくありましたけど特に『華氏』以降はあんまりそういうのはないですね。

　人の歌の業っていうのは、ずっと最後まで見てきたときに、どれぐらい振り返って、そのときどきの歌が面白いかというところに尽きるんじゃないかって、このごろちょっと思ってます。

　こう言うと若い人からまた反発を食うかもわからないけども、さっき言ったみたいに、その人がどんな風に、歳をとってきた、その歳をとってきた生活が縷々述べられているというのじゃなくて、どんな風にそのときどきにものを思ってきたのかっていう、その時間の軌跡が見えるのがすごく大事だと思っていて。

　例えば演歌の歌手とか、流行歌の歌手というのは、いつまでも恋歌を歌っているわけね、「昔の名前で出ています」なんてあ

人の歌の業っていうのは、ずっと最後まで見てきたときに、どれぐらい振り返って、そのときどきの歌が面白いかというところに尽きるんじゃないかって…

（永田）

ったよね。それじゃあつまんないだろうと。平凡に歳をとっていくのがいいと言っているのとはちょっと違うんだけども。そのときどきの自分の時間を、軌跡としてある程度は辿れるようなものであってほしいなという、そんな気はしているんですね。

すごい平凡なことになっちゃうけど、やっぱりそのときに自分が感じていることが、率直に歌に出てくるような、そんな歌でないと、やっぱり生きて歌を作っていて…

伊藤　それができるから逆に短歌っていうのは魅力ですよね。

永田　そうそう、そう思うんですよね。振り返って「あのとき、ああ、頑張っていたな」とかそれだけじゃあ、ちょっと不満で。

伊藤　特に何か事件があった、ないにかかわらず、事件がないときでも、そういう軌跡がにじむのが短歌だなと思いますよね。

永田　唯一僕が考えるとしたら、そのへんにわりと正直に作りたいなという気はしますね。だから、さっきも言ったように、いつまでも若がらないとかね。無理をしないというか。そういうのは、このごろわりと強く感じるわけで。このまま変わらないで最後まで行くかどうか、ちょっと自分でも自信ないけど。いま考えているのは、そんな感じですね。

伊藤　そういうことを考えておられるのはこの京都という、さっき冒頭にお聞きした、風土もやっぱりかかわっているのかな。東京にいたら、またもうちょっと違う発想になるんでしょうかね。

永田　まあ、いつもいつも歌人と接したりしていると、また違うのかもわからないしね。ただ、やっぱり残り時間ということを考えますよね。まあ、元気なのは、あと二十年だろうと。二十年前を考えたら、僕はアメリカから帰ってきたときなんですね。

あれからの二十年って、もうあっという間ですからね、あっという間に二十年たっちゃうんで、だからもうこれからは、一番大事なのは歌える時間だという気がするなあ。

伊藤　まあ、過ぎてみれば、あっという間だけどね。でもまあ僕はたっぷり二十年あるといつも思ってます。そのときどきの一日一日、一週間一週間というのは相当長いなと思ってます。これも僕が六十代になって老いの時間を考えるようになったからかもしれませんけどね。すごく一日一日が長くて、いっぱいいろんなことができるんだと、このごろ思っているんですよね。

これから過ごす時間としては、僕は時間はあるような気がして。しかし、もう僕も六十二歳だから、六十代、七十代というのは、いかなる身体的異変が起こるかわからない。

永田　そうですね。

伊藤　それは思っていなくちゃいけないですよね。

永田　そうそう。何が起こっても不思議じゃない歳ですよね。

伊藤　では今日は本当に長時間有り難うございました。

永田　こちらこそ、有り難うございました。

（平成十八年三月四日・於永田教授室）

永田和宏アルバム

小学１～２年頃、京都市立紫竹小学校にて。

一歳頃、左より父・嘉七、永田、母・チヅ子、伯父・重勝。

五歳頃、父・嘉七と。

中学時代、妹厚子（中央）悦子（右）と。

S43 頃、奥穂高にて高校時代の同級生・川勝明彦（右）と。

S58、長野県飯綱高原での塔全国大会。左・清原日出夫、中央・永田、右・高安国世。

S47、滋賀県石部にて結納。河野裕子と。

S59、京大会館前にて塔編集委員と。左より備中省七、諏訪雅子、永田、高安国世、田中栄、古賀泰子、光田和伸、澤辺元一。

S55、シンポジウムにて。左より河野、永田、塚本邦雄。

S52、京都岡崎白川院にて「極の会」。前列左より菱川善夫、安永蕗子、塚本邦雄、原田禹雄。後列左より岡井隆、春日井建、山中智恵子、永田、佐佐木幸綱。

S48、桜の吉野にて前登志夫と。

S56 頃、渡岸寺にて。左より永田、市川康夫、矢原一郎。

S60、アメリカロックビルの自宅前にて。永田、河野、右の木の蔭に淳。

S61、グランドキャニオンにて。河野、紅と。

S60、アメリカでの歌会にて。後列左より二人めから岸本多摩子、淳、河野、永田。前列左から紅、平塚運一、平塚英野夫人。

H1、岡井隆と。

S61 頃、左から馬場あき子、上田三四二（奥）、永田。

H12、NIH時代のボスを訪ねて。左より永田、スーザン・ヤマダ、ケネス・ヤマダ（ボス）。

H5、吉川宏志・前田康子結婚式。左より永田、吉川、前田、河野。

H3、第二回高安国世記念詩歌講演会。左より永田、坪内稔典、和田周三、江畑實（奥）、大岡信、林和清（奥）河野。

H15、ポルトガル・トマール村にて「ヨーロッパ分子生物シンポジウム」。左よりコスタ・ジョージョポラス、ウルリッヒ・ハートル、永田、リチャード・モリモト。

H4、京都聖護院にて塔全国大会。左より淳、吉川宏志、永田。

H6、第五回高安国世記念詩歌講演会。谷川俊太郎と。

H8、永田研 10 周年記念。

H19、松山・子規記念館にて「道後寄席」。左より天野祐吉、紅、河野、永田。

H11、読売文学賞にて。左より淳、永田、大江健三郎、紅。

H8、塔にて対談。奥本大三郎と。

H16、青磁社にて。上から淳、植田裕子、櫂、永田、玲、河野、紅。

H16、芸術選奨にて。左より紅、麻実れい、永田、花山多佳子。

H19、京都・上賀茂神社「曲水の宴」にて。右端、永田。

H16、京都・宝ケ池プリンスホテルにて「塔 50 周年記念全国大会」。左より茂山千之丞、馬場あき子、永田。

作家論

母恋いの歌

松村 正直

一、母というテーマ

永田和宏を語る際に、これまであまり注目されてこなかったのが「母」というテーマではないだろうか。家族の歌といった場合、妻や二人の子を詠んだ作品が取り上げられることの多い永田であるが、最新歌集『百万遍界隈』（二〇〇五年）には印象的な母の歌がいくつもあった。

母を知らぬわれに母無き五十年湖《うみ》に降る雪ふりながら消ゆ
『百万遍界隈』

昼の月透き通りおりはじめからわれにあらざりしものとして母

母死にしのちの日月《じつげつ》石段《きざはし》は時雨に濡れてどの石も濡る

永田にはこれまで九冊の歌集があるが、実はそのいずれにも「母」のことを詠った作品がある。永田の作品に常に通奏低音のように流れていたテーマが、今回表に大きく現れてきたということなのだろう。
年譜によれば、永田の生母は一九五〇（昭和二五）年、永田が三歳の時に結核で亡くなっている。そのあたりの記憶については、第三歌集『無限軌道』（一九八一年）の冒頭にある連作「饗庭抄」の中で詠われている。

カラスなぜ鳴くやゆうぐれ裏庭に母が血を吐く血は土に沁む　『無限軌道』
鶏頭の花の肉襞　夏を越え母に胸部の翳ひろがりぬ
呼び寄せることもできねば遠くより母が唄えり風に痩せつつ
夢と現の境ほのかにうち光り螢はゆけり母見あたらぬ
ずぶ濡れの母がかなしく笑いつつ辛夷の闇に明るみいたる

この一連は、血を吐く母、感染を避けるために子と遠ざけられた母、そしてその死が映像的な鮮やかさで描き出されている。これは実際の記憶というよりは、後になって聞いた話などを元に再構成されたものなのだろう。白黒の映画を見ているような印象を受ける作品の中にあって、一首目の血の赤さが強く目に焼きつく。
全体として完成度の高い作品であるが、極力個人的な感情移入を避けるように詠われている。それは実人生を直接詠うことを好まなかった前衛短歌の影響でもあろうし、当時はこうした詠い方をするのが気持ちの上で精一杯だったということでもあるのだろう。

おびただしきしかも時代の典型の死の一つかも、言ってしまえば　『無限軌道』

という歌もあるように、戦後のこの時期、結核による死者は死因の第一位を占めており、年間十万人以上が亡くなっていた。統計的に見れば確かにありふれた死の一つだったのだろう。しかし、母を失った者にとっては、それは決してありふれた死ではない。唯一にして絶対の死なのである。この当事者にしかわからない意識の差は、一体何を生んだのだろう。それは、他人には決して理解してもらえないと感じる作者の悲しみであり、孤独感ではなかったか。

二、死んだままの母

母の死という出来事は、少年にとってどのような意味を持つのか。それは単なる過去の出来事として、時間が経てば終ってしまうことではない。おそらく青年期・中年期以降にも、ずっと引きずっていくものなのである。それは精神的な欠落感として、あるいは実際の生活における不如意として、常に現在形の問題として当事者には感じられる。

英語には人の死を表現する時に、何通りかの方法がある。

She died fifty years ago.
She has been dead for fifty years.

それぞれ過去形と現在完了形である。あえて直訳すれば「彼女は五十年前に死んだ」と「彼女は五十年間死んだままである」ということになろうか。後者は日本語にはない言い方であるが、このように過去の死が現在にまで続くものとして意識されるというのは、もちろん日本人にも共通することであろう。

五十年も死んだままなるわが母よ茅花《つばな》穂に
立つ穂のなびくまで　『百万遍界隈』

ははそはの母を知らずに五十年生き来たり
合歓に添いてゆく汽車　『荒神』

これらの歌を作った時の永田は、既に孫も誕生しているという時期である。それでも、なお母恋いの思いは消えることがない。「五十年も死んだままなるわが母」の裏には「母を知らずに五十年生き来たり」という意識が常に付きまとう。生母の死という事実が与える影響の大きさを改めて思わされるのである。

三、つながりを求めて

亡くなった母は永遠に甦ることはない。そのため「砂浴みする鶏の眼の鋭きを見てより昼は母が恋しき」（『メビウスの地平』）といった母恋いの気持ちは、必然的に亡き母につながるものを求める気持ちになる。

遠き日の火傷は足に残りつつかすかに母はわれにつながる　『華氏』

わが知らぬ母に繋がる亡骸《なきがら》をアルコール綿《めん》もて夜半清めゆく　『華氏』

母につながる最後のひとり逝きたりきかの夜と同じ人ら集い来《く》　『百万遍界隈』

一首目は身体に残る火傷の痕、二首目は伯母の死、三首目は叔父の死を詠ったものである。いずれの歌にも「つながる」という言葉が用いられている。このように、身の回りにあるわずかな手がかりを必死にたどるように、永田は亡き母とのつながりを繰り返し歌にしている。こうした気持ちは、直接には母を詠っていない作品にもしばしば顔を出す。例えば「この父より受け継がざりしひとつにてあっけらかんと楽天をせる」（『百万遍界隈』）という歌を読めば、その背後に、「父に似ぬところはおそらくわが知らぬ母に似たのであろうと思え」（『饗庭』）といった歌を思い浮かべることができる。

しかし、どんなに母につながるものを求めてみても、それはあらかじめ失われているものに過ぎない。それで心の安らぎを得られるということはないし、欠落感・孤独感を埋めることはできないのである。

母を知らぬわれにあるとう致命的欠陥を君はあげつらうばかり　『華氏』

この一首は非常に厳しい歌だと思う。「致命的欠陥」という指摘が厳しいのもさることながら、それを自ら歌にしていることの厳しさを感じないではいられない。そして、この自分でもどうすることもできない部分は、永田を常に苦しめてきたのではないか。

四、二人目の母、義母

さらに問題を複雑にしたのは二人目の母の存在であっただろう。父親の再婚相手である二人目の母は、その後、二人の妹を生むことになる。

枇杷多くみのる近江の初夏の風　風のうわさに母の来ること　『無限軌道』

継母とうことば互みに懼れたる母とわれとの若き日あわれ　『華氏』

先妻と唯一血のつながりを持つ者として、新しい家族の中にいる。その寂しさは想像に難くない。二人目の母との関係にも、どこかぎこちなさが残ったことだろう。それは二首目の「互みに懼れたる」という表現からも窺われる。「母を知るはもはや父のみしかれども若き日の母を語ることなし」（『百万遍界隈』）という歌もあるように、父は先妻の話題に触れようとはしなかったようだ。それは息子を早く新しい母に懐かせようという愛情であったのだろう。そして二人目の母も、息子と馴染むべく努力したことだろう。しかし、そうした努力にも関わらず、いや、むしろそうした努力の跡こそが隔たりの存在を明らかにしてしまうのである。誰が悪いというのではない、そのどうしようもない思いだけが深く心に残ったのではなかったか。

その点、義母についての歌には、こうした問題は全く感じられない。

山芋も柿、セーターも一箱に送りこし義母《はは》の寂しさは透く　『華氏』

雪の中より白菜三玉抜ききたる義母《はは》は小さくなりにけるかな　『饗庭』

首輪をはずし首輪とともに埋めたりと義母《はは》はさゆらぐ電話のむこう　『風位』

いずれも素朴なまでに義母への愛情の伝わってくる歌である。「山芋」「柿」「セーター」「白菜三玉」「首輪」といった具体物が、歌に暖かなリアリティを与えている。しかし、こうした歌は、やや典型的過ぎるといった言い方もできるかもしれない。それは、永田が意識的に「母」という像を規定しているということなのだろう。年老いた義母と接する時に、若くして亡くなった母への思いをそこに重ねているようにも感じられるのである。

五、歳月と安らぎ

永田は第六歌集『饗庭』（一九九九年）のあ

とがきに次のように記している。

　母はこの地で、結核で死んだ。二六歳。ストマイが出はじめた頃であった。第三歌集『無限軌道』で、「饗庭抄」なる連作を作ったこともある。そろそろ娘がその年齢にさしかかろうとしている。

「饗庭抄」（一九七八年初出）から『饗庭』に至るまで、実に二十年以上の歳月が経過している。自分の娘が亡き母の年齢になろうとしていることに気づいた時、永田の心境にも何らかの変化が訪れたのだろう。年齢を重ねることで初めて見えてくることがある。自分が子を持つことによって、それまでは子の立場からしか考えられなかったことが、逆の立場から考えられるようになることも多い。そうした長い歳月の経過が、次第に心のしこりをほぐしていったのではないか。

　母ふたり同じ墓標に名を記しひとりはわれ
　に記憶なき母　『風位』

　かつてわれに母ふたりありふたり死せりい
　ずれもいまのわれより若く

　一首目は生みの母と二人目の母、その二人の名前が同じ墓標に刻まれている。これは単なる事実の描写だけでなく、永田の心の内の風景でもあるのだろう。二首目は「いずれもいまのわれより若く」が胸に響く。幼い子を残して死ななければならなかった母、そして十分に打ち解けあうこともなく永田が二八歳の時に亡くなった二人目の母。母をめぐる様々な出来事は、決して忘れることができたわけではない。しかし、それらをようやく静かな心で受け入れることができるようになったということなのだろう。

　このように見てくると、母の死という事実は永田の歌の最も深いところにあるもののように思えてくる。それは、あるいは永田が短歌という表現方法を手にした一つの理由であったのかもしれない。そして、その重い出来事がやがて一人の人間の心の中に受け入れられていくまでの歳月が、永田の九冊の歌集には収められているのである。

定家に遭わず

塚本邦雄 Tsukamoto Kunio

螺旋なす林檎の皮の錆びゐたり李賀より長くわが生きゆくか

「更に値《あ》ふ一年の秋」 水湛へ遠ざかるのみの背は夢に見し

酔はぬまま、否酔へぬゆゑ荒れにしをあはれ撲たれつつ汝が見てをりぬ

「短歌」昭和48年12月号「更値一年秋」

永田和宏二十六歳の、この十五首一聯を殊に愛するゆゑに、私は滅多にないことだが、該当バックナンバーを、手の届く空間に安置してゐる。短歌作品は他にも、高野公彦は「ユダの裔ならずや寒きあめの朝をいちじくの葉のうらに蝿ゐる」を含む「ナイフ」を、福島泰樹は「いつかゆかなむ聖戦という戦場にキリマンジャロを室に挽きつつ」を頂点とする「シリア識らざる」を披露し、当時のこの誌としては、珍しい充実ぶりであつた。高野公彦の「いちじく」は無論、佐太郎の歌の面影を濃く写し、私が後日「無花果二つ」を書く遠因を作つてくれたものだし、福島泰樹の「聖戦」は、その痺れるやうな煽動の快さに暫く我を忘れた記憶がある。十五年昔のことだ。

引用三首の眼目は勿論第一首目の「李賀」である。一聯中の白眉といふに足りるし、十五年後の今日でも、最近作までの最良十首の中に数へたい。明らかに若書きの美しさに、みづから顫へつつ発光してゐる。作者は、多分李賀年譜をたどり、八一七年二十六歳の死を確め、同齢の誼みに、暗然としつつ、「李賀より長くわが生きゆくか」と、誰にも聞えぬやうに呟いたのであらう。そして生き続けた。李賀の歌ひ残した壮年の歎きを、したたかに歌はうとした。

林檎と李賀の押韻は必ずしも重要ではあるまい。瞬一瞬に酸化して褐色に「錆び」ることに、日一日と死に近づき

つつあり、錆びてゆく他はない人生を、盛唐の夭折の天才に託して歌つたことが、永田和宏のこよない青春の形見となった。一聯の標題「更値一年秋」に、彼の李賀私淑歴が推察可能である。私も一時期この詩人に深入りしたことがあるので、わづかに推察できるのだが、李賀の愛すべき五言律八行の最終行と知る人は、必ずしも多くはあるまい。

詩は「七夕」、「別浦今朝暗　羅帷午夜愁」に始まり、第七、八行が「錢塘蘇小小　更値一年秋」であつた。美妓蘇小小も五〇一年に、二十二歳で夭折してゐる。そして「七夕」は、八一一年李賀二十歳の作と伝へる。永田和宏は李賀詩集を丹念に読み、はたとこの一行に逅ひ、一聯のテーマとしたのだらう。そして十五首の冒頭においたのは七夕の候、すなはち秋の歌、「秋の扉《どあ》に刺さりしナイフさやさやと冷えゐたり背後に森閉ざすゆゑ」であつた。引用の「『更に値ふ一年の秋』」の一首はしんがりにおかれてゐる。

私は、「更値一年秋」で、最初に言ふべきことを保留しておいた。引用の範囲でも明白なやうに、この一聯は「歴史的仮名遣ひ」表記を採用してゐる。資料保存が決定的に不得手で、永田和宏の「塔」初出作品と『メビウスの地平』以降の歌集所収との関聯を質すてだてもない。従つて、この作者の、歴史的仮名遣ひの下限が何年何月何日の作品なのかも詳かにしない。ただ奇怪なことがあるにはある。

脱出したし　われとともに吹かれていたるポスター〈ゴダールの秋〉　　現代短歌'70「海へ」

おお空の汗よ！　したたる瞬時みぎわべに海月となるを見た者はいないか　　同

静脈注射うたれいたるを　アーケードに卵なままと積まれてありき　　同

渚よりずり落ちてゆく足跡をふりかえるなかれ真夏のオルフェ　　現代短歌'72「真夏のオルフェ」

ふりむけば裸婦あかあかと噴水に濡れていたりき　還れユリディス　　同

火夫若き情事に思いいたるまで火中に罌粟の戦ぎてやまず　　同

右の二群の作、「海へ」二十首、「真夏のオルフェ」二十首、いづれも、前に引用の「更値一年秋」に先立つものであるが、現代仮名遣ひである。ユリディスが「濡れて居たる」か「濡れて到る」かが曖昧だなどと、瑕瑾をとらへて論ふつもりはない。永田和宏は、かつて、歴史的仮名遣ひを、たとへ一時的にでも信じ、駆使してゐた事実と、その後、何故か現代仮名遣ひに転向してゐたことを、私は発見し、訝しく思ふだけのことである。だけのこととは言へ、これは重大問題ではあるまいか。今言はねば、つひに発言の機会を失ふかも知れぬ。

この機会に、私は彼の處女歌集以来の作風の変遷、その技法の拡大と貪欲な領域増殖について、好箇の一首一首を俎上にすべきであり、頃日愛読する而立書房刊の『表現の吃水』『喩と読者』を正面から見据ゑて、真摯な設問を試みるべきであらう。だがその前に、一般の趨勢として、不可触視されてゐる傾きのある仮名遣ひ問題に、一応は眼を向けておかねばならぬ。不可触どころではない。仮名遣ひは趣味の領域に属し、一人一人が好みのルールを発見し、駆使すれば良いと言ひたげな卓論（！）すら現れかけてゐる。私は必ずしも、一様一律に歴史仮名を墨守すべしとは考へてゐない。口語・日常会話語頻用作品など、むしろ現代仮名の方がふさはしいと考へるものすらある。

だが、韻文定型詩と、作者自身が認識し、これに誇りと自信を持つなら、それがたとへ口語的発想の陰翳を帯びてゐようとも、歴史的仮名遣ひを信奉採用すべきだと考へ、その信条をおのれにも課し続けて来た。文語・口語、韻文・散文、その間を交互に錯綜し、揺れ動く部分も少くはないし、反論が起るとすればこの分野であらうが、それは予想に入れて、私自身に諭す気持も含めて、かく記すのみである。

参考に、前記の代表二評論集を読みたどつたが、仮名遣ひ論は、にはかには発見できなかつた。多くを望むのではない。永田和宏の作品の現代仮名遣ひを否みはしても、咎める気持はない。ただ、少くとも「更値一年秋」に、歴史仮名採用を敢へてした理由を聴きたかつたのだ。忘れてゐたら想ひ出してほしい。想起する義務はあらう。

われながら悲しい習性とは思ふのだが、韻文が「新カナ」で表記されてゐると、私はそれを「旧カナ」に翻訳しながら読むことにしてゐる。私の愛し敬してやまぬ一九四〇年代生れの壮年歌人たちは、高野公彦・成瀬有・小池光・伊藤一彦各氏らを除けば、永田和宏・三枝昻之・浩樹・佐藤通雅・福島泰樹・大島史洋その他、ほとんどが、私にバイ・リンガル的享受を強ひてくれる。一九三〇年代末期には、特筆すべき新仮名実践者佐佐木幸綱があり、彼の『群黎』中には、有無を言はせぬ新カナ効果が確に感じられた。だが、例へば「萏の鶴」のやうな古典的完成度の高い作品群を、そのままで読むのは苦痛だ。

たまたまあつた「更値一年秋」を楯に取つて、その作者を追求する気持はない。ただ、この一聯に限つてか、他に諸作があつたかは知らず、現代仮名遣ひをおのが表記の規律として来た作者が、敢へてそれを変更した時の、その心理を聴いておきたい。もし、これが李賀を主題としたからと言ふのなら、古典取材のケースの総点検を要する。単なる出来心として済ませる問題でもない。一方で一九六〇年代生れの青年歌人らが、ほとんど歴史仮名を標榜してゐるのも、考へやうでは実に皮肉な、かつは興味津々の対照ではないか。難・易の一面だけで仮名遣ひを律するのは愚に近い。歴史的仮名遣ひの矛盾も弱点も悉知の上で、敢へてこれを採用する六〇年代生れの弁を、篤と聞く必要もあらう。永田和宏にとつても、仮名遣ひは便宜の問題ではなく、意識するせぬは別として、美学の問題ではなかつたか。

カイン以後　瞋りは常に宥《なだ》められ羆《ひぐま》とわれとむかいあいたり

濾過されて光は闇に沈みゆく鼻梁翳濃きRedonに遭えり

いづれも前出「海へ」「真夏のオルフェ」からの引用であるが、これほど表記の審美性に敏感な作者が、決して発音通りではないのに、それを唯一の理由として易きに就く新仮名の画一主義に違和を感じぬはずがない。あるいは、處女歌集から近作までの作品の推移の裏に、新仮名的発想に馴れようとする、副産物的軋礫と、ことさらな示威がまつはつてはゐなかつただらうか。

寒の夜を頬かむりして歌を書くわが妻にしてこれは何者

戸口戸口に日の丸かかげこの町はわが知らぬ町きみと住む町

放課後の眠い晩夏の陽の光はるかなりフレミングの右手左手

右は「短歌年鑑」一九八九年版自選五首中の三首である。五分の三が新旧カナの別が表記には現れてゐない。無意識にしろ、仮名遣ひの現れる用語を避けたやうなニュアンスが感じられる。体言止めの頻用は、一首に漢詩訓読調の緊張を与へる効あり、発想の辛み、苦みあるいは表現のことさらな、かつ巧みな粗《あら》さは、新仮名症候群を逆用する一策ではなかつたか。韻文用語・散文用語の混用も、同根と考へられる。そしてこれは必ずしも永田和宏一人の問題ではない。

既刊四歌集中、私の最も愛読して来たのは『無限軌道』であつた。ここには、先人・先蹤からの影響を、ほとんど骨肉化しきつて、しかもなほ壮年の入口にそびえ立つ作者の美質が、ふんだんに鏤められてゐる。言葉の刃が匂ひ立ち、斬れば斬られつつ即刻対象も蘇るかの、活殺自在の技法が見られた。それでゐて文体はしばしば豹変し、常に奇妙なサスペンスに揺れ動く。その不安定なバランスとも言ふべき、初々しい弾力は、つひに時分の花であつたのか。

死より逆算したる時間のたゆたいを許さば……茘枝煮られて苦《にが》し

ことばなき詩に降る霜ぞ撓いつつ背は美しき滅びを刻

む

赤熱の硝子しずくとして落ちぬ　汝があゆみ翳れわが知らぬ汝の

夏せめておろおろ溺るべき胸もあれしろがねの穂は風に奔れる

ともに陥つる睡りの中の花みずききみ問わばわれやさしさをこそ

蝿のごと小さくなりて死にたりと遠き電話のむこうのたそがれ

帆船の風はらむ帆のやさしさをことばに籠めてたれか尋ねよ

〈一期は夢〉ならずさりとて空しさのやらん術なく犬蓼揺るる

螢光理論読みなずみおり月光が岬のごとくわが脚を伸ぶ

とりかえしつくやつかぬや鶏頭が刈られしのちを切に紅かり

鉄塔の秀《ほ》が紅を点じたる薄暑薄暮の身のおきどころ

水銀のごとなまぐさく水面照る傷つかずわれら人を送りき

バッハ低く流るる窓をひたひたと打つ蔦もみじ　闇をこそ打て

紙数を厭はねば、なほ十首以上、意中の作は挙げ得る。だが、この点でも、作者の志向・意図と、私の希求・信条はどこかですれちがつてゐる。すなはち、「歌壇」一九八八年十二月に掲げられた永田和宏自選百首中の「無限軌道」二十四首中、私の選択と重なるのは、わづかに三首に過ぎない。「花みずき」「犬蓼」「薄暑薄暮」がそれであり、この三首は、右に引用の十三首中、殊に愛着の深いものであるから、彼我共に瞑すべきであらうか。ちなみにゴシックは、この項に限り、歴史的仮名遣ひでも表記は変らない作である。さらにちなみに自選二十四首中、同種の作は十一首に及んでゐる。

私の選んだものも、作者自身が佳しとしたものも、共通するのは、その匂ひ立つ官能性が、一首をきはだたせて、時に危く立ちすくんでゐることだらう。私はその立姿の、殊に見事なものを採り、作者は、いささか不安定でも、かつまた時に喩が平俗に流れても、自身のその時々の志と趣向に従つてゐる。当然であらう。それでこそ「自選」の意味があり、逆にまた他選の権威も生ずるのだ。たとへば私は、作者が自選した「鶏頭の花の肉襞　夏を越え母に胸部の翳ひろがりぬ」を含む幾つかの「母」の情緒性、「ひるがえる風に揉まれて消えし蝶　伝えよ世界の裏なる紅葉」等の、やや甘美に傾く、通俗すれすれの、それゆゑに誤解されさうな歌を、既に昨日以前のものと考へる。

なほこの百首自選に執するなら、『メビウスの地平』中には、私の推す「李賀」は見当らず、ただ「『更に値う一年の秋』」と、李賀の「七夕」までが新カナに変へられて現れた。「林檎」も引かれたなら「錆びいたり」となるはずで、私に翻訳の楽しみを与へてくれたらうに残念である。それはそれとして、『メビウスの地平』『黄金分割』『やぐるま』の自選中から、私が再選して、その恋着度を比べてみよう。そこには次々と、作者の別の志と欲望が立ち上る。

『メビウスの地平』

くれないの愛と思えり　星摑むかたちに欅吹かれていたる

重心を失えるものうつくしく崩おれてきぬその海の髪

背を抱けば四肢かろうじて耐えているなだれおつるを紅葉と呼べり

ツァラトゥストラ思えばはるかゆうぐれと夜のあわいをのぼる噴水

ほおずきの内部にひっそり胎されてほのお以前の火のほのぐらき

『黄金分割』

林檎の花に胸より上は埋まりおり　そこならば神が見えるか、どうか

昇天の成りしばかりの謐《しず》けさに梯子の立ちている林檎園

〈差し向かいの寂寥《ツワイ・ザアムカイト》〉さもあらばあれ透明の花器に夕日が静かに充つる

ラクリモーザ流るる窓よ窓と言えどときに劣情のごときは兆し

スバルしずかに梢を渡りつつありと、はろばろと美し古典力学

微笑さえ肉に彫らるるほかなきを刀葉林の夜のしずり葉

二つの歌集の前者『メビウスの地平』が二十九歳、次に来る第二歌集『黄金分割』が翌年、而立以前の、未だ若書きの新鮮な詠風ではある。だが、忌憚なく言へば、免れがたく、いくつかの作の、どこかの部分に、「既視感《デジャ・ヴュ》」がつきまとふ。つきまとはぬ場合すら、稀薄な読後の印象の彼方に、彼が師事した高安国世の亡霊が見える。

　その弱い部分を、積極的に支へようと、みづからを奮起させてゐる涙ぐましい健気ささへ、私にはひしひしと感じられる。原動力となつたのは、絶好の伴侶河野裕子と、親友と呼ぶに価する三枝昂之であらう。そして、最も先師の投影のありさうに見える『メビウスの地平』の「ツァラトゥストラ」など、その透明度と琴線の張りによつて、出藍の潔さを具へてゐる。そして、『黄金分割』における「ス

バル」など、而立の作者の美質が最高度に現れ、今日もなほ、代表作の一つとして、まかりとほり得る秀作と、私は信じてゐる。新カナ表記の障りのないところもすがすがしい極みだ。

落涙潜然たるべきラクリモーザの漂ひ出る窓が、かへつて欲情への通風孔となる発想は、作者にとつてもかなりの冒険であり、連用形切れ結句と共に、文体改革への積極的な姿勢が見え、高く評価さるべきだらう。刀葉林の無残な幻像、微風で刀葉は落ち肉を裂くといふ、その微風こそ微笑に他ならぬ。異色の作として記念したい。

『やぐるま』

草原に汽罐車ありき鉄塊は銹びて臓器のごとくやさしき

もの言わで笑止の螢　いきいきとなじりて日照雨《そばえ》のごとし女は

雪降れり　積らぬほどの雪ながら子らよろこべばわれもよろこぶ

沫雪のことば消ぬがに零《ふ》りしかど左半球今日とのぐもり

酔はさめつつ月下の大路帰りゆく京極あたり定家に遭わず

振幅は一入激しくなつて、歌集としての面白みは、この第四歌集に止めを刺さう。評論集に処々で論じてゐた「喩」その他の方法論が、やうやく作品の血肉化して来たのだらう。短歌作品を理論に奉仕させることなど、毛頭考へてゐない作者としては、まづ理想的な帰趨と言つてよからう。閑吟集写しの「笑止の螢」は、この小論冒頭に推した李賀との照応においてもわが意を得る。

一方「沫雪」の万葉風スパイスのきいた解剖図鑑詠は、結句に軽い諧謔を伴つて、巻中の左翼たり得る。その諧謔は、「あけびのごときあくび」に極まり、これ以上崩れては困る限度とも思はれる。たとへば「現代短歌雁7」の「日付のある作品」における、殊更に構へた超散文的に乾燥した文体とも関係しよう。「大富豪ド貧民」を始めとして、尿・ヤキブタ・鼻毛を含む「うるはしきすがたにはあら」ぬ修辞と、楽屋落ちした素材とは、それが彼のプライヴァシーに近づけば近づくほど仮装と作り笑ひと嘘泣きが見えて来る。

源を尋ねれば、永田和宏もれつきとした土屋文明の孫弟子、かういふ作品が今まで少なすぎたのかも知れないと、自分の単純な世代論的考察を是正し、系譜論に切換へたくもなる。そして一方、私は私に、冗談じやないと舌打ちする次第でもある。余計な感想であらうか。

その私を、「定家に遭わず」は断然勇気づけてくれる。

ここにこそ今日の永田和宏あり、明日の彼を暗示する。彼は、京極黄門定家卿に邂逅したら、一体何を語るつもりだつたのか。六百番歌合の狂言綺語等を、茂吉の声色で一刀両断にしたか、しなかつたか、大いに興味がある。ねがはくは喧嘩別れしてほしいものである。

去んぬる夏、「私は頑固な新仮名論者ではもとよりないが、みんなが旧仮名回帰へ流れていく最近の風潮の中で、阿木津英の新仮名には一つ意志性を感じている」と記した永田和宏が、風潮などに拘はることなく、柔軟に、情熱的に、しかも、徹底的に、潔く、意志の力を以て、定家風仮名遣ひを摑み直してくれる日を、固唾を嚥んで待つてゐよう。

（「現代短歌雁」11号 '89・7月）

Profile
つかもと・くにお　1922〜2005年。歌人。歌集『水葬物語』『緑色研究』、小説『紺青のわかれ』、評論集『定型幻視論』など著作多数。

永田和宏素描

三井修 Mitsui Osamu

永田和宏の第五歌集『華氏』は一九九七年の第二回寺山修司短歌賞を、続いて刊行された最新歌集『饗庭』は翌九八年の第三回若山牧水賞、および第五十回読売文学賞をも受賞した。永田には現在まで六冊の歌集があるが、初期の歌集に対する高い評価にもかかわらず、過去不思議と大きな賞に恵まれてこなかった永田にとって、ようやくその実績と評価に相応しい栄誉を得たというべきであろう。しかし、私はこの「栄誉」を素直に喜ぶと同時に、率直なところ多少の戸惑いも禁じ得なかった。それはこれまでの永田の六冊の歌集の作風は相当顕著な変遷を経てきており、これらの受賞がその変遷に対してどのような位置付けをした結果なのかが、必ずしも明確ではなかったからである。初期の歌集をも視野に入れた結果なのか、それとも直接の受賞対象となった歌集だけに対する評価なのか。永田のこれまでの六冊の歌集に集約される歌業はそれほど際立った変化を見せている。また、永田の初期の作品世界を親しんできた人の中にはこれらの遅い受賞の対象となった最近の彼の作品世界にかなり批判的な意見があったことも事実である。たとえば福島久男は寺山修司短歌賞受賞に対して「その理由は、わたしには十分理解がゆかないところがある。作品論というより、いくらか作者論に傾き過ぎるように思えた」（「間放区」50号）として、歌集が評価されたのではなくて、永田和宏というネームバリューが受賞したのではないかとの率直な不満を述べている。

＊

永田和宏は昭和二十二（一九四七）年五月十二日、滋賀県高島郡饗庭《あいば》村五十川《いかがわ》に生まれた。父嘉七、母チヅ子の長男で、村祭りの朝の難産であったという。二歳の時、母が結核を発病し、感染を避けるために幼い永田は近所の主婦に預けられた。永田四歳の時、生母が死去する。この幼時の母との死別は後年の永田の歌の上にも大きな影響を与えている。そして父が再婚、三人で京都上賀茂に移り住んだ後、二人の異母妹が生まれ、やがて永田は嵯峨野高等学校から京都大学理学部に入学した。入学後「合気道部、バスケットボール部などを転々としているうち、京大短歌会設立のポスターを見て、ふらふらと第一回の集まりに出かけ、高安国世を知る」（自筆年譜）ことになる。昭和四十二年、二十歳で高安の主宰する「塔」に入会。同時に同人誌「幻想派」創刊にも加わっている。そして同年七月、京大楽友会館で開かれた「幻想派」の歌会で後の伴侶となる河野裕子と出会っている。このように系譜を辿ってくると、人の運命の不思議さを思わずにはいられない。幼い時の生母との死別に加え、高安国世、河野裕子との運命的な出会いが、永田和宏を歌の世界に導き、その歌を決定付けているからである。出会いといえば、塚本邦雄との出会いも触れないではいられない。「幻想派」0号に発表した「序奏曲・夏」二十三首が、合評会に出席した塚本邦雄により「華麗なる馬車馬」と評されたことも永田の歌に大きな意味を持つことになる。学生時代の永田は「塔」の編集に携わるかたわら、「幻想派」、「京大短歌」、現代歌人集会、「Ｒｅｖｏ律」などの創刊、創立に関わり、同世代の若い歌人たちと交流することになる。そして、昭和四十四年「短歌」二月号に掲載された次のような作品を含む「疾走の象」七首が彼の歌壇へのデビュー作となった。永田和宏、二十二歳のことである。

音楽へなだれんとするあやうさの…闇の深処に花揺らぐまで

楡の樹に楡の悲哀よ　きみのうちに溶けてゆけない血を思うとき

水のごとく髪そよがせて　ある夜の海にもっとも近き屋上

疾走の象《かたち》しなやかに凍りつきよもすがらなる風よ　木馬に

「あやうさの」「闇」「悲哀」「夜の海」「凍りつき」といったネガティブ・イメージの言葉が溢れ、青春の爽やかさというよりも、息苦しさが濃厚である。二十歳を過ぎたばかりの青年の作品としてはいかにも暗いという印象が強いが、同時にどうしようもない精神の渇望も感じられる。青春の危うさが激しい言葉の奔流となった記念すべき一連である。

昭和四十六年、永田は京都大学を卒業、森永乳業中央研究所に就職し、東京都国分寺市に移住する。これから五年間の東京生活で福島泰樹、三枝昂之ら関東在住の同世代の歌人たちと交流することもその後の永田の作風に少なからぬ影響を及ぼした。昭和四十七年、河野裕子と結婚、翌年に長男淳が、五十年に長女紅が誕生、そして紅誕生の年に永田は第一歌集『メビウスの地平』を世に問うことになる。五十一年、彼は森永乳業を退職し、母校の京都大学胸部疾患研究所の市川康夫教授の元に移った。妻と二人の幼い子供を抱えた無給の研修員であった。永田は当時のことをこう振りかえっている。

「将来の保証はまったくなかったが、不思議に悲壮感はなかった。塾で物理を教え、夜中過ぎまで実験をし、多くなってきた作品と評論の依頼をなんとかこなし、この時期から数年間がもっともよく働いた時期なのかもしれない」。

（「現代短歌雁」11号）

そして、五十二年には第二歌集『黄金分割』を刊行している。

*

言うなかれ！　瞠る柘榴の複眼に百の落暉を閉じ込めきたる

『メビウスの地平』

おお空の汗よ！　したたる瞬時みぎわべに海月となるを見た者はいないか

脱出したし　われとともに吹かれていたるポスター〈ゴダールの秋〉

苦艾《にがよもぎ》なども売らるる雑踏の孤独なる〈背〉をひとり知るユダは

真裸のサヨコ追いたる夏川の昔を今に吹け風ぐるま

自らの声を垂直に昇りつめ五月雲雀の肉重からん

『黄金分割』

表現の弾性を極限まで撓め、これ以上撓めると音を立てて折れてしまうというその極限まで挑んだ表現、聖書他の西洋的モチーフ、「空」「雲雀」といった青春性の強い語彙、永田の第一および第二歌集には明らかに前衛短歌の色濃い影響が認められる。これらの作品から、前衛歌人の誰彼の作品を連想することは容易であろう。永田自身は、歌を作りはじめてすぐの頃読んで印象を受けた歌集として春日井建の『未青年』と山中智恵子の『みずかありなむ』を挙げているが（「歌壇」99年4月号）、むしろ、塚本邦雄、寺山修司の影響が顕著と思える。「現代短歌辞典」（昭和53年、角川書店）で永田和宏について執筆した高野公彦は「いわゆる前衛短歌の系列に立ち、非写実・反写実の歌風である」と、永田を前衛歌人の一人として明確に位置付けている。永田が歌を作り始める前後の歌壇史を紐解くと、雑誌「短歌」の編集者の交替に象徴される、いわゆる「前衛狩り」の時代であった。ちょうど歌壇でそれまで盛んであった前衛短歌が戦中派歌人からの激しい批判に晒され、前衛短歌そのものが新たな脱皮を迫られていた時代であった。この時に登場した永田にとっては前衛短歌はその直前まで輝いていて、いま過ぎ去ろうとしている彗星のようなものであったと思う。永田は紛れなくその彗星の尾の最後の飛沫を浴びつつ歌壇に登場したのである。当時の多くの意欲的な若い歌人がそうであったように、永田は前衛短歌が残していった幸福なゆりかごの中で歌に目覚めたのであった。永田自身はこう述べている。

「僕が歌を始めたのは昭和四十年代の始めで、前衛短歌の真っ最中でした。『前衛短歌の理論が絶対』という環境で大学短歌会などは開催されていました。僕は十九歳くらいでなにもわからない状況で、『お前の歌は日常的だ』というふうにいじめられるわけです」。

（『斎藤茂吉―その迷宮に遊ぶ』）

なお、『黄金分割』の巻末に「首夏物語」と題する連作が収められている。旧約聖書のカインとアベルの兄弟殺しの物語に取材したものであるが（初出「短歌」76年9月号）、これも明らかに、前衛短歌運動の影響と思われる。しかし、私は本書の百首鑑賞に、この「首夏物語」からは一首も取らなかった。前衛短歌時代の詩劇が、複数の歌人がそれぞれのパートを受け持ち、各登場人物の短歌形式の台詞が全体として一つの叙事的交響詩となることを試みた壮大な実験であったのに対して、それに刺激を受けたと思われる永田の「首夏物語」では出演者は彼一人であり、あまりにも孤立的であった。もう詩劇の時代ではなかったのである。今日では永田のこの「首夏物語」が取り沙汰されることはない。作品の完成度とは別に、この一連の短歌史的意義は、率直に言えば、ほとんどなかったと言っていいのではないだろうか。その意味も含めて、永田の最初の二冊の歌集には前衛短歌の影響と、それゆえの悲劇性が濃厚である。

＊

昭和五十三年、永田は「骨髄性白血病細胞の分化について」の研究で京都大学から理学博士号を授与された。さらに翌五十四年、京都大学講師に採用されて、ようやく生活の安定を得た。その間、短歌に関しても作品はもちろん評論面でも精力的に発表を続け、五十六年に第三歌集『無限軌道』を刊行する。五十九年より永田は米国国立癌研究所に客員助教授として招聘され、彼の第四歌集『やぐるま』は米国から帰国後の昭和六十一年に刊行されている。ただし『やぐるま』に収められた作品は米国出発前のものであり、歌の傾向としても『無限軌道』と共通性があるので、この二つの歌集は纏めて考えていいと思う。『無限軌道』は「饗庭抄」と題した生母の死を歌った一連から始まる。饗庭は彼の故郷であり、後の第六歌集のタイトルともなっている。

鶏頭の花の肉襞　夏を越え母の胸部の翳ひろがりぬ
『無限軌道』

窓のなき積木の家に封じしは子の何ならん長く壊さず

父の泣けるを子は廊下よりのぞきおり入り来てしかと見よ父なる涙
『やぐるま』

十文字に林檎割られてさてもさても家族といえる最小単位

第一、第二歌集に顕著であった、前衛の影響は、ここでは大きく後退している。代って、生母の結核死の記憶、内向的な長男のことなど、自分の家族を歌うことが多くなり、現実的な素材、視点が濃厚になってくる。考えてみると、もともと永田はアララギの血を引く歌人であった。彼が敬愛してやまなかった師の高安国世は土屋文明に師事をしたアララギ歌人であったし、高安が創刊した「塔」は「リアリズムの深化拡大」を目標としてアララギから分離した、紛れもない「アララギ系結社」なのである。現在の「塔」は永田や河野裕子を慕う若い世代が多く、アララギ的作風はそれほど感じられないが、それでもアララギの土壌に培われた会員は多く、その人たちが「塔」を内面から支えてきたといっていい。そのような中で永田は昭和五十五年から翌年にかけて「塔」に「戦後アララギ論」を掲載したのをはじめ、現在に至るまで繰り返しアララギや茂吉についての発言を続けていることは知られている。永田の初期の作風に前衛的色彩が強いのは、塚本邦雄他の人たちの作品および人間との出会いがあったことは当然であるが、私は、その背後にアララギに対する彼の深いこだわりがあったと思う。このアンビバレンツが永田をして前衛短歌に強い関心を寄せさせた。しかし、彼はアララギについての考察を重ねる中で、アララギが果たした歴史的役割と同時に、その限界性をも明確に認識するに至った。皮肉なことに、アララギの限界性を認識することによって、初めて永田は前衛短歌を相対的に認識することが出来たと思う。そして、それ以降、永田の作風からは前衛的色彩が薄れ、代わって、現実性に立脚した作品が増えてくる。短歌をもってグローバルな全世界を把握するという前衛的手法ではなく、自己とその周辺を見詰めることで詩的真実に至ろうとする姿勢を示してくる。

＊

『やぐるま』の後の二冊の歌集、即ち第五歌集『華氏』と第六歌集『饗庭』（この文章執筆時点で最新歌集）はさらに新たな展開を見せる。『華氏』の冒頭部分は高安国世への挽歌の他、在米時代の作品が置かれていて、永田の作品の中では特異な場所を占めるが、それ以外の作品は、その次の歌集『饗庭』と共に一つの共通性を示している。

にんまりと昼を点して入りきたる〈ひかり〉の鼻は雨に濡れける　『華氏』

組長となりたる妻は日曜の朝を出でゆく粗大ゴミ回収日

これまでとあきらめてわが向かう時この若者は、不意に欠伸《あくび》す　『饗庭』

ねむいねむい廊下がねむい風がねむい　ねむいねむいと肺がつぶやく

これらの歌から感じられるように、最近の永田の作品世界は、その前の『無限軌道』『やぐるま』の世界からもまた大きく変わってきている。まず、「にんまり」などといった日常慣用語がひんぱんに登場する。妻を戯画化した二首目のような作品も多い。四首目のような口語発想も顕著となってきている。かつて『メビウスの地平』『黄金分割』で展開されたきらきらと輝く華麗な作品世界をもって世界を丸のまま把握しようとした傍若無人な若さは、この『華氏』『饗庭』では影を潜め、逆に日常的家族的素材を平明な表現で低い視点から歌うようになった。そして、その両方の作品世界を繋ぐものが『無限軌道』と『やぐるま』である。これまでの六冊の歌集は決してそれぞれ完全に隔絶した世界を展開するのではなく、初期二歌集（『メビウスの地平』『黄金分割』）、中期二歌集（『無限軌道』『やぐるま』）、最新二歌集（『華氏』『饗庭』）と大きく二冊ずつ三段階に区切られ、それぞれ前の作風を幾らか継承しながら新しい世界を開拓し、全体としてなだらかな連続線を描いて現在に至っている。

それでは、現在、永田が到達している世界をどのように捉えればいいのであろうか。吉川宏志が『永田和宏論』（現代短歌文庫『永田和宏歌集』所載）において永田の家族詠に絞って論考したように、永田の歌の特徴として、家族詠が議論されることが多い。と言っても彼の歌集は決して家族詠ばかりではないが、それでも同世代の男性歌人と比較してかなりその比率が高い。私は、現代という時代は、家族を通してのみ、と言うと極論であろうが、家族を通しての方がよく見える時代なのかもしれないと思う。ここ十年くらいのわれわれの置かれているさまざまな状況、特に通信手段、金融制度、雇用問題等の劇的な変化は、その中で流されているわれわれにはかえって見えにくいが、何十年か後に振り返って見れば、おそらくは明治維新か終戦直後にも相当するような大きな変化ではないだろうか。そのような流動的な時代のさ中にあって何かたしかな物を見詰めようとすれば、その視線がわれわれにとって最も身近な他者である家族に向くのは一つの有効な方法であろうと思う。

前衛の影響から出発し、次第に内面性を高め、現在は、日常性にかなりの関心を寄せている永田の歌の世界の変遷の背後には、常にグローバルなこの世界、宇宙を客観的に認識しようとする姿勢では一貫している。その一貫性の上で、いかなる素材、表現が一番効果的なのかを追求する科学者としての仮説実証の繰り返しが、永田の歌風の変遷の歴史だと思う。

なお、永田自身は自分の歌の変化についてこのように述べている。

「今度の歌集『饗庭』の作品を整理しているとき、自分の作品が変わったなという実感がありましたね。これまでは、評されるときは決まったように〝硬質の叙情〟いうような言葉をかぶせられていたし、自分でも何か形而上的な世界が好きで、あまり日常的な歌は多くなかったように思うのですが、この十年ほどは、日常が面白くなってきたというのがまずあります」。

(「短歌新聞」平成11年4月号)

＊

理論家としての永田の名声を確立した有名な〝「問」と「答」の合わせ鏡〟理論についても触れないわけにはいかない。この理論体系はⅠとⅡに分かれている。Ⅰは「短歌」(昭和52年10月号)に発表されたが、これをいわば序文として、改めて書き下ろしで本格的に論を展開したものがⅡであり、併せて評論集『表現の吃水』(一九八一・三、而立書房)に収録されている。要約すると次の通りとなろう。

歌を作るという行為は、己れが問うた「問」に対してみずから答えるという作業であり、その「答」がさらに新たな「問」となって、はじめの「問」そのものを問い直す。「答」を出すことが一つの自己充足となるのではなく、答えるということが、さらに深い「問」の断崖に目覚めること。

このように言葉を縮めてしまうと、理解しにくいかもしれないが、永田のこの「合わせ鏡理論」は今の若い歌人たちにぜひ全文を読んでほしいと思う。発表されて二十年以上経った現在でも、少しも新鮮さを失わない理論体系である。

＊

周知の通り、永田は現在、京都大学再生医科学研究所細胞機能調節学分野教授という長い肩書きを持つ科学者である。今までも科学者にして歌人という人は決して少なくはなかった。古くは斎藤茂吉、石原純など、現在も若手の坂井修一などの名前が思い浮かぶ。しかし、科学との関係で言えば、永田の姿勢はこれまでのどの科学者歌人とも違っている。

「自然科学の分野においては、あらゆる現象の根本を統べている原理は、非常に単純で、その単純さゆえの美しさに輝いているに違いないというのは、ほぼ私の信念に近い。さまざまな発見があり、それらに共通項としての、あるいは、上位概念としての法則がある。その法則が単純で美しくないあいだは、また、その法則に例外を設けなければならなかったり説明不可能な部分を含むあいだは、その法則が未だ本物ではないと考えるのである」

（『問』と『答』の合わせ鏡Ⅱ」）

これは批評の方法について述べている文章であるが、永田の科学観を端的に現している。本書中に繰り返し述べる永田の科学（とりわけ古典力学）への愛執はここにある。それをもって世界中のあらゆる現象が説明できる単純な法則、即ち、古典力学はその単純さのゆえに美しく、永田を魅了してやまないのである。茂吉や石原純の書いたものを読んでも短歌と科学の間を意識的に架橋しようとしているとは思えない。一方、坂井修一には「巨大科学のかたすみにこそ息をせめああ深森の井戸のごとくに」（『スピリチュアル』）のように科学と文学の二者択一的発想が見られる。しかし、永田の科学と文学の関係に対する態度は実に穏やかである。永田自身が科学と文学についてこう書いている。「あれか、これか、どちらを選択すべきかと本気で悩んだ時期もあったが、いまはこのまま両方を続けるしかないと思っている」（「朝日新聞」89年10月9日）。長い苦悩の末に辿り着いた結論であろう。科学と文学、その両者の間に本当の意味で幸福な架橋した最初の人物、私は永田和宏のことをそう思っている。

（『永田和宏の歌』'00年　雁書館刊）

Profile
みつい・おさむ　1948年〜。歌人。歌集『砂の詩学』『風紋の島』、評論集『永田和宏の歌』など。

三人の師

壱 弐 参

片田 清先生

永田 和宏

私には生涯に三人の「師」と呼べる人たちがいる。三人とも亡くなってしまった。出会った順に書いてみたい。

片田清先生は、高校の英語の先生。京都府立嵯峨野高等学校であった。この学校では、万葉集の伊藤博先生も当時、まだたぶん京大の大学院生のまま非常勤講師をしておられた。生徒たちは「ハクさん」と呼んでいたが、伊藤先生には残念ながら万葉集ではなく、漢文を教わった。

片田先生は、高校での英語のほかに、塾でも英語を叩き込まれた。当時、京都の公立高校ではみんなを同じレベルに引き上げはするが、伸びる生徒を伸ばす努力がまったくなされていないという〈義憤〉から、片田先生は自費で塾を開校した。北野神社にほど近い十如寺という寺の本堂を借り切っての授業である。英語のほかに、国語、数学、物理、化学などがあった。一学年二十名ほどが畳に座り机を並べて、文字通り寺子屋である。

講師陣は京都でも名の通った現役の先生たちが、片田先生の熱い思いに共感して集まり、今思い出してもすごい教授陣だったと思うが、その代わり、場所代、講師謝礼など生徒の会費ではとてもまかないきれず、いつも片田先生の給料から補填されていた。

まず怖さにおいて尋常ではない先生であった。高校で始業のチャイムが鳴る。それを聞いてぞろぞろ教室に入っていくと、すでに教壇には先生が仁王立ちになっていて、チャイムが鳴り終わるまでに入らなかった生徒は、そのまま立たされるのである。容貌魁偉というのだろうか、怒鳴り方も恐ろしく、竦みあがったものである。二回目の授業からはすべての生徒がチャイムの前に教室に座っていた。

塾でも学校でも英語に対する情熱はすばらしか

った。英文解釈としてあらゆる構文について例文を自分で探し出し、それを細かい字でガリ版印刷してみんなに配っておられた。粗末なザラ半紙が普通であった当時、片田先生の構文集だけは上質紙に印刷され、それが百枚近くもたまったものだ。これは後に一冊の受験参考書として大手の出版社から出版されることになったが、私にはB４版の例文集がなつかしい。

職業柄、日常は英語の方をより多く読むことになるが、読解力ということに限れば、その基礎は高校の片田構文以後に得たものはほとんどないと言い切っていいかもしれない。

この北野塾には、私は卒業後もお世話になることになった。企業に就職し、それを振り捨ててまた大学へ無職で戻ってきたとき、この塾で物理のアルバイトをさせてもらった。幼い子供を二人抱えて無給になった私にはありがたい話であった。物理が役に立ったのはこのときだけかもしれない。私だけでなく、息子も娘も、みんなこの塾に行き、いわば親子二代で教えていただいたことになる。尋ねてみたことはないが、息子夫婦はこの塾で出会ったのではないだろうか。

自分の給料はほとんど塾に供出していたかのような片田先生であるが、一方で神田の古書街ではちょっと名の知れた存在だったという。全集を専門に買い、それは生活の資にもなっていたらしい。

生涯独身であり、身寄りはほとんどなかった。亡くなったとき、門下生としてその蔵書の処置に携わったのであったが、三軒長屋の狭い家であった。家中の壁という壁には三重の本棚がめぐらされ、すべて全集ばかりが並んでいた。京都大学に寄付する手続きをとり、今は「片田文庫」として開架書棚にならんでいる。ほぼ一万点、立てて並べて六百メートルほどの分量である。それに加えてレコード、CDともに六十メートルほどにもなり、これは京大附属図書館でも過去最大の寄贈となった。今でも開架図書に「片田文庫」は健在であり、片田先生のCDで毎週小さな鑑賞会が開かれている。LPレコードはまだ整理がつかないとも聞いた。私が京都大学に残した最大の功績は、ひょっとしたら片田先生の蔵書の寄贈であったかも知れないなどと思うこともある。

三人の師

㊀㊁㊂

高安国世先生

永田和宏

高安国世先生に会ったのは、藤重直彦氏が立ち上げた「京大短歌会」の第一回歌会だった。当時、合気道部やバスケットボール部などに入ってはつぎつぎに落伍していた私は、たまたま見つけた短歌会創設というポスターに引かれて、会場の楽友会館に出向いたのだった。まだ誰も来ていないときだった。藤重さんがガリ刷りの資料をくれたが、そこには高安国世、塚本邦雄、寺山修司となぜか岸田典子の作品が数首ずつ印刷されていた。「誰か知ってますか?」と藤重さんは尋ねるのだったが、もちろん誰一人知っている筈はない。

第一回の歌会での高安先生の印象はまったくと言っていいほどないが、数ヶ月して、歌会の帰りに、近衛通りのバス停にバスを待っている先生に、「歌がうまくなるにはどうしたらいいですか」と思い切って尋ねたのが、たぶん最初の出会いと言えるのだろう。このまことに間の抜けた問に、間髪を入れず「塔にお入りなさい」と返ってきた。もちろんすぐに入会したことは言うまでもない。素直さが私の持ち味である。

当時の高安先生は怖ろしかった。塔の先輩たちは、「君が入ってきた頃から、ずいぶん優しくなったよ」と口をそろえるが、それでも怖ろしい先生という印象が強かった。初めて私が塔の歌会に出たのは、坂田博義の七回忌追善歌会であった。清原日出夫、黒住嘉輝らと共に立命館大学の学生であった坂田博義は、高安先生の嘱望する学生歌人であったが、若くして命を絶ってしまう。

寺での供養のあと、歌会が始まった。十数人の歌会であったが、私が唯一の新人である。誰かの歌に、霧の町に人々が聾のように押し黙っているといった歌があった。私に評がまわってきて、「聾のように」はありきたりではないかといった意味の発言をした。そのとたんに、先生から「先蹤があると言うなら、言ってみなさい」という鋭い言葉が飛んだ。気分でありきたりと思ったばかりで、まだ歌を始めたばかりの私に例歌のストックがあるはずもない。言葉に窮してしまったが、その場のみんなが凍り付いてしまったような雰囲気なのが異様に印象に残った。先生に耳の不自由なご子息が居られることを知ったのは、ずっとあとのことであった。

高安先生とは、奥様と共に、ずいぶんいろんなところに一緒に出かけた。後には先生自身が運転免許をとって、時どき私を誘っては近郊にドライブしたりされたのだったが、まだ免許を取られていない時のこと。

清原日出夫氏の勧めもあったのだろう、長野県の戸隠に山荘を購入された。その土地を見に行きたいということで、当時学生の身分で免許を取っていた私に一緒に行かないかというお誘いがあった。父に車を借りて、私が運転するのである。

高安夫妻、三男の醇さん、当時学生短歌会から塔に入会していた辻井昌彦と五人で出かけた。まだ中央自動車道などはなかった。五月の連休。清原さんの家でお茶を飲んだり、まだ山荘が建っていない五百坪ほどの土地を見に行ったりした。戸隠神社や野尻湖あたりまで見てまわっただろうか。いたるところにリンゴの花が咲いており、途中で弁当を食べたり、先生も奥様も、新しい山荘を建てることができるようになり、そのちょっと上気した気分が伝わってくるような楽しい旅であった。

帰りの渋滞が凄かった。長野を朝に出たのだったが、名古屋から名神に入ったのが、もう暗くなってから。延々と渋滞して動かないのである。私だけしか免許を持っておらず、代わってもらう人がいない。先生も気をつかってくださるが、どうしようもなく、十時間近く運転席に座っていただろうか。彦根を過ぎたあたりでようやく早く走れるようになったとたん、ヘッドライトの向こうに急に道が立ち上がってきたのである。壁のように道が立ち上がるのである。これには自分でもびっくりした。たぶん半分居眠りをしたまま車を走らせていたのだろう。私にはもう一度だけ、あわやトラックと正面衝突という居眠り運転の経験があるが、このときも確かに危なかった。路肩に車を止めて仮眠したが、その間、同乗者たちはどうして待っていたのだろう。

三人の師 壱 弐 参

市川康夫先生

永田和宏

市川康夫先生が京都大学のウイルス研究所助教授から隣の結核胸部疾患研究所の教授として赴任された直後から、私は無給の研究員として先生のもとで研究を始めることになった。ずっと「さん」と呼んできたので、ここでも市川さんと呼ぶことにする。

当時研究室は立ち上がったばかり。翌年から大学院生が一人、二人と加わったが、市川研として は総勢十人を越えることは一度もなかっただろう。のんびりした時代だった。昼飯の前には近くへテニスにでかけ、ああ汗をかいたと言ってはビールを飲む。夕方は一仕事終わると市川さんの教授室のソファーであれこれとダベッていた。市川さんも私も、どうしてあんなに時間があったのか、今もよくわからない。

話は文字通り四方山話。もちろん研究の内容や、世界の研究状況などについても話すことはあったが、この夕刻の時間帯は、多くは市川さんの回顧談が多かった。なにしろ話がおもしろいのである。生き生きとその場の雰囲気を情熱を持って語る、その語りに引き込まれていく。猥談が好きで、特に力が入った。女性が誰も居なかったのも幸いであり、今ならハラスメントになりかねない。

よく飲みに行ったが、たいていは割り勘。ある時、平安神宮の傍の居酒屋で飲んでいた。だいぶ時間が経ち、そろそろと思っていたとき、横の連中が蟹を注文した。実にうまそうなのである。市川さんが、「あれ頼もか?」と言う。こちらも同じことを考えている。危ないなと思いながらももちろん同意したのだが、支払いという時になって、やっぱり。二人の持分を全部出しても足りないのである。今から思うとたいした額ではなかったと思うが、二人とも当時貧乏であった。

仕方がないので、私が雨の中を研究室まで走り、そこにあったなにがしかの金を持って引き返すことに。その間、市川さんが人質である。戻ってみると、「ショウがないから、もう一本飲んでしもた」と、相当に居心地が悪かったらしい。

飲んだ思い出は限りがないが、ある時は百万遍で飲んで、遅く研究所まで三人で帰った。医学部を通り抜ければ近道である。裏門まで来ると、門が閉まっていた。それじゃあ乗り越えようと、いとも簡単に門によじ登り、よいしょっと向こう側へ飛び降りた。市川さんも一緒である。ところが上から飛び越えるときに、足が引っかかって、どんとこちらに転落してしまった。慌てて駆け寄ったが、大丈夫と苦笑いするだけだった。

しかし、その時の負傷はかなり大きなものだったらしい。暗くてわからなかったのだが、血も相当に出たらしい。そして、その時の負傷事件が市川さんに、定年を待たずに退官するという意思を固くさせたのであったことを、後にその著『山なみ遠に―僕にとって研究とは』（学会出版センター）で知った。

市川さんの持論は、〈研究所教授五十五歳定年説〉であった。学部なら教育という口実があるかもしれないが、研究所の教授で五十五歳にもなれば、頭も気力も萎えてくる。そんな人間が大学にとどまっているのは害悪だ、と言うのである。市川さんが五十五歳を過ぎた頃、もちろん冗談ではあったが、あの五十五歳定年説はどうなったんですか、と冷やかしたりした。

私が米国留学を終えて帰国したとき、市川さんは京都大学を五十八歳で辞めて、ノートルダム女子大に移っていた。私が留学をもう一年延長をしたいと手紙を書いたとき、「ブルータス、お前もか」という返事が返ってきた。居たければ居てもいいが、一生そっちに居ると思え、というのである。できれば後を継いで欲しいという意思表示だったのだろうと、今では思っている。

著書では、早く辞めたいという切羽詰った思いと、いろいろな伝手を通じて必死に次の就職先を探していた市川さんの思いに胸を衝かれたが、もちろんそんなことは夢にも知らず、アメリカ生活を楽しんでいたわけである。五十五歳定年説などは、口では唱える教授さんたちは多いものだが、実行した人は、私の知る限り市川康夫先生一人であった。

永田和宏のあしあと

—転居先の記録—

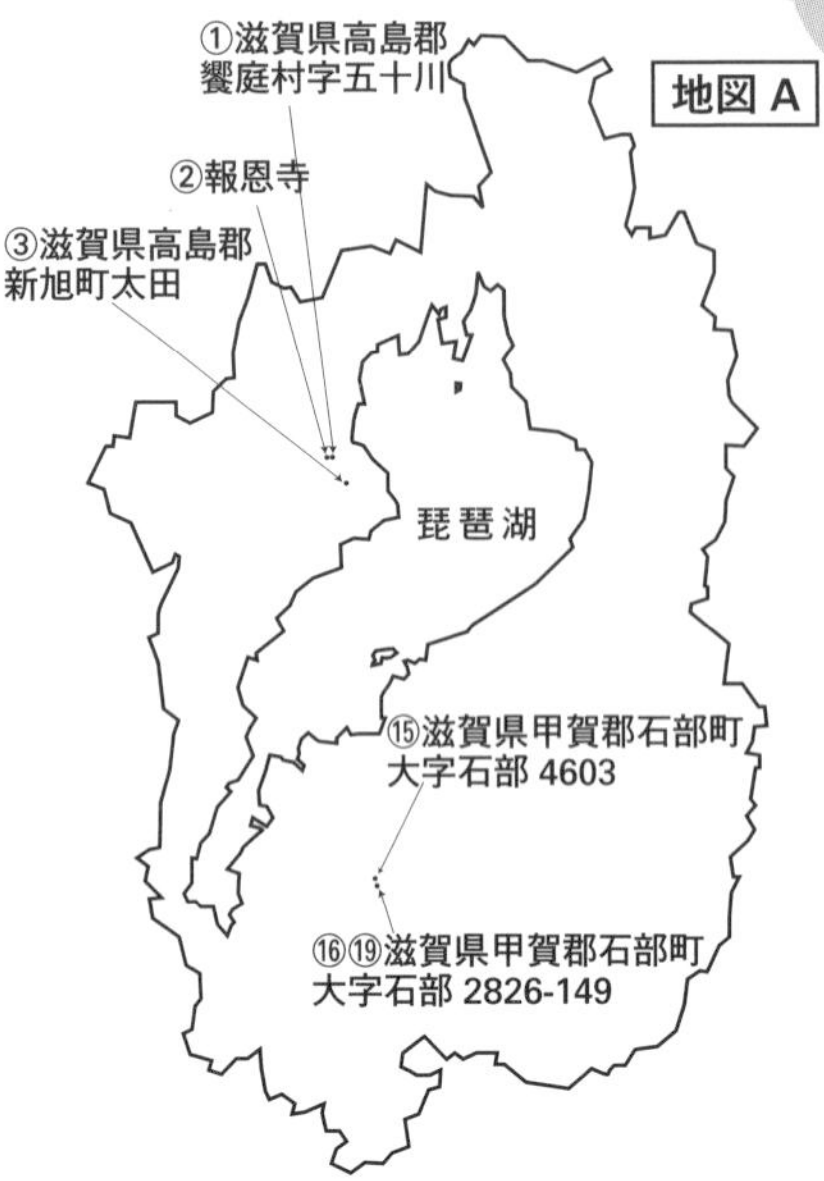

昭和 22 年（1947）5 月 12 日　滋賀県高島郡饗庭《あいば》村（現・高島市新旭町）字五十《いか》川《がわ》に生れる（地図 A—①）

昭和 24 年　同村の山寺　報恩寺の高部よし乃さんに預けられる（地図 A—②）

昭和 25 年　滋賀県高島郡（現・高島市）新旭町太田に高部よし乃さんとともに転居（地図 A—③）

昭和 26 年　京都市北区紫竹上園《かみその》生《ふ》町に転居　（父再婚）（地図 C—④）

昭和 34 年　京都市右京区御室岡の裾町に転居（地図 C—⑤）

昭和 41 年　京都市左京区岩倉中町 228-18 に転居（地図 C—⑥）

昭和 46 年　東京都国分寺市　森永乳業独身寮に転居

昭和 46 年　東京都大田区大森　森永乳業独身寮に転居（地図 B—⑧）

昭和 47 年　結婚　横浜市港北区菊名町 1016　屋際苑に転居

昭和 48 年　同　屋際苑　横の部屋に転居

昭和 49 年　東京都目黒区中町 2-5-4　青沼荘に転居（地図 B—⑪）

昭和 50 年　東京都中野区南台 5-21-10　森永乳業社宅に転居（地図 B—⑫）

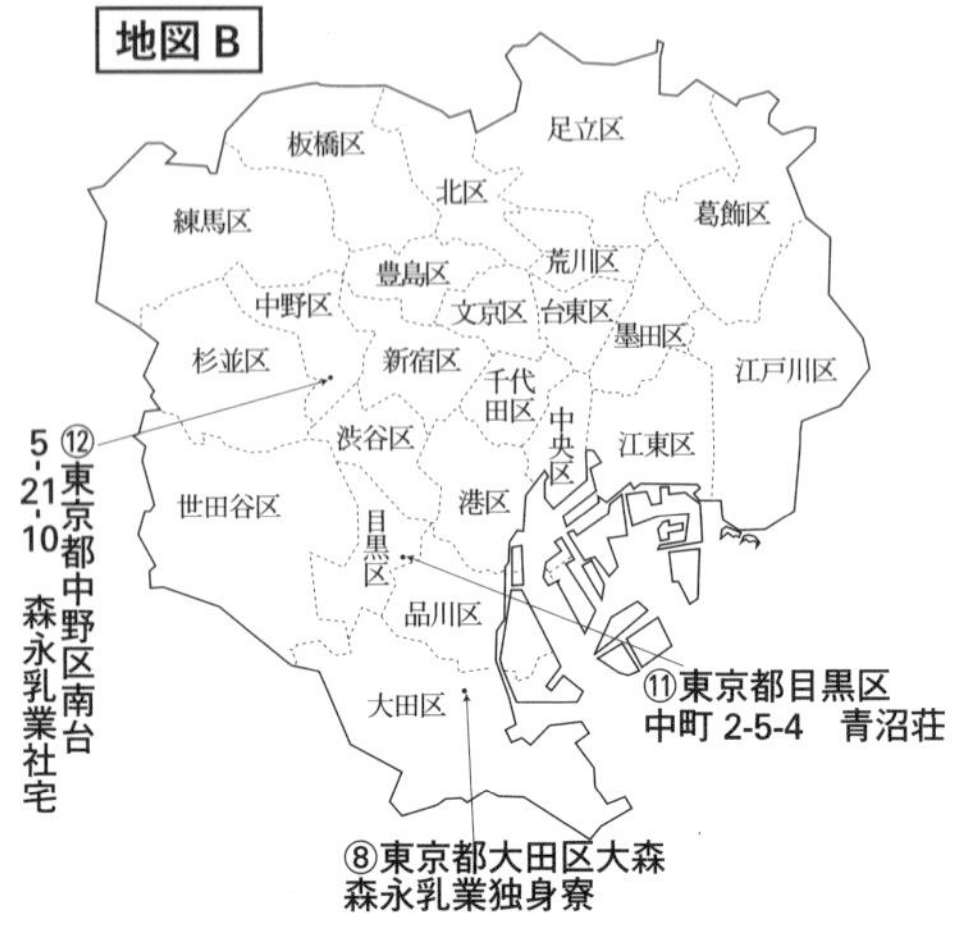

昭和51年　京都市右京区龍安寺塔の下町5-43　森永乳業退社に伴い転居（地図C—⑬）
昭和55年　京都市左京区岩倉中町228-18に転居（地図C—⑭）
昭和58年　滋賀県甲賀郡石部町（現・湖南市石部町）大字石部4603に転居（地図A—⑮）
昭和59年　滋賀県甲賀郡石部町大字石部2826-149に転居（地図A—⑯）
昭和59年　米国　メリーランド州ロックビル市ロリンスパークに転居
昭和59年　米国　メリーランド州ロックビル市アグニュードライブ1106に転居
昭和61年　滋賀県甲賀郡石部町大字石部2826-149に帰国（地図A—⑲）
平成元年　京都市左京区岩倉上蔵町169に転居（地図C—⑳）
平成9年　京都市左京区岩倉長谷町の現住所に転居（地図C—㉑）

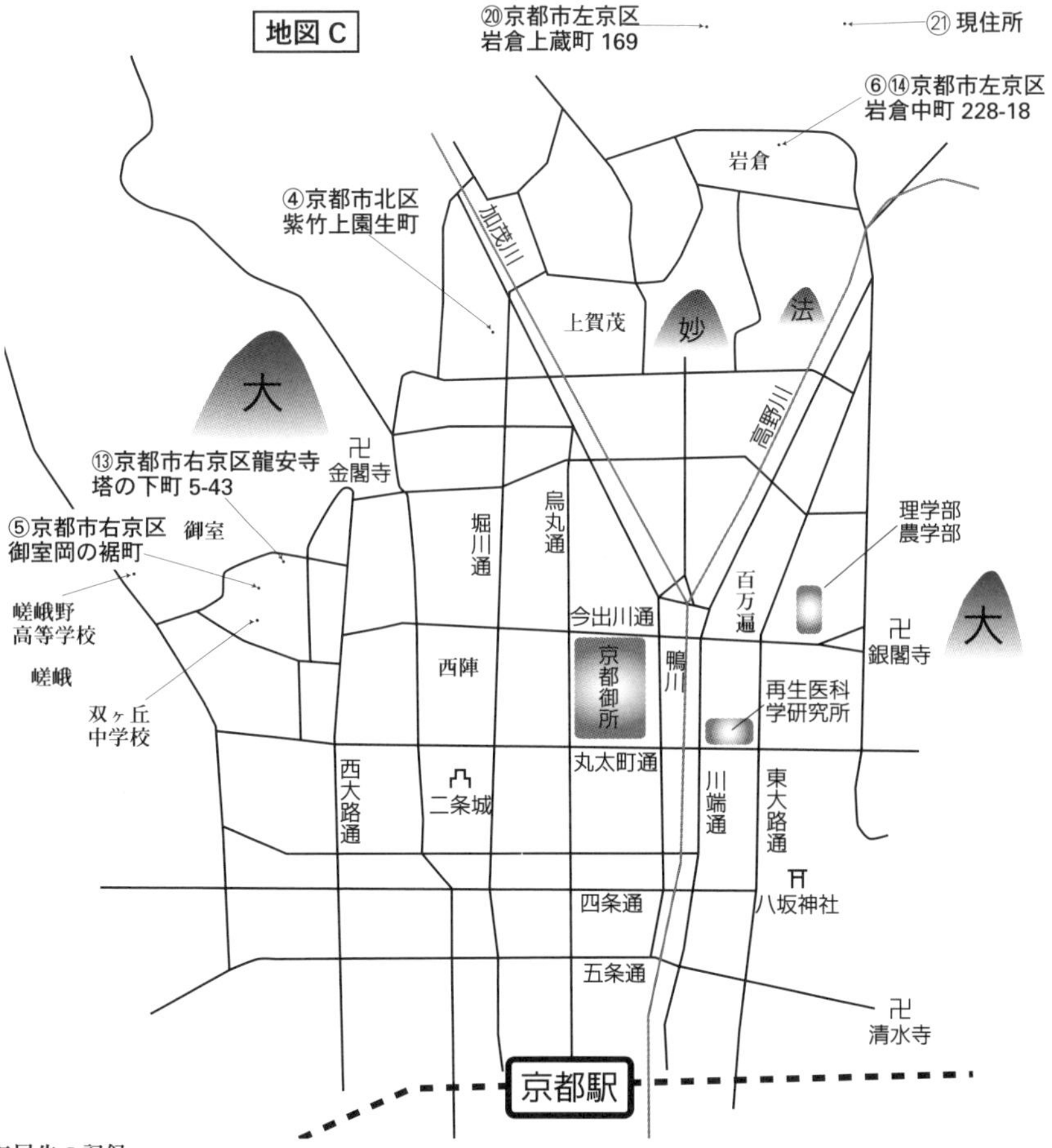

永田和宏コレクション

詩型の要請としての結社

永田和宏

　私はかつて、結社を成立させている与件は、つきつめれば選歌と歌会であると書いたことがある。この基本的な認識は、いまも変わっていない。もちろん、ほんとうはもうひとつ作品発表の場としての会誌の発行をあげておくべきだろう。むしろ、会誌をもって、結社としての会員のむすびつきを実感し、表現型としての結社の実体を見るほうが容易というべきかもしれない。私も当然、会誌の発行を結社の大切な条件とするものであるが、いまは、上記のふたつの問題を直接には考えながら、なぜ短歌という詩型において結社が必要とされてきたかについて考えてみたい。それはすなわち、結社の未来性という問題とも、直接つながるものになるだろう。

　結社を支える与件としての選歌と歌会、という問題の立て方は、短歌は、自分ひとりだけで作るものかという問題意識から発している。もっと言えば、作品は作者の意図を離れて自立しうるか、すなわち作品は、どの時点で歌として作者から離れるのか、短歌と作者との関係性と言い換えてみてもいいかも知れない。改めて考えてみるまでもなく短歌でものを言うということは、本質的な自己矛盾を抱え込んでいる。〈説明なし〉に〈わずかな語数〉のなかで、〈特殊な感動〉を抽出する。この三つのポイントをすべて満足させ得る表現など、どだいはじめから無理なのだと思わざるを得ない。

このように本来的な困難をかかえこんでいる詩型であるということから、(紙数の関係から、かなり飛躍した言い方にならざるを得ないが)短歌は歌会と選歌を必要とする詩型なのだ、と、私は考えている。もっと言えば、読者を必要とする詩型なのだと、多少先回りをして言っておいてもいい。

ある程度年数を積めば、人の歌の批評ができるようになる。ところが、いつまで経っても自分の歌はわからない。自分の歌だけはわからないというべきか。ひとの歌を批評するときの客観性が、自分の歌に対しては持ち込めないことが大きいのだろう。これは、作歌年数の多少とは関係がない。自分で苦労した作、あまりに思い入れの強い作、自信作、そんな歌にかぎって、他人の共感を得られないなどということは、だれもが多かれ少なかれ経験していることだろう。

歌会などで、自分の思いもかけない解釈をされて戸惑うことがある。そんなとき、この歌はそういう歌ではありません、と、長い講釈を垂れるか、そんな読みもあったのかと感心するか、自分の歌を見る見方として、それは大きなわかれ目である。人の目をくぐらせて、自分の歌を見ること、言ってみれば選歌も歌会も、そのような他人の目を保証する〈場〉にほかならないのだ。こういうもの言いは、すぐさま、選者の目は絶対か、などという議論へ矛先が向けられるか、歌会の参加者によって正解が得られるか、などという議論へ矛先が向けられがちである。もちろん、選者が絶対であるはずはないし、絶対的正解を与えてくれる歌会など、望むほうが無理というものだ。これらは、あくまで他者の目をくぐらせるための仕掛けなのである。ひとつの、あるいは、単なる仕掛けなのだと思っておいたほうがいい。思っておいた方がいいが、それは必要な仕掛けでもあるのだ。

歌会はまだしも、選者ともなれば、ある種の権力をもつ存在である。選者に落とされれば作品は会誌に載らない。極めて非民主的である。ぼんくら選者に勝手に落とされてたまるか、人に選んでもらって、自主性のかけらもなく、それでひとかどの文学と言ってられるか、という批判があるだろう。

従来の結社否定論の多くは、このテの、現実結社の表面的な弊害を指摘するものが圧倒的に多かったと言えよう。そのような批判は、そのかぎりでは確かに正しいのであって、議論の余地はないように見える。しかしそれは現象の批判ではあっても、短歌において、なぜ結社がこれだけ続いてきたのかという地点にまで、批判の射程は届いていないだろう。

結社制には、さまざまに目を覆うような悪弊が現象的にはあるとしても、私は、短詩型における結社は、詩型の要請から来ているものであると思うのである。詩型の要請とはすなわち、他者の目の導入であり、その仕掛けとしての選歌と歌会だろうと思うのである。逆に言えば、他者の目を信頼しなくなった作者は、もはや自分の作品を見る契機を自ら放棄したも同じではないかとさえ、思うのである。

現実問題として言えば、そのような他者の目を、どのように多様化できるか、というところに、結社の価値の一端はあると言うべきだろう。すなわち、主宰なり選者なりを絶対化して、みんなが右にナラエ、となってしまっては、それは自分の作品を見る目を狭くひとつに限定してしまうことにほかならない。歌会に出せば、二十人の参加者が、二十の読みを示してくれる、そんな集団がたぶん理想的だろう。

そのためには、結社は常にヘテロな集団でなければならない。私たちの「塔」は、若い人が多いですね、と言われる機会が多い。十代二十代特集というのを組んでみて、参加者が会員の一割、五十人もいたのには、自分達も確かに驚いた。しかし「塔」の特徴は、若いというところにあるのではなくて、若い作者から年寄りまで、いろんな層がミックスされているという方をあげるべきだろう。年齢だけにとどまらず価値観も職業も男女比も、地域性も、すべてにわたって多様であること、結社や歌会の面白さ、ひいては自分の歌のこやしとしての結社の要件は、これに尽きるのではないだろうか。詩型の要請からきている結社という制度、もうそろそろそれを語ることのうしろめたさから自由になってもいいだろう。

（「短歌現代」96年7月号）

読者論としての第二芸術論

永田和宏

「近代短歌は、いわば滅亡論とのたたかいであった」というのは、篠弘の『近代短歌論争史』冒頭のことばである。篠の命名に従って、近代の滅亡論議を振り返ってみれば、「尾上柴舟をめぐる短歌滅亡論議」（明治四十三年）、「萩原朔太郎をめぐる歌壇沈滞論議」（大正十一年、これは大正十五年、釈迢空の「歌の円寂する時」までを含む）、風巻景次郎の「短歌と雖も終焉を遂げる時はある」など国文学者サイドからの「局外者をめぐる短歌滅亡論議」（昭和十二年）ということになるだろうか。

これら三度にわたる滅亡論議のあとに、戦後いち早くわき起こった、「第二芸術論」という言葉に象徴される滅亡論議がくるのである。第二芸術論議については、篠弘による綿密な考証があり（『現代短歌史Ⅰ　戦後短歌の運動』）、また関係した諸家の回想という形の総括はじめ多くの言及があって、今となってはきわめて論じにくいテーマである。

「第二芸術論」は言うまでもなく、作歌する主体の問題を論じた一連の論争であった。戦争責任も含めて、短歌という詩型に拠っていた歌人たちが、時代に対してまったく無力であった反省から、新しい時代に対応できる主体とは何か、文学活動とは何かが真剣に問われたのが第二芸術論議であった。そして「第二芸術論」をめぐる多くの論も、ほとんどがこの問題に集中しており、これに関しては指摘されるべき論点はすでに出尽していると言うべきだろう。

しかし、歌人たちの戦中への後ろめたさの意識が邪魔をして、あるいは一気に開けた新時代への気後れが災いをして、論議の対象になるべくしてならなかった問題に、〈読者論〉の問題があったのではないかと私は思っている。

第二芸術論の提起した問題は、芸術活動の主体性の問題を表の問題とすれば、その裏に同等の重みをもった、より短歌に固有の問題として、読者の問題をもそれは提起していたのだと、私には読める。今回改めて読みなおしてみると、読者論の観点は、主要な「第二芸術論」の論文に見え隠れし、歌人側の意識には常に当然のことと意識されながら、しかも本質的な論議として深まらぬままに、作歌主体の側の問題に溶解されてしまったのだと思われてならない。私の読んだ限りでは、そのような視点から「第二芸術論」を読み解いているものにはお目にかからなかった。以下、読者論に視点をおいて、「第二芸術論」を読みなおしてみたい。

1

第二芸術論と呼ばれる一連の論争のなかで、もっとも早く出たのは、小田切秀雄の「歌の条件」(「人民短歌」昭和二一年三月)であろう。「折角自由になつたのだから、ひとつ思いつきり自由に振舞つて、芸術らしい芸術を創らうではないか」ではじまる小田切の文章は、新しい時代になった今こそ、本来の芸術としての短歌を回復しなければならないことを、熱く説いたものであった。

芸術としての短歌、それを阻んでいるものとして小田切の目に映ったものは、まず歌壇という枠のもつ旧弊であった。「かつて与謝野晶子の『みだれ髪』が歌詠みだけでない広汎な人々を深くとらへて、時代の昂揚した文学精神の先頭に」立っていた状態はすでに失われ、「歌壇は文学精神の高さと劇しさを失つたために孤立的封鎖的な無風地帯と化し、文学的論争すら殆どこれといふはげしいものは見られなくなつた。そしてその代はりに、結社内での毒にも薬にもならぬ仲間ぼめと結社外での縄張り争いが支配的となつた」として、歌壇や結社といった古く閉鎖的なシステムへの疑問を提出する。

詩型そのものへの批判ではなく、歌壇や結社のもつ愚劣さへの嫌悪感と批判が顕著である。それからちょうど五十年、半世紀を経た現代に持ってきても、ほとんど違和感のない状況認識であるのに改めて驚かされる。

小田切を捉えたもう一つの問題は、歌に芸術性を回復させるためには、作者即読者という体質を切り捨てるべきだという点であった。「すべての凡俗、自足、無為、空虚、愚劣さ、これらに対するはげしい反撥と闘ひのなかからのみ芸術は生まれて来る。(略)本当の芸術になつてゐれば、純粋の読者はおのづと生まれざるを得ない。そして自分の凡俗の生活に一寸色どりを添へるために作歌に手を染めるなどといふ安易なことはおそらくとてもできなくなる筈だ」と言うのである。そのあとによく引用される一節が来る。

「もとより吾々は広汎な人民のなかにひそんでゐる芸術的な可能性、その創作的エネルギーを期待し尊重する。吾々はこれの発掘、点火、成長を保証したい。

だが、凡庸な十万の作者を作るよりは、百人の本当の芸術家の生誕と、九万九千九百人のすぐれた読者の出現とを望む。つまらぬ歌を作ることにうき身をやつすよりも、いい歌のいいところをいいところとして感受し評価しつまらぬ歌をつまらぬ歌として批判し得る力を養ふ方がよつぽどましな事だ。むしろ此の方の広汎な成長の中からのみ真の芸術家も生まれて来る事ができる。」

　小田切秀雄の「歌の条件」では、真の芸術としての短歌を模索するということが絶対的に必要なこととして論が進む。それを支えるのは、純粋な読者を持てるものこそが、真の芸術なのだという認識である。歌を甦らせるものは、凡庸な十万の作者ではなく、百人の選ばれた芸術家であるという信念であるが、その根拠は示されなかった。作者と読者が未分化であるゆえに真の芸術たりえないとする小田切の見解は、短歌という詩型の特殊性を敢えて無視したところにインパクトがあった。「歌だけは俳句と同様に読者がまたすぐ作者となり得る特別なジャンルなのだ。と反対する者があるかも知れぬ。だが、趣味的な『作者』兼読者なぞといふものは、歌の世界から一掃した方がよほどさつぱりする」と断言してはばからない。

　小名木綱夫はそれに対して、「短歌および短詩型の文学特質は、その文学基底に民謡的素質と構造をもつてゐる。歌ひ手が作者であり、作者が歌ひ手である」（「実作者の覚書」「人民短歌」昭和二一年八月）と述べ、非凡な歌つくりのみが歌を作るべきだという小田切の主張に異をとなえた。またかなり遅れて、窪川鶴次郎は、「読者が同時に作者であるということは、むしろ彼らを作者として組織し、この組織に大衆の創造的エネルギーを結集し、昂揚せしめることを可能ならしめる」という趣旨の反論を展開した（「第二芸術論に与う」「人民短歌」昭和二三年二月）。

　いずれも作者イコール読者という短詩型の特殊性に立脚した反論であったが、それを一方は「民謡的素質と構造」といい、一方は大衆の組織論へと展開したところに、読者論としてのそれ以上の本質論の展開を阻む要素があったと惜しまざるを得ない。

　いま私は、小田切の結社否定論と、作者読者の分離論を読みながら、私が結社というものの役割として求めているところと、それが遠くループを描いて一致していることに奇妙な思いを抱かざるを得ない。

　結社とは、歌の作り方を教える場である以上に、歌の読みを教える場であると私は考えている。このことについては何度も話し、また書いたことがあるし（「歌の読みの衰弱と回復」「短歌現代」平成九年十月）、ここでは詳しく論じられないが、歌は単に意味で読んだり、テーマで優劣をつけたりするものではない。極端に短い詩型であるという特殊性のために、いきおい読みの訓練が要請される。小田切の言う「いい歌のいいところをいいところとして感受し評価しつまらぬ歌をつまらぬ歌として批判し得る力を養ふ方がよつぽどましな事だ」という主張は、結社の否定に向かう回路においてなされるべきではなく、結社における読みの訓練という回路へ向かうべきであったのだ。

2

「第二芸術論争」という言葉を定着させたのは、言うまでもなく桑原武夫が「世界」(昭和二一年一一月)に発表した論文「第二芸術─現代俳句について」であった。「世界」のその号は爆発的に売れ、桑原が大入り袋をもらった話は有名。短詩型の世界だけでなく、社会的にいかに大きな反響を及ぼしたかがわかるエピソードである。桑原は、翌年「短歌の運命」(「八雲」昭和二二年一月)を書いて、本格的な短歌批判を展開しているが、端緒となった「世界」の論文の方は、副題にもあるとおり、俳句について論じたものであった。

桑原の論の展開はよく知られている。青畝、草田男、草城を始めとする専門俳人十人と素人五人の俳句を順不同に並べ、「一、優劣をつけ、二、優劣にかかわらず、どれが名家の誰の作品であるか推測をこころみ、三、専門家の十句と普通の五句との区別がつけられるかどうか」を問おうというものだった。桑原の言うとおり、私などが今挑戦してみても、たしかにこれらの問いにすべて正解という訳にはいかない。そこから桑原は、

「現代の俳句は、芸術作品自体(句一つ)ではその作者の地位を決定することが困難である。そこで芸術家の地位は芸術以外のところにおいて、つまり作者の俗世界における地位のごときものによって決められるの他はない。ところが他の芸術とちがい、俳句においては、世評が芸術的評価の上に成立しがたいのであるから、弟子の多少とか、その主宰する雑誌の発行部数とか、さらにその俳人の世間的勢力とかいったものに標準をおかざるを得なくなる。かくて俳壇においては、党派をつくることは必然の要請である。」

として、やはり現象的な結社否定論へ論を導く。

桑原のあげた作品を読んでみれば、桑原は、敢えて専門家の駄句ばかりを集めているようにさえ見える。それについて文句を言ってみてもはじまらない。なぜなら桑原にとっては、専門俳人たるもの、常にすぐれたものを作るのが当然であり、少なくともその辺の素人と見紛うばかりのものしか作れないようでは、詩型自体が芸術とは見做しがた

いというのが、そのスタンスであるからである。
芸術の享受に対する桑原の考え方をもっとも端的に示したのは、「短歌の運命」のなかの次のような一節であろう。

「しかし、芸術はたやすく素人に作れるものではないことが自覚され、芸術の楽しみの一つは、それを皆で語り合うことにあることを知るまでは、この悪風は改まらず、これが短歌界を支持してゆくであろう。」

ここには桑原の芸術観を知るうえに二つの重要な問題を指摘できる。まず、小田切のそれにも通じるが、純粋な読者を持っているものだけが芸術であり、「たやすく素人に作れるもの」は芸術ではないという信念がある。次に、芸術は、作るほうは専門家に任せて、「それを皆で語り合うことに」その楽しみはあるという認識である。つまり作者と読者の分離である。小田切秀雄風に言えば、「百人の本当の芸術家」の作ったものを、「九万九千九百人のすぐれた読者」が囲んで語りあう、それが芸術の本来的なあり方であり、楽しみ方である、というのである。

従って、いやしくも芸術と呼ばれるものは、常に、九万九千九百人の読者の鑑賞に耐えるようなすぐれたものであらねばならないという点が、前提とされている。いわんや、素人の作品と区別しがたい作品を専門家が作って平然としているようなものを芸術と呼べるだろうか、というのが、桑原の問いかけであった。

桑原武夫の頭にある芸術は、「ゲーテの詩集やバルザックの小説」などとも言うごとく、どちらかといえば外国文学に片寄っており、俳句一句の重みが小説一編の重みと等量に計測されていたと言えるだろう。プロの小説家の作品は、一編として見れば素人のそれと見紛うことはおそらくない。しかし俳句や短歌といった短詩型では、短いがゆえに、素人が佳句秀歌を偶然に作ってしまうことは、そしてそれがプロの俳人歌人の作よりもすぐれていることは、十分に起こり得ることなのである。そしてもっと言えば、俳句や短歌においては、駄句駄作の山の中に一句の佳作、一首の秀歌があれば、それは十分意味をもつことなのである。そのジャンルの特殊性を桑原は敢えて無視しようとした。

3

篠弘は、第二芸術論の諸論文を三つのタイプに分けている。一、プロレタリア短歌の可能性を止揚する小田切・窪川型、二、訣別無用論を説く臼井・桑原型、そして三、短歌の韻律と抒情性を忌諱する小野（十三郎）型である。訣別無用論と分類された臼井吉見の「短歌への訣別」には、桑原と同様、今こそ歌の別れを告げるべきときであると宣告する強い口吻が顕著である。

臼井の論は、終戦時の多くの歌が、開戦時のそれとほとんど同じ詠嘆によってなされていることを支点にして展開される。たとえば臼井のあげている歌は、

一億の民ラジオの前にひれ伏して畏さきはまりただ声をのむ

大浪のごとくに胸にあふれくる涙かしこしおほみことのり降る

などである。確かに臼井の言うとおり、これらは開戦時の歌とも、終戦の時の歌とも判じがたい詠嘆の構造を持っている。ここから、

「短歌形式が今日の複雑な現実に立ちむかふ時、この表現的無力は決定的であるがそれよりも重要なのは、つねに短歌形式を提げて現実に立ちむかふことは、つねに自己を短歌的に形成せざるを得ないといふ事実である。短歌形式は所詮認識の形式にほかならぬからである。（略）かくて短歌形式になじむ限り、合理的なもの、批判的なものの芽生えの根はつねに枯渇を免れるわけにはゆかぬ」

という臼井の結論が導かれる。

作歌する主体の認識力、批判力の問題として、あるいは「和する形式」としての短歌的感性の問題として臼井のあげた例は適切であり、しかも重要な問題提起であった。それについては、私自身、短歌定型の上下句対応の問題として書いたことがある（『表現の吃水—定型短歌論』『解析短歌論—喩と読者』）。そこに、さしあたり今つけ加えることはないが、もう少し読者論の観点から臼井の論を敷衍してみることは意味のあることだろう。

臼井の論の骨格をなしているのは、ある状況で作られた歌は、別の状況で作られた歌と差異性を当然もっているべきであるという前提である。開戦時の歌と、終戦時の歌とのあいだに差が見られないのは、認識の形式としての詩型に本質的欠陥があるからだという指摘である。桑原において、いやしくも芸術作品であれば、素人と玄人の区別は当然つく筈だという前提が根拠にあったのと同様、臼井においても、すぐれた作品において開戦、終戦の区別がつかない筈がないということが前提とされていた。

すべての作品がすぐれていることが、その詩形式がジャンルとして成立するための与件であろうかという点が問題となるだろう。歌の読み方には、別の読み方もあった筈である。万葉集は、作品の文学的評価のみに価値があるのではなく、敢えて言えば駄作をも含めて、民衆の感性のレベルを示している点において、大きな価値を持っていたという点をおさえておく必要がある。そのような作品の味わい方も、短詩型にはあった筈である。

民衆の生活レベル、感性のレベルにもっとも近いところで詠まれてきたことの価値を一方におき、ごく少数の選ばれた職業歌人だけのすぐれた作品の集積を他方においたとき、両者を同じ天秤にかけて比較できないのが当然である。このことは、その後の多くの勅撰集にさえ当てはまるだろうし、昭和万葉集をはじめとして多くのアンソロジー編纂の意味も、かかってそこにあると言うことができる。

芸術的な水準の高さだけではなく、どんな歴史書にも残しえないものとして、無名の民衆の感性の水準を読むことも、名作に酔うことに劣らぬ芸術の快楽であるという論点が、臼井や桑原の考察に欠けていたと言うべきである。

すぐれたものだけを提供するのが芸術であるという彼らの認識に対して、駄作の山の中からすぐれたものを探しだすところに、短歌や俳句の読み方があり、楽しみ方の一半があるのだと言ってみることもできる。珠玉の名作を与えられ、それらを語りあうことが楽しみであるというのとは異なり、数多くの駄作のなかから、キラリと光る断片を探すことさえも楽しみであるというのが短詩型の読みなのである。秀作ばかりを集めてみると、個々の秀作である筈の作品が意外に色あせて見えるという経験は誰にも覚えがある筈である。駄作は素人だけではなく、専門家のもののなかにもあることは言うまでもない。

もう一度小田切秀雄風に言えば、九万九千九百首のつまらぬ歌があっても、百首のすぐれた歌を探しだすことができれば、そこに意味があり、楽しみがある。そういう芸術の一形式を認められるか認められないか、という点に根本の論点があったのではないだろうか。

4

以上のように小田切秀雄、臼井吉見、桑原武夫らの論点を読み直してくると、彼らがいずれも読者を作品の外に締め出して、作品成立の場を考えていることに気がつく。選ばれた少数の作者を想定し、彼らによって与えられた作品を享受する読者の層を考える。そのような読者のために、芸術は質の高い、すぐれたものであることが要求される。おおよそ、そのような視線の高さからいずれの議論もなされているのである。福田恆存の『歌よみに与えたき書』(「短歌研究」昭和二四年九月)は、第二芸術論がやや沈静化しつつある時期に書かれた文章である。福田の論点はもっぱら写生の限界を説き、それを信奉するアララギ歌論の限界に説きおよぶものであるが、なかに次のような一節がある。

「いや、それらは詠むもののちよつとした心境のうごきで玉とも石ともどちらにも見まがはれるやうな、あやふいところに立つてゐるのであります。それは第二芸術たる短歌の宿命であるばかりでなく、静止において対象をとらへる写生の限界ではないでせうか。」

福田恆存が否定的な言辞として置いたこの文句は、おそらく彼の意図を離れて、読者の問題を考えるときに重要な問題を提起する。ある時と、別の時とで、一首の歌の評価が異なる。これは芸術のあり方として困る、というのが福田の意図である。しかし逆にこれは、作品が成立するのは、読者との一回性の出会いによってである、あるいは読者の参加を待って初めて作品が成立するものであるという点を、端的に指摘していたのだと読み変えることもできよう。

どんなジャンルの作品であれ、その価値や評価は、多かれ少なかれ読者との出会いによって一回的に決まり、また個人的なものである。しかし、殊にも短詩型では、一人の読者の中でも、時と場所によって受取り方がまったく違うことがありうるように、読者の参加を作品成立のきわめて重要なモメントとして要求する詩型である。この点への注意深い考察が、第二芸術論の論じ残した問題としてなお私たちの前に残されているのではないだろうか。

第二芸術論が、作歌主体の感性的な脆弱さを問うたことは大きな意味のあることであった。そこで問われるべくして問われずに残ったものは、「読む主体」としての読者という存在への前提であった。読者はいつも同じ評価を与えられるものなのか。作歌主体を問うことと同時に、読者としての〈私〉という存在を疑ってみる、その両方の問いの中から、歌の読みは本来の機能を回復する筈であった。

作者によって長く説明される文学とは異なり、作者の発する言葉のきわめて少ない短詩型では、読者との相互作用が作品の成立には欠くことのできない要素である。短詩型は、読者との相互作用の中でのみ、一回毎の成立の仕方をするのであるとさえ言っていいだろう。問われるべきであったものは、作品成立の場としての読者の参加のあり方でもあっただろう。

第二芸術論から五十年、これら読者をめぐる問題はまだ論じてみる価値があるように私には思われる。

（角川「短歌」'98年11月号）

小さな具体が開く世界の豊饒さ

永田和宏

佐藤佐太郎は折りに触れて、作歌の要諦、表現の指針などに関して警句あるいは語録とも言うべき短い言葉を多く残している。歌論書というより、作歌の指南書とでもいうべき書が多いのは、弟子の養成といった外的な要因による以上に、佐太郎自身が作歌の態度や表現法への指針、特に「アララギ」に拠って作歌する中から培われてきた、写生という方法とその重要性に意識的であったことによるのであろう。

感動・情緒は空に凴って動くものではなく必ず対象に応じて動くものであり、それであるから対象を観るという事の中に感動があるので、観る事なくして感動は成立たない。　『純粋短歌』

多くの場合現わすべき中心とは一見関係のないような自身の行為とか位置とかを言えば、多くの場合そのことによって一首の歌が生きて来るのである。　『短歌指導』

自然は意味なきものの意味に充ちているが日常のめずらしくもない嘱目の中にもこういう新鮮な香気があるということにあらためて驚かないわけにはいかない。　『茂吉秀歌』

詩の表現は大切なものだけを言うのだが、言ってても言わなくてもいいようなことを言うのも詩の表現である。　『作歌の足跡』

これらは『短歌』昭和五六年五月の「佐藤佐太郎特集」にあった、「歌論断片抄」という佐太郎語録の抜粋から引いてきたものである。もちろん私は佐太郎のこのような文章が好きで、原文は折りに触れて読んでいるのだが、ここにほんの一部だけを抜粋した短いフレーズを見ても、佐太郎という歌人は、決して大上段から論を展開する作家ではなく、自分の実感と経験だけを頼りに、こつこつとことばを紡いでいくタイプの作家であることはあきらかに見てとれよう。

どのフレーズからも、佐太郎の短歌観、自然観に関してのそれなりの文章を書けそうな、どこまでも深読みして、読者ひとりひとりの歌論が展開できそうな深さを湛えた文章であると思うが、私が昔からとても気に入っている一文は、最後にあげた『作歌の足跡』からのものである。

特に新聞歌壇などへの投稿歌の場合、いかに自分の感動が大きく、そして価値あるものであるかを強調しようとして、往々にして失敗しがちなものだが、そんなとき私は折りに触れて佐太郎のこのことばを思い出し、時に書いたりもする。個々の歌人は、詩としての短歌を書こうとしているのであるから「大切なものだけを」言いたいと思うのは当然である。しかし、「大切なものだけを」言おうとするとどうしても肩に力が入りすぎ、せっかく作者の見つけていた「大切なもの」が表現できなくなったり、抜け落ちてしまったりしがちなのである。

もっと力を抜いて、佐太郎の言うように「言っても言わなくてもいいようなことを言うのも詩の表現である」と思うことができれば、表現はどんなに楽になれるだろう。そして、そこからはどんなに風通しのいい、日常のほんの片隅にある美の断片を拾い出すことができるだろう。そんな私自身への作歌態度への省察をも含めて、佐太郎のこの一片のことばの意味は大きいと思う。

私が講演などで、なんども繰返し引用して話をしてきた数首の歌がある。これまでもっとも多く話をしてきた歌は、次の二首である。どちらも鹿児島を中心とする南日本新聞の歌壇への投稿歌である。無名者とか素人とか言うのは、ほんとうは極めて不遜なことであるが、それは許していただくとして、歌壇的に名前が知られていない、一般紙への投稿歌の中にも、いわゆる総合誌などで活躍する歌人の作品に少しもヒケを取らない〈名歌〉があることを知って欲しいという思いからである。

逝きし夫《つま》のバッグのなかに残りいし二つ穴あくテレフォンカード　　玉利順子

亡き夫の財布に残る札五枚ときおり借りてまた返しおく　　野久尾清子

玉利さんの一首、亡くなってしまった夫が残したバッグの中に、一枚のテレフォンカードを見つけたというのである。そのテレフォンカードには二つだけ穴があいていた。事実はそれだけである。しかし、この「二つの穴」という取るにたりないような小さな具体によって、この歌はどれだけの思いの射程を獲得していることだろう。

テレフォンカードは、たぶん全部で五つか七つほどの穴があくのだろう。ご主人が病院で長く療養しておられたことを後で（年間賞に選んだ後のインタビューで）知ったが、その二つの穴で病院の夫と話したこと、残りの五つほどの穴で話すはずだったこと、話そうとして話せなかったこと、それら夫へのさまざまの思いと想い出が、その二つの穴（およびその向こうに見えている、残りのまだあいていない穴）から、一挙に読者の前に立ち上がってくるのではないだろうか。作者は、そこに何かのドラマを演出しようとしているのでは決してない。ただ、二つ穴のあいたテレフォンカードを見つけたという、その小さな事実だけを歌っているのだが、その向こうに広がる思いの豊饒さ、思いの深さは、文字通り読者が補填しつつ読む、それはきわめて容易である。

野久尾さんの五枚の札の歌は、楽しく、そして悲しい。夫が残した財布の五枚の札。亡くなった夫のものだから、作者は、それをありがたく使ってしまってもいいのである。しかし、この作者は、時折買い物などの時にちょっと借りては、金が入った時に、きちんとそれを夫の財布に返しておく。この「ときおり借りてまた返しおく」がとてもいい。事実は単にそれだけのことなのだが、その情景からは、亡き夫と作者の、生前と変わらない会話がいきいきと聞こえてきそうである。買いたいもの、買ってきたもの、買い物に行ってそこで見たもの、そんなもろもろを仏壇の財布を開け閉めしながら、独り言のように語りかけているのであろうか。貰ってしまえば、もうそれきりであるが、借りては返すという行為のなかで、この亡き夫は、ずっと作者の中で生き続けることになる。そんな夫と残された妻の関係性が、このちょっとした行為、具体のなかに息づいている。ほほ笑ましい、しかし、悲しいのである。

これら二首の、たまたま亡き夫を思う歌が、ともに湛える悲しみの深さは、いずれもそこに歌われている具体が、まことに日常的なものであり、しかも些細なものであることによるだろう。その小さな具体にいかに気がつくか。

そんな小さな具体にきわめて意識的であった歌人に佐藤佐太郎がいる。先のことばにあった通りである。

山中の旅の宿《やどり》にあやしみて砂灑む風呂に吾はつかりぬ
佐藤佐太郎『軽風』

あまり引用されない歌だと思うが、この一首で私が言いたいことは、もう明らかだろう。第三句「砂灑む」である。山中の旅宿。風呂の底にざらざらと触れる砂には、いかにも鄙びた宿のわびしさと、それゆえにいっそう身に沁む旅愁といったものが感じられるだろう。一見、何のはからいもないような、淡々と事実だけを〈報告〉しているかのようなこの一首からも、佐太郎の上にあげたような、自身のことばの意味は強く感じられるはずだ。

風さわぐ晩夏の一日釣をする人ことごとく水に向きて立つ　　佐藤佐太郎『群丘』
次々に走り過ぎゆく自動車の運転する人みな前を向く　　奥村晃作『三齢幼虫』

これらの歌は、見ることを徹底することは、どこかでおかしみにも通じるものだというもうひとつの回路を感じさせるものである。同じような景への着眼である。釣りをする人たちがいっせいに水の方を向いて立っている。運転する人たちは、誰もが前を向いている。あまりにも当たり前すぎて、〈普通の人〉ならほとんど気にもかけないような事実を、大まじめで描写する歌人と呼ばれる人たちがいる。まさに佐太郎の言う「言っても言わなくてもいいようなこと」であろう。しかし、当たり前なのだから、言う必要がない、と思ってしまえば、そこから詩が生れることはない。いずれも、そのあまりにも当たり前のことに、作者が「いま、ここで」気づいたという、そのことが大切である。それこそが、その情景を詩として立ち上がらせているメカニズムである。

そのあまりにもまともな光景がことさら描写されると、そこにはかすかなおかしさが生み出されることになる。佐太郎の歌には、おかしさよりもちょっとした寂しさが、そして奥村晃作の歌には、その当たり前の光景を、自身でより面白がっている角度が見て取れるだろうが。

そう、歌では、特殊なことを見つけようとする必要はまったくないのである。むしろ、誰もが目にしている小さな具体にこそ、歌の種、詩の芽はあると言うべきである。紙数が足りず、結論だけを性急に言ってしまうことになるが、小さな具体を提示してやれば、思いはどこまででも飛ばすことができる、それが歌の魅力であると私は思っている。どんなに奔放な空想も奇想もあるいは妄想であっても、一首のなかにどこかに具体が描きとられ、それが機能しているかぎりは、読者はそれら作者の思いをなんらかの形で回収してくれるものなのである。短歌は、そんな詩型であると私は思っている。

（角川「短歌」'05年2月号）

放射性物質《アール・アイ》わが日常に乱るれど感性毳立つばかりにて候《そろ》

『やぐるま』

この一首はいわば挨拶歌である。岡井隆に「放射性物質《アール・アイ》あつかふ部屋の若者はおどろくばかり感性撓ふ」という一首があり、それに付けたものである。この一首のココロは、小池光がうまく掬い取ってくれている。「岡井さん、そうおっしゃいますが、なに、RIなんてそんなええカッコのもんでもありませんですぜ、といっているわけだ」と小池は書く。まずそんなところだ。

私たちが日々の実験で扱うのは正確には放射性同位元素《ラジオアイソトープ》と言い、RIはその略である。物質の中には、α線、β線、γ線などの放射線を放出して、別の安定な物質（同位体という）に変わるものがある。この際に出る放射線を測定することで種々の実験を行うのである。私たちのような生命科学、分子生物学を生業としている研究者にとっては、身近で、かつ必須の実験手段である。もちろん放射性物質であるから、隔離された部屋で、種々の遮蔽物を介して実験を行い、廃棄や同位体の使用量など、細大漏らさず記録・管理することが求められる。実験の前後には必ず被曝量の測定も義務づけられるし、昔米国で研究していた頃には、甲状腺に蓄積する放射性ヨードの測定のため、一月に一度は完全密閉の部屋で、咽喉首に測定器を当てたまま一時間あまりもじっとしていたものだ。音楽が流れ、むしろつかのまの休息時間でもあった。

各施設には最低一人の免許所有者を置くことが義務付けられているが、私はご苦労なことに、国家試験を受けて、今でも第一種取扱者免許を持っている。

掲載不可の理由短く打ち終えて躁の日はわれがポストまで行く

『華氏』

科学論文は必ず査読という過程を経て学術雑誌に掲載される。それぞれの分野におけるエキスパートが審査をするので、これをピアレビューと言って、通常は二人か三人の審査員が一つの論文の審査を担当する。実に細かい点までチェックされ、対照実験が足りないとか、このデータでは不足だとか、この実験条件では駄目だとかとか、よくも言うよというくらいコメントがついてくる。そのコメントに応えるためにだけでもさらに数ヶ月の実験を要することになる。追加実験をして、レビューアーのコメントにどう答えたかをいちいち手紙に書いて、再投稿するのである。〝Nature〟とか〝Sience〟とかの質の高い雑誌になるほど、当然のことながらこの審査は厳しくなる。

自分が審査をするのもストレスが溜まる。細大漏らさず細かくチェックして、いちいち指摘する。もちろんすべて英語であるから、審査結果を書くのも慣れるまではなかなか苦労する。この一首は、まだ駆け出しの時代、海外の雑誌から審査を求められ、エイやっと不合格の審査結果を出し、ポストまで勇んで行くという図である。論文の審査さえ航空便でやり取りしていた時代は、ほんの少し前のことであったのである。もちろん今は電子メールでのやり取りである。まさに一瞬。私自身が慣れてしまったこともあるが、この勇みかたは微笑ましくも懐かしい。

遺伝子を切り貼ることも日常の一部となりぬ朝顔の紺　『饗庭』

「遺伝子を切り貼る」などと言ってももちろん一般の方にはわからないことである。そもそも目に見えることなどないものである。しかし、遺伝子と言い、DNAと言ってもさほど抵抗のない時代にはなってきたらしい。現代の分子生物学という学問は、人間をはじめとするすべての生物がもっている遺伝子を、自由に切り取ったり、また別の遺伝子に導入したり（貼りつけたり）することを可能にした。私の研究室でも、文字通り遺伝子の切り貼りは日常の作業である。マウスなどが本来持っている遺伝子を壊したり、別の遺伝子に入れ替えしたりして、影響を調べるということも普通に行われるようになってきた。

遺伝子の配列を読む単純に曇りて長き午後をこもれり　華氏
遺伝子を釣るなどと言いて疑わぬわれらの会話は聞かれていたり　饗庭
わが見つけわが名付けたる遺伝子をもてるマウスを手の窪に載す　饗庭
遺伝子の梯子《ラダー》をフィルムに透かし見る窓にいつもの守宮《やもり》は居たり　荒神
我がみつけたる遺伝子七つわれの名ときりはなされて残りゆくべし　後の日々

などと、当然のことながら遺伝子に関わる歌は私には多い。人のやっていることと、人の見つけた分子や遺伝子を後からやるのは嫌いなので、私の研究室ではすべて自分たちの新たに発見した分子だけについて研究を進めており、これは私のひそかな誇りでもあるのである。

ルシフェリン・ルシフェラーゼと言いたれば
理科系人《びと》は嫌われたらむ　『饗庭』

注釈のないとまったくわからない歌である。ルシフェリンというのは、ある酵素が働くと光を発する物質。ルシフェリンに働いて発光させる酵素はルシフェラーゼと呼ばれる。どちらも蛍が光を発するのに働いている。蛍のルシフェラーゼ遺伝子を取り出し、動物細胞に導入することによって、種々の遺伝子がどのように働いているのかを簡便に検出できる技術が開発され、どの研究室でも使われるようになった。

ほのかに川面を渡っていく蛍を見てさえ、ああこれはルシフェリンが…などと無粋なことに思いいたるのは、まったく因果なことである。「嫌われたらむ」は多分に自嘲の雰囲気である。

娘の紅に「ほうたるの光追いつつ聞くときにルシフェラーゼは女の名前」という一首があって、これには参ったと思った。紅からの返歌と受け取ったが、私が理系人間の無粋さに呆れているのと対照的に、若い女性はさすがに「ルシフェラーゼ」から女性の名前を想像する。酵素には「・・・アーゼ」という名前をつけることが国際的に決まっているが、なるほど言われてみれば女性の名前である。分子生物学という新しい分野に新たに入ってきて、すべてを新鮮な驚きの目で見ることのできる、ある時期にだけ可能な発想であるのかもしれない。

自歌自注

フェールメルエールの法則春の川淀に水立てり光を色に砕きつ

『饗庭』

この歌も「フェール・メルエールの法則」がわからないとちんぷんかんぷんの歌である。独善的であろう。

川岸に立って春の川を眺めている。白く波立って早い流れは春の気分だが、急に流れがゆるくなると、色も深く濃くなるのが遠くからでもよく見える。太陽の光が一筋の水の帯となって、川面を走る。そんな場面である。一色に見えている水の色も、スペクトラムのように色々な形容しがたい色の集合に分解されて、互いに干渉しあっているようである。そういえば「フェール・メルエールの法則」と言うのがあった気がする。あれは高校の物理で「ベルヌーイの定理」が出てきた時に一緒に習ったっけ。そんな気分である。

「ベルヌーイの定理」は、スイスに生まれた天才的な科学者、ダニエル・ベルヌーイによって発見された。流体力学の基礎というべき定理であり、「流体におけるエネルギー保存の法則」に関するもの。例えば電車の窓にコップを置いておいたりすると、コップは空気の流れの早いほうへ吸い込まれていく。まあそんな現象を思い浮かべればいいのだろう。なぜ急に「フェール・メルエールの法則」などが思い浮かんだのか、その時の気分と言うしかないが、実は残念ながらそんな法則は存在しない。

誰も取り上げてくれない歌であったが、本当はこのいたずらにちょっと気がついて欲しいような気もしたのであった。

永田和宏代表歌三〇〇首

松村正直 選

『メビウスの地平』20首

水のごとく髪そよがせて　ある夜の海にもっとも近き屋上

山巓の夜毎の風に崩れつつはるかなりケルンは奈落の星座

あなた・海・くちづけ・海ね　うつくしきことばに逢えり夜の踊り場

きみに逢う以前のぼくに遭いたくて海へのバスに揺られていたり

茶房〈ＯＡＫ〉　厚きテーブルの木目の渦に閉じ込められし海さわだつを
あの胸が岬のように遠かった。畜生！　いつまでおれの少年
噴水のむこうのきみに夕焼けをかえさんとしてわれはくさはら
弓なりに橋さえ耐えているものをどうしようもなく熟《みの》りゆく性
抱擁など知らざればなおうつくしく鼓動の谺となるチェスト・パス
背を抱けば四肢かろうじて耐えているなだれおつるを紅葉と呼べり
てのひらの一点熱し独楽まわる、　まわるときのみのひとりだち
泉のようにくちづけている　しばらくはせめて裡なる闇繋ぐため
動こうとしないおまえのずぶ濡れの髪ずぶ濡れの肩　いじっぱり！
ひとひらのレモンをきみは　とおい昼の花火のようにまわしていたが

駆けてくる髪の速度を受けとめてわが胸青き地平をなせり

曳光弾のごときかなしみ夢にまた目覚めて傍にきみが眠れる

かなしみを追うごとひとの飛び込めば水中に夏の髪なびきたり

幼子が昼を眠れるてのひらのその聖痕《スティグマ》のごとき花びら

バー越えて夕陽を越えてみずからの影に嵌絵のごとく沈みぬ

砂浴みする鶏の眼の鋭きを見てより昼は母が恋しき

『黄金分割』20首

昇天の成りしばかりの謐《しず》けさに梯子の立ちている林檎園

大き蛾が頭上を横切《よぎ》りきらめきて鱗粉はしずかに降りはじめたり

水底にさくら花咲くこの暗き地上に人を抱くということ

首の長さゆえ幼らに愛されてキリンは高き柵に囲わる

夕闇の安楽椅子に座りいて頭より他界へ入りゆく母よ

蟹食いておりし蛤、もろともに食らいつつ灯のなかの家族ら

岬は雨、と書きやらんかな逢わぬ日々を黒きセーター脱がずに眠る

気化熱というやさしさにつつまれて驟雨ののちを森ははなやぐ

乳鉢のやさしき窪みに磨られいる硫酸銅や菫や血など

髪に指入れて抱けばはろばろと草いきれたつ夜の髪ゆえ

やがて発光するかと思うまで夕べ追いつめられて白猫膨る

またひとつ怒りとはならざりし悔しさの向日葵畑を行く遠まわり

おみなえし空ににじめりふりむけばわれより遠ざかりゆくものばかり

スバルしずかに梢を渡りつつありと、はろばろと美し古典力学

ハンミョウを追い来たりしがいつのまに黄櫨《はぜ》の黄葉《もみじ》は四囲を閉ざせる

蛇口にて水ふるえおり遠雷はいましも水源の空を過ぎしか

自らの声を垂直に昇りつめ五月雲雀の肉重からん

フォルマリンの中なる胎児雪の日は雪の翳りを身に映しいつ

ドライアイス石もて砕く昇華とう美しき死を持たざるわれら

なにげなきことばなりしがよみがえりあかつき暗き吃水を越ゆ

『無限軌道』20首

カラスなぜ鳴くやゆうぐれ裏庭に母が血を吐く血は土に沁む

呼び寄せることもできねば遠くより母が唄えり風に痩せつつ

ずぶ濡れの母がかなしく笑いつつ辛夷の闇に明るみいたる

自らの唇に唇つけ飲む水の野の水なればその底の空

マフラーせし山猫も本を読みいたり熱病《や》めば秋の硝子戸の内

銃音が長く尾を曳き消えしあと野は暮れ愛恋のことおぼろ

追いつめてゆく楽しさの　夜明けまで仮説の谷に降り昏らむ雪

うしろ手に諍《いさか》いの扉を鎖したり目の高さまで降りきたる蜘蛛

鏃《やじり》もろとも化石となりし獣骨に夕光低く窓より射せり

一つまみの塩を振られて家に入る　許さばかなしみはすべてとならん

りゅうりゅうと高き吊橋響《な》りいたりいずこあかるき秋の哄笑

見下ろすは見上ぐるよりもさびしくて空中茶房の夕日に対す

倒立し皆一様に笑いおり蛇腹写真機の中の青空

わが肩にもたれ眠りし汝が髪に海のものなる塩は乾きいつ

彼がなぜおれの尺度だこんなにも夕日がゆがむフラスコの首

触れいたる夢の乳房よなまなまと一日わが掌はわがものならず

螢光のはかなさを数値にて測りいきたとえば時間の函数として

螢光理論読みなずみおり月光が岬のごとくわが脚に伸ぶ

月光に溺るるごとき逢いなりき駅構内の狭き踊り場

星までの距離を測れる友は静か　眼鏡を丁寧に拭き終りたり

父であり子であり夫であることの、否、………ねばならぬ飲食《おんじき》の間《かん》

びっしりと実験室に盈ちている月光を踏み毀すまでの二三歩

窓のなき積木の家に封じしは子の何ならん長く壊さず

傷つけんための一語はかろうじて塞きおり口中に唾あふれつつ

『やぐるま』20首

日盛りを歩める黒衣グレゴール・メンデル一八六六年モラヴィアの夏

もの言わで笑止の螢　いきいきとなじりて日照雨《そばえ》のごとし女は

背後より触るればあわれてのひらの大きさに乳房は創られたりき

首級のごときを抱えてどうと倒さるる泥のラガーを寒く見て立つ

〈貧〉と〈貪〉誤植されたる科学誌のわが幾行をあわれみにけり

深酒をあわれまれつつ湯にひとり己がふぐりを摑みて浸る

かき抱き女らは哭《な》けりなんという同じ形ぞ悲しみというは

父の泣けるを子は廊下よりのぞきおり入り来てしかと見よ父なる涙

酔はさめつつ月下の大路帰りゆく京極あたり定家に遭わず

寄せきたる波を潜りて帰る波わがくるぶしにしばし遊べる

十文字に林檎割られてさてもさても家族といえる最小単位

蚊を打つと祈りのごとく合わせたるてのひらに一点の朱ぞさされたる

ある角度に夕日射すとき盛りあがり水銀の粒《りゆう》のごとき野の水

板書するわが髪長きを言うらしき春潮騒のごとき少女ら

眠りたるを負いて帰れる道遠し月光の重さを子は知らざらむ

あるときは枝として子がぶら下がるゆさゆさと葉を繁らせてわれは

星の一生《ひとよ》を子に教えつつ〈一生〉という時間の長さのみ伝わらぬ

天秤は神のてのひら秋の陽の密度しずかに測られいたる

敵ばかりわれには見えて壮年と呼ばるる辛《から》きこの夏のひかり

荒縄に束ねられあまたにんにくの吊されいたるに月かげは射す

『華氏』20首

高安国世氏の死去は死去は、七月三十日午前五時十二分。ひとり待つその時刻までの、ながい夜。

朝と夜をわれら違えてあまつさえ死の前日に死は知らさるる

君が死の朝明けて来ぬああわれは君が死へいま溯りいつ

不意に握手を求めきたれる黒き手の大きてのひらの内の桃色

遠き日の火傷は足に残りつつかすかに母はわれにつながる

にんまりと昼を点して入りきたる〈ひかり〉の鼻は雨に濡れける

車の鍵実験室の鍵その他もち歩きわが家の鍵というを持たざり

柿の木に陽当たりながら盛り上がるもぐらの塚は踏みくずされぬ

ざくざくといちご氷の山壊しかの日のごとく君は答えず

対岸にキリンは首の見えいたり時間ゆるやかに戦がせながら

歳古りし杉の朽根は祀られて道を大きく曲げいたりけり

放課後の眠い晩夏の陽の光はるかなりフレミングの右手左手

＊古典電磁気学にフレミング右手の法則、左手の法則あり。

ジャックダニエルかの春われに髭濃くて瞋りを呷《あお》るごとく飲みいき

町よりの土産の玩具あっけなく壊れしかの夜の父を哀しむ

追悼の文といえどもほのぼのと３４２と打ちて三四二と変換《なお》す

ゆれいたる数字しずかにとどまりて微量の砒素ははかりとられき

夕されば膨らみゆける花の木を情事のあとのごとく眺むる

論理などめちゃくちゃな汝が怒りにて裸形の怒りが顫えておりぬ

ときおりは呼びかわし位置を確かむる秋の林に家族は散りて

才能のことには触れず説きいしがこの青年の目は悲しめる

裸にて髪すく妻の　見らるるを意識せぬ背を少しさびしむ

『饗庭』140首

比叡の肩

やわらかき春の雨水の濡らすなき恐竜の歯にほこり浮く見ゆ

大いなる伽藍のごとく吊られいる骨の真下を見上げつつ行く

恐竜の骨組みにおつる陽のぬくさボルトもて骨は繋がれていつ

ミイラ並べる地下より出でて夕光の深き角度はやや不安なり

通り雨過ぎたる坂の石だたみ　無人の坂は立ち上がる気配

土まだら草生まだらに濡れている西より日照雨《そばえ》の脚はやく去る

愛宕より雨押し渡る東《ひんがし》の比叡の肩に雲をあずけて

川端丸太町西岸に来てふりかえる比叡の肩に雨雲は垂る

アスレチックジム枇杷色の窓に見ゆ蜥蜴のごとく躍るひとがた

身構えている《叱声》学生に鋭く声のただ音として過ぎゆくことば

悔しかりし経験もまじえ語れるをうなだれて聞くただ聞けるのみ

嘘ひとつ人を傷つく文学のためと言うならなお寒きかな

これまでとあきらめてわが向かう時この若者は、不意に欠伸《あくび》す

がむしゃらにならねばついに到るなき喜びなどと説くさえ空し

交差点に擦れ違いたる老教授放心のさまに行く背老いたり

頭ごなしに叱りとばして師も弟子も疑わざりしかその頃の昔

報告書打ちあぐねいつ対岸に空手部員ら空を蹴る見ゆ

草井戸
夏井戸のめぐりの猛き雑草《あらくさ》を刈れる人あり誰か死にしか

枇杷の実の貧乏くさき実が成れる路地をまがれば葬式に遭う

行く先を赤く灯せる終バスの曲がりきたるが人の見えずも

爬虫類は腹冷たくてぬばたまの夜の硝子扉に動かざりけり

枯れ蔦の根がびっしりと覆いいる洋館点《とも》り脳髄のごとき

くらげ様に膨らんでいるこの朝の頭蓋を載せて階段くだる

目を見ずに話すのは止せ葉桜の美しき季《とき》たちまちに過ぐ

辛き酒含《ふふ》みて夕べの窓による敗れ神はた人嫌い神

たかさぶろう

フロントグラスを雲は流れて昼下がり眠る女の顔が見えない

曇天の低く垂れいる空の腹に埋もるるごとく凧は動かず

どのビルも屋上に水を蓄えて淡く浮きおり灯ともし頃を

荒神橋より北を見るとき鴨川の股のあたりを冬時雨過ぐ

弁慶の肩をはつかに濡らしつつ冬時雨過ぐ橋の上川の上

カーソルを走らせ一気に消したりき、悲しみ深き一行は歌

隣にて小便をする男不意にわが歌の批評を始めたり

わが歌をときには読みているらしき学生たちのコーヒータイム

眠りいる聴衆の数を目で追いてそろそろ論をまとめにかかる

たかさぶろうの花教えくれぬたかさぶろうの花はどうしても覚えられない

ステテコを履きいし頃は男らに鳩尾という汗の路ありき

遺伝子の進化を言いてスライドの四五枚がほどとつとつと渡る

終速度となりて雨滴のおつることはるか計算式に降る冬の雨

硝子店の硝子の壺を見ておればゆららと顔は壺のかたちに

駱駝のような日溜りにいる日溜りに草枯れて草は尻に温《ぬく》とし

春の喪

喪の幕を張りめぐらせる路地の口幕越えて桜の花枝《はなえだ》は垂る

若き笑顔に頭を下げて出でくれば花は不意打ち　春の喪の家

行く人のあらぬ傾斜に花盈《み》ちて道幅をゆっくり渡りゆく猫

滅茶苦茶の〈茶〉の意味わからずうろうろと午後を籠ればこの午後楽し

完璧な退屈こそが贅沢とうたえるリゾート案内を閉ず

漲《みなぎ》ろう電波つゆけし夕焼けに共鳴しているのは耳かどこかそのあたり

あおによし楢茸《ならたけ》をしも見いでたる蛤御門はゆうべ暗けれ

どう切っても西瓜は三角にしか切れぬあとどのくらいの家族であろう

朝食の卓にまでどうどうと聞こえ来て息子は尿《いばり》までいまいましけれ

螢の肺

立葵の揺れあえる辻を振り返りけり行く先などはどうにでもなる

段ボールをつぎつぎ投げて春の火を育てておりぬ伽藍となるまで

体表の触覚として足音を感じいる鯉か春のなま水

吸い込みて息吐くときに光るならば螢の小《ち》さき肺のつゆけさ

水の裏より螢は光るいましばらくの家族として草の川岸をのぞく

ルシフェリン・ルシフェラーゼと言いたれば理科系人《びと》は嫌われたらむ

＊ホタルの生物発光は、ルシフェラーゼ（酵素）によって、発光物質ルシフェリンが酸化されることによる。

橋

つまらなそうに小さき石を蹴りながら橋を渡りてくる妻が見ゆ

かなしみて君帰り来る橋のたもと地蔵の首は陽に灼けいたり

日に一度郵便夫が通い来る橋の小さき橋を日照雨《そばえ》濡らせる

堰落つる水がとらえてはなさざる白きボールの踊れるを見つ

白を刷きて光を立てよと言いたれば娘の絵に草のひかり毳立つ

ロープにて囲われしなか掘り出されたる地の凹凸を遺跡とは呼ぶ

遺跡なればわずかな窪にもうなずきて人ら巡れりロープに添いて

遺伝子を釣るなどと言いて疑わぬわれらの会話は聞かれていたり

年々《としどし》の教室写真の真んなかに我のみが確実に老けてゆくなり

死者としてこの橋を渡る日はあるかはみ出して影は川原に落つ

廃村八丁

ひったりと沼息衝けると思うまで壁にもたれて壁を感じおり

廃村八丁　朽ちたる家の土間暗くオルガンありき蓋開《あ》きしまま

この家の暗き土間にてオルガンに最後に触れし指を思うも

村人らの村捨てしのち幾たびの夜半を鳴りしか柱時計は

もうこの辺でいいでしょうかというごとく柱時計も死にたるならん

百葉箱は朽ちつつ立てり明るすぎる光のなかに村は滅びて

雨水瞑目

千年の昼寝のあとの夕風に座敷よぎりてゆく銀やんま

シーソーの端くぼめるにたまりたる雨水はるかな瞑目は見ゆ

空き瓶のひとつひとつに陽が射して退屈は人を酷薄に見す

ひとかたに光はなびく茅花《つばな》なびく抱きたしとただ直截《せつ》にして

汗ばみていたるうなじを唇にたどりつつ聞くことば羞しも

枇杷の皮を剝ぐがに撫ずるしずかさにひとは身じろぐ腕より指へ

体毛を持たざるゆえか窪多き人体に射す影の濃淡

指はその陰《ほと》にほのかに触れながら世界の鼓動を聴くごとくいる

夜の沼に見えざる雨は落ちていつ沼を呑まんとしてわれは立つ

どこまでも自由になれる沼の雨ただあきらめてさえいれば、ただ

静原より見れば肩幅たくましき比叡となりぬ雲をとまらせ

鞍馬街道くもりの午後を鬱々と来れば生木を挽く香ただよう

葉ざくらの雨の桜の幹黒しあきらめて身軽になれという声

水になじむまで泳ぎきてほかほかとことばは君の息とともに出づ

洗面器に顔浸しおりへこみたる顔の形の水となじみて
百年の恋も冷めると笑われて抜きそこないし鼻毛の痛さ
長崎大学医学部を出て歩きゆく爆心までの曇天の坂
コインランドリー真夜を点《とも》しつ青年が読みつつ時にひとり笑いす
きゅるきゅるとおたまじゃくしの頭《ず》の並ぶ午後の畦道温水《ぬるみず》のなか

春愁

抱く腕のなかにしだいに繭となるかなしき夢よ汝を知りてのち
水の面を濡らししずかに滑りゆく春のあかるき雨をよろこぶ
沼のようなぼんやりとした睡魔なり人事に関わる会議続ける
研究室と病室のさかい萌黄色の鉄扉しずかに閉じられにけり
磨硝子のむこうにひっそり陽を浴びる妻には妻の言い分があり

蛤御門

上京《かみぎょう》は水打たれたる石畳明かり乏しき路地を辿れる

鴨川はまた風の川、立ちつづく四条大橋風中《かざなか》の僧

柳馬場《やなぎのばんば》をまっすぐ北へ突き当たれ闇の牝牛のような御所まで

蛤《はまぐり》 御門《ごもん》のうちにかすかに点れるはあれはあれ機動隊員のくわえ煙草

法然院の裏道にして靄のごとく剃りあと若き僧すれ違う

焚火の熱を背中に溜めて立ちいたり言えば言葉はどれもみな嘘

感情の起伏をなだめ鞣めしつつ家族のような顔をしていつ

缶ビール片手に朝のピザを焼けりバジリコを振るは焼香のかたち

この人はわが死をいかに知るならんたんぽぽの球風に崩れつ

こしゃくな若造めがとう視線の二つ三つなるべくゆっくり着席をせよ

水の面《も》を裏より舐むる魚を見上ぐ雨寒き日の水族館に来て

とりあえず休むことです簡潔な指示と云えどももとより空し

動物園の正面玄関しずかなる真水《ねむいねむい》がまるく囲われていた

フランス式庭園を行けば丸い水四角い水また楕円のみず

影を脱いでしまったきりんはゆうぐれの水辺のようにしずかに歩む

美術館の夜の中庭に月みちてデルヴォーの裸女歩きはじむる

朝顔の咽喉《のみど》のような、否、朝顔のような咽喉がくく、く、と笑う

莎草《かやつり》の丈が足らぬと言いながら捩じ伏せてなまなましている力

強《こわ》き毛に指は遊びつひまわりはアンダルシアのひまわり畑

ねむいねむい廊下がねむい風がねむい　ねむいねむいと肺がつぶやく

水流に撫でられながら動かざる鯉の膚《はだえ》のくろがね濡るる

流されるならそれもよしやわらかに鯉をつつめる水流の襞

白き鯉赤き鯉赤白まだらの鯉尋常ならざるものを人は好めり

池の端にしゃがみておれば木漏れ日に黒き鯉まだらあなたもまだら

アメフラシの憂鬱をひきうけているような君の今夜の沈黙である

瞋《いか》るというは体力気力に余裕ある人の贅沢　ただに黙せり

はめころしという殺し方「おもしろくない」親父は天窓として

エレベーターに乗り合わせたる一組の男女が背後に螢光始む

男山八幡にエヂソンの碑の立つは鱧《はも》と水仙ほどにも奇妙

左京より若狭《空を刷く雲》に抜ける峠路のなつかしき名のいくつを越える

薄き陽が紅葉の山に射すときにもぞもぞ山はもかゆがりている

風渡るたびめくられて色変える谷の紅葉は人を沈ませる

せつなさは不意に襲いて池底《いけぞこ》の鯉の口より出入りする砂

湿球と乾球の差のはろばろと戦後と呼べる日だまりありき

一列に人が並ぶということのせつなし左右にもまた前後にも

鞠小路《まりのこうじ》を猫横切れり仁丹のかの制服の兵士のゆくえ

カーテンに濾過されし光のやさしさを告げてふさふさ汝はやすらう

わき水を汲まんと来たり峠より花背へつづく芒たてがみ

油のように水はべたつく顔洗い午後の会議にまた呼び出さる

わが躰《からだ》ついに厚みのなくなるまでベッドに沈むどっと疲れて

ひと抱えの水たまりとして消えてしまわば、今し消えなば、空を刷《は》く雲

梅の木のさびしき光にまた出会う海馬第三領域のあたり

百足屋質店

やわらかき気配のみ降る春の雨つげ義春の若書きを読む

上の句がまだ見つからぬ春の雨百足屋質店の看板濡るる

酔っていることのみ告げて切れしかば夜の受話器はとろりと重い

『荒神』20首

ゆらゆらとたつのおとしごは子を産めりおなじかたちのたつのおとしご

足裏に砂は流れてずむずむときみに押し入るごとき羞しさ

母につながる最後のひとりもうわれを見分けぬ伯父と短く逢いぬ

雪原《ゆきはら》の雪降るなかに見えいたり仁丹の兵のその怒り肩

親不知抜けたるあとをいくたびも舌は辿れり　勝たざれば負け

わが歌をこの頃読んでいるらしき学生ととる遅き昼食

べつべつの映画のあとを待ちあわす娘《こ》の買いきたるハンバーグふたつ

写真館のショーウインドーに灼けいたり花嫁は永遠に緊張をして

黄の線に沿いて行けとぞ不機嫌に告げて門衛はテレビに向かう

足音は触覚として体表を擲ちしか鯉は身を沈めたり

聴きとれざりし語尾を質《ただ》せば不可思議な微笑のなかに沈みゆきたり

名東区極楽二丁目いささかの恩義のありていくたびも書く

直角に水を曲げつつ夏邃《ふか》し千代田区一番水に囲わる

寡婦のように昼月浮かぶ招かれて家見つからぬ新興団地

興味深い症例という報告のおおかたはすでに死者を扱う

堰越ゆる水滑らかに継ぎ目なし死までの時のひとつながりよ

カリエスを子は理解せず吾も知らず子規庵に五月の雨細く降る

ワンカップ大関を娘は買い来たる明日の実習のビーカーとして

努力だけでは生きてゆけぬと言い渡す悲しみ言えば怒れるごとし

相寄れるふたつ墓石、妻なればややに小さきを人うたがわず

『風位』20首

亀眠るうすき瞼《まぶた》のうらがわを渉る乾坤初冬のひかり

非はわれにあれどもわれに譲れざる立場はありてまず水を飲む

追従を言いいたる口の扁《ひら》たさを歯を磨きつつまた思うなり

猫は壜だ　ピアノの上に眠りつつ目蓋《まぶた》が冬の光に透ける

満開の桜に圧され少しずつ少しずつペニスが膨らんでくる

そのうちに行こうといつも言いながら海津《かいづ》のさくら余呉《よご》の雪湖《うみ》

礼拝のための長椅子売られおりいずこにか取り壊されし教会のある

この研究室《ラボ》の十年先を考えているはわれのみ　われのみが残る

神父つぎつぎウエファースを与えいたりしがかすかに怯《ひる》むわれを認めて

息子らは深夜ふらりとあらわれてじいさんになれよとこともなげに言う

朝顔の花ももうすぐなくなると海のむこうの妻が二度言う

ふところに月を盗んできたようにひとり笑いがこみあげてくる

目覚めたる猫がΩ《オメガ》の背伸びする雪の日の猫はとろりと眠い

水張田に循環バスの影揺れて降りたる人は水の上を行く

学生の言葉がもっとも残酷と思いみざりしよかの若き日に

なんにしてもあなたを置いて死ぬわけにいかないと言う塵取りを持ちて

あなたにはわからないと言う切り捨てるように切り札のJ《ジャック》のように

舟の字に雪積もりおり湖《うみ》近く舫《もや》われて木の舟静かなり

「市川さん」と呼びいたりしがいまここに眠れる人は先生と呼ぶ

まこと些細なことなりしかど茶を飲ませ別れ来しことわれを救える

『百万遍界隈』 20首

英語力の差はいかんともなしがたく議論半ばより聞くのみとなる

今年われらが見つけし三つの遺伝子に乾杯をして納会とする

降る雪を容れていっそう暗くなる深泥池を見て帰るなり

しんしんと心臓一個冷えいるを先導しつつパトカーが行く

背の寒くなるまで焚火に語りいしあの頃の夢はいまもなお夢

与謝野禮巖ラムネを発明せしことも蛇足として短く講話を終えき

たった四つの鍵にて足れるわが日々に家を捨つれば鍵ひとつ減る

春の水ぬるきに指を遊ばせて昨夜《きぞ》のかなしき声を思える

王将は裏ましろにて「成る」ことのできねば隅にたいせつに置く

田の窪におたまじゃくしは揉みあえりつるりと喉越しのうまそうな奴ら

テポドンのやがて漁礁となるまでを三陸沖に月ののどかさ

君のおかげでおもしろい人生だったとたぶん言うだろうわたくしがもし先に死ぬことになれば

家の境の椋の巨木はいつよりか伐って欲しそうなり雪の日はことに
俺の辞書を折って使うな、どの辞書も妻の折りたる跡ばかりなり
チャウシェスクとチャウシェスクの妻銃殺ののち一万足の靴映されき
手負いの鹿のようにミルクを飲んでいる娘を置きて書斎へこもる
杭を打つひと野にありて夕暮れの野に沈みゆく一本の杭
掛け軸の枠をはみ出し描かるるこの幽霊に冬の陽淡し
梔子《くちなし》が廊下の端まで匂いくる標本室に鍵かけるとき
雪降れば雪を被りて灯りいる庭の灯《あかり》になお雪は降る

永田和宏への質問

Q 松村正直

Q 好きな動物は？

A 歌の上では亀でしょうね。この頃、亀の歌を出せば永田が採るという噂が流れているらしく、投稿歌に亀の歌が多くて往生します。採ってしまうことが多いけれどね。

Q 子どもの頃なりたかった職業は？

A この間、小学校の卒業文集を持ってきてくれた人が居て、そこに将来科学者になりたいなんて書いてあって赤面しました。自分では覚えていないけれどそうだったのかもしれません。

Q 今まで見た一番きれいな景色は？

A スペインのアンダルシアの丘陵で見た向日葵畑。どこまでもどこまでも延々とまっ茶色に枯れた向日葵が続いていて壮絶でした。

Q 鞄にいつも入っている物は？

A 手帳。哀しいかな、これに呪縛されています。

Q お気に入りのワインと、その飲み方は？

A 拘りは何もないし、よくわかっていません。飲んでみてうまいのが、私にはいいワイン。それだけだけれど、よく飲みます。

Q 中島みゆきで一番好きな歌は？

A 思い切り暗いところで「怜子」。

Q 初恋はいつ？

A 高校二年。

Q 好きな女優さんは？

A 倍賞千恵子。但し寅さんシリーズじゃない、古い時代の。「さよならはダンスの後に」なんて歌っていた頃。三高生と舞子さんの恋のドラマがあって、ちょうど京大に入った頃なのですが、僕は京大よりは三高に入りたかった。その舞子の倍賞千恵子が拠りに因って、橋幸夫と恋に陥るなんて赦せなかったですね。

Q プロポーズはどんな言葉？

A 覚えてないので確かめたら、「ちょっと待ってくれないかなあ」だったんだって。もう少しカッコいい文句かと思っていたけれど。

Q 日頃こころがけている健康法は？

A まったくないですね。酒を飲み過ぎないことくらいだけれど、これも守れてないし、健康に悪いことばかりやっている感じです。

Q 自宅や研究室などの整理術は？

A　原稿依頼はクリアーファイルに入れて机の上に立て掛ける。書いたものはファイルに順にとじ込む。研究室では論文はすべて番号がついて別刷りと一緒にファイルに保存されています。これは生命線だから。読んだ論文の整理はこの頃頓にできなくなりました。積んであります。

Q　仕事中眠くなった時の対処法は？

A　いつも眠いので対処法と言って別に無いという感じ。あくびが止まらなくなって、いくら涙をぬぐってもキリがなくなります。

Q　職場としての京大ってどんな所？

A　何ものにも強制されないという点で私にはいいところです。ただ職場という感じではなくて、文字通り生活の大部分、家と同じような位置として感じています。本来京大は基礎研究を大切にする大学であるべきだと思いますが、この頃、次第に応用へと傾斜しつつあるのを危惧しています。

Q　研究室の学生が短歌をやりたいと言った場合のアドバイスは？

A　普通なら駄目だといいますね。「僕も先生のように二足のわらじで行きたいんです」と言った大学院生がいましたが、冗談じゃないと言いました。そんな簡単なものではありません。間違いなく十年は早死にします。

Q　好きな歌人を五名あげると？

A　その時々でどんどん変わっていますので。

Q　今まで最も衝撃を受けた短歌は？

A　ずいぶん昔の話になりますが「みどりごは泣きつつ目ざむひえびえと北半球にあさがほひらき」（高野公彦）

Q　結社運営について、自分に課していることは？

A　まず結社を私《わたくし》しないこと。（もう少し主宰者を大事にして欲しいものだと思うけれど、ぐっと我慢してます…）。次にすべてが常に流動的で、ざわざわと動いていること。主宰、選者、編集陣などの世話人をはじめ、歌会の参加者、新入会員、そして誌面作りや特集のあり方など、すべての面で固定化しないことを心がけています。

Q　まる一日全くフリーの休暇が取れたら、どんなふうに過ごしますか？

A　そんなこと考えたことも無かった、というのが怖いね。一日じゃ無理だけれど、どこか秘湯にでも行って、のんびり本など読んでみたい。あるいは山に入って、きのこなどのんびり探すのもいい。

Q　生まれ変わってもまた歌人兼研究者になりたいですか？

A　ぼくは欲張りなので、どちらかを択べと言われても困ってしまいます。たぶんまた同じようにねむいねむいと言いながら、両方やるような気がする。

Q　一言で言うとあなたはどんな人？

A　ひと言で言うと、我慢の人。

鼎談

清く正しい中年の歌

小高 賢
小池 光
永田和宏

永田　今日は「塔」四百号記念のために小池光さん、小高賢さんに来て頂きました。座談会のタイトルを「清く正しい中年の歌」とした訳ですが、青年の歌や老年の歌にはよく知られたいい歌が多く、有名な歌人の代表的作品はそのどちらかに属している場合が多いですね。ところが、そのはざまにある中年という時代には、特に印象的ないい歌というのが思い浮かばない、やはり「中年の歌」というのは意識しないと出て来ないんではなかろうかと思うわけです。青年の歌というのは若さにまかせて生まれてくることが多いし、老年になればいやでも死と向き合わなければならず、そこから真剣ないい歌が生まれる可能性があるのに、中年はただ忙しさの中でなし崩し的に渡っていかざるを得ない状況にあるのではないだろうか。ここで一度意識的に中年をテーマとしてとらえてみる必要があるのではないのかというのが理由のひとつ。

第二の理由は、現在の歌壇では老人が元気過ぎる。本来「老境」というところから歌っていても当然の人達がまだまだ現役ぶりを発揮している中で、そこからのプレッシャーを受けながら我々の世代の主張をどこに持っていくかということです。今日は結論など出ないと思いますが、お二方が中年ということにどういうイメージを持っておられるのか、そこに立ってどのように歌っていこうとしておられるのか、その辺から放言していただきたいと思います。

耐える時間？

小高　中年の範囲とはどのくらいの年齢なのでしょうか。例えば斎藤茂吉や宮柊二などは、四十歳位からもう老いの意識が萌していますます。社会通念上の「中年」という範囲も極めて広く、まあ伸縮自在みたいなところがありますね。きちんとした枠組がないので、歌もでにくいのではないでしょうか。それと、短歌という分野でいえば相聞と挽歌が二つの重要なピークで、その他の歌はみんな「雑《ぞう》」の歌になってしまう。相聞や挽歌のような突出した歌は作りにくい。そこあたりに今の僕たち世代の苦しいところがあるのではないかと思うんです。でも、最近の小池光さんや佐佐木幸綱さんの歌に積極的に中年をテーマにした歌があります。岡井隆さんも『マニエリスムの旅』という歌集で中年を歌っています。短歌の中でも「中年」ということばが立場を得てきたのかもしれない。

　でもそうした歌を読んでみると、どこか自虐的に歌わざるを得ず、うしろめたい感じがぬけません。「中年」ということばからは今日のテーマのような清く正しくという訳にはなかなかいかないんですね。（笑）

小池　僕に「中年」ていう歌ありますか？

小高　「雁」六号に「ありふれし中年われは靴の紐ほどけしままに駅に来てをり」とあるじゃないか。

永田　「雁」六号で面白かったのは、まん中あたりには若い人から中年にかけての歌を載せてるんですが、この最初の頁に高野公彦の「中年に『門』を読むのは庖丁を研ぎあげて鋭刃《とば》にさはるのに似る」があり、最後に小池光の「ありふれし中年われは」。小池の歌の方がよくわかるね。（笑）

小高　佐佐木さんのにもあるんですよ。「短歌研究」に「杉の香のなびける坂に登り来て中年も坂男心も坂」。

小池　昔の人は平均寿命が短いでしょう。昭和二十年頃で五十歳位でしょう、確か。昭和っていうのは一年毎に一歳ずつ寿命が延びたなんていう大変な時代なんでね。昔の寿命じゃ若さを登りつめた時に、あとは死を意識するしかないわけでね。肉体的にも人生が折れ曲っていたと言えるわけ。それが人生八十年ともなると、ダラダラした平らな時間ができちゃった……それで、我々の世代で老いちゃったっていうと変になる。カッコつけてる感じにしか見えないですよ。

永田　実感から言えば、老いを意識するどころか馬車馬のように働いていて中年という意識すら持てないですよね。

小池　しかし、まあそう考えると今の我々の状況が普通であって、死にそうな時とか若い時とかいうのが特別な時間だったわけ。

小高　そうそう、そっちの方が特別。

永田　そこからいうと、中年という時代を意識する必要はないのかということが問題になるんですね。つまり「老年」という円熟に向かってただひたすら耐えるしかない時間なのか。（笑）

小高　積極的意味を見出さなければ、我々は生きにくいわけだからね。（笑）ただ、社会の外側は円熟を強制しようとする。社会人としてばかりでなく歌人としてもそうです。例えば、昔から僕たちを知っている人はずっと変わらないのは変だとどうしても考えますね。永田和宏がふざけたような歌を作ったり、小池光が円熟を拒否するような歌作ったりしていると、何だあいつらはいい年をして、っていう社会的規制がどこからか働く。そうしたことに反発しながらも逆にそれに応えようという意識が出て来ると思うんだけれど。

小池　円熟って何ですか？

小高　うん、丸くなるというか。

小池　社会的に管理する側に立つとか。

小高　そこまでいうと言い過ぎだけど。

小池　一般的にはあるでしょうね。

ドラマはあるか？

永田　今は年齢不詳の歌が多くなり過ぎていると思いませんか。四年程前に宝塚で「短歌人」の座談会をやったことがあるんだけど、その時小池が「二十代の歌から変わらなけりゃ変でしょう。そんなの気持ち悪い」って言ったのが妙に気にかかっているんだよね。どんなふうに変われるのだろうと考え始めた経緯があるんだけど、今も二十歳のときの感性のまま歌作っている人は多いと思う。やはり年齢不詳の時代なんだろうなあ。

小高　伊藤一彦の『青之風土記』の歌集評「雁」六号で伊藤は、自分に老成を強制している部分がある、それに対して反発するというようなことを書かれていたと思うのですが、永田さんはそういう気分を奇異とするところがあるんじゃないかな。

永田　若い頃の歌から一足とびに老成の歌へ向かうということの不満ですね。それともうひとつ僕だけかもしれないけど、自分にはまだ老いの意識はない。若さと老いの間に宙ぶらりんになったままで、まだ自分の足場をみつけ切れないという不満があるわけです。

小池　それは当然ですね。先程「普通」という言葉を使ったけれど、何のドラマもないわけです。（笑）老いというのは、今からは想像できないんだけど、確実にひとつのドラマだと思うし、若さも未知の世界に入っていくという大きなドラマなわけ。今の我々には何のドラマもないんですよね。だからドラマに依拠して歌を書こうとする限り、不都合が起こるわけなんだけど、しかしそうしなければ別に困ることなんかないんですよね。

小高　中年には何のドラマもないのかしら。

小池　ドラマっていうのは起きたことをドラマとして捉えるということにすぎないわけだが。

永田　身が震えるくらいに何かに感動したり、入れあげたりするってことがだんだんなくなるんだよね。何度も体験するうちに驚かなくなる。しょうがないんだけど、ドラマじゃなくなったというよりドラマにするだけのポテンシャルがどこかで磨滅しているっていうことがあるんじゃないだろうか。

小高　実生活で逆上することと、短歌の中でドラマ化できるかどうかということは違うんじゃないか。実生活ではドラマとは感じなくても、短歌ではドラマ化できる可能性はあるんじゃないの。それもしたくはないの？

永田　特にさほどのことではないのにおおげさに感動していることに対して、照れくさいという気持が働くわけだよね。最近の「路上」に佐藤通雅が「僕らの世代は日常を漕ぎ渡るしかない」ってことを書いてるんだ。歩くんじゃなくて漕ぐんだよね。それもひとつの捉え方で、日常にドラマなんかないんだというところに立って、日常を漕いでいくというやり方、それはどうですかね。

小高　それもわかります。特にここのところの小池さんの歌を見ていると「雁」二号の日付のある歌以後、そういう傾向の作品がとても多い。日常の中に歌をはめこむというようなやり方が方法論として小池さんの中に出てきたんじゃないだろうか。歌の中でフィクションを作ることがイヤになったってことじゃないの。どうですか。

小池　一年位やってみようと思ってやってたからね。「日々の思い出」ってことで歌集になるんだけど。

凸型と凹型

永田　それはとても大事なことなんだ。つまり日常には何も起こらない。起こらないってことを歌うことがいかに難しいかってことだからね。我々の前の世代までは自分を非常に特殊な、ポテンシャルの高いところへ持っていって歌うっていうところがあるんだけれど、それをそらぞらしいと感じ始めたところから、難しさに直面しているわけなんだ。

小高　今までの歌はみんな凸型の歌だった。それを凹型の、へこみ型の歌に変えようというわけだよね。今までの名歌はみんな凸型で、晩年の歌だけが凹型かもしれない。

小池　晩年のも凸型なんじゃないの。

永田　凸と凸との間で中年だけが凹型なんだ。

小池　凹っていうより平たいんだよ。何とか凸へ凸へと向かわせようとして中年は苦心してる。でも、平なものにだって詩っていうのはあり得るんであって、デコボコは関係ないって思ってるんだけどね、僕は。

永田　でも中年の話となるとやっぱり、ネガティブなイメージだねえ。（全員笑）これぞ中年っていうような契機とか、今これこそ歌いたいことって何かありますか。

小高　難しいなあ。

小池　これからドラマチックなことがどんどん出て来るってことはあり得ないし、そんなものもともとないんだよ。

永田　ここまでのところを総合してみると、普通の生活が歌になるかどうかってことに絞られるようだね。

小高　川崎長太郎みたいな、ホッタテ小屋で毎日飲み食いしたっていうような小説がどう読めるかってことになるね。しかしあれも一種の変形凸型ともいえるわけだ。

小池　何もないという凸か。短歌っていうのはそもそも、言葉と言葉の組み合せで成り立つものなんだから、自分が生理的にどのあたりの年代にいるのかとか、自分の周囲にドラマがあるかどうかなんて関係ないんだよね、そこに戻ればいいんじゃないの。

永田　そこに戻ってしまったら元も子もないんじゃないの。

小高　大げさに言うと、こういうことを意識したっていうのは僕らが初めてなんだよ。

永田　今回の企画が素晴しいわけだ。（全員笑）

小高　そういう意識を塚本・岡井・馬場さんたちはもったのだろうか。馬場さんあたりにも歌における中年意識はなかったと思うね。老いの意識ならある。岡井さんにもある。岡井さんに中年意識があるとすれば六十になって初めてもったんだろうね。今の岡井さんは中年意識ではないか。

小池　岡井さんの失踪事件も平たい時間にデッパリをもたせようとしたって意味もある。

永田　そう。結果的にだけれど岡井さんはあの事件によって中年を乗り切ったわけだ。

小高　先日上野千鶴子と中村雄二郎の往復書簡を読んでいておもしろかったんだけど、上野千鶴子の構図によると前近代は子供―大人―老人という段階が成人式と隠居という切れ目を通して明確だった。近代の場合は子供から大人までには青春という時間をもつ。また、大人から老人までは向老期という長い準備期間がある。

彼女の説じゃうまく子供から大人になれない人は、年よりになるのもまた苦労しているっていうんだ。僕たちのことをいっているような気がしますね。それが近代。脱近代となると子供から大人まで何の切れ目もなく移っていってしまうのではないかって言ってるわけです。坂井修一君とか加藤治郎君なんか青春という意識がなくてそのまま老成していくんじゃないのか。子どももおとなみたいな感じで。

小池　子どももおじいさんみたいにか。

小高　そうすれば中年ってことばは完全に死語になるわけです。僕たちは老人に向かってのものすごく長いモラトリアムの時代にいるって感じもするんだよね。

永田　そうすると歌を作るのはしんどいね。

小池　お二人とも歌ができないのは、中年のせいみたいにきこえますね。（全員笑）

永田　モラトリアムって問題に限ると、どうしても今は二つのピークの谷間にいて耐えるしかないっていう意識になる。それを反転して中年こそ最も充実した歌の時期であるっていうことを証明している歌人はいるかな。

小高　小池光でしょう。（笑）ここでもっと中年の主張を……。

小池　いや、年をとるのはイヤだな。いくら歌が作れたって……。（全員笑）

若い世代との差

永田　歌人層というのを考えてみると若い世代と、年齢的には老人でも、老いない歌人というのがいる。彼らに対して何か言いたいことありますか。

小高 上の世代にはないけど若い人にはある。たとえば村上春樹は若い人に人気のある作家ですね。僕たちの年齢に近い彼の小説にはある種の倫理感・使命感ともうしろめたさともいえる何かがあるような気がします。加藤治郎君の歌なんか、村上春樹的文体であるとかいわれたりするんだけど、どうも彼らからはそういうものがストンと抜けてて、雰囲気とか風俗とか性的なものだけを受けとっているように見えてしかたがない。それに対して微妙なズレた気持をもちます。

小池 若い世代を見てると、どこが違うかというと、「左翼」が完全に抜け落ちているせいなのかな。同調するにしろ反発するにしろ、それを踏み絵として通過することで一種の倫理意識を得て来たってことがあるでしょう。村木道彦なんか一切やらない、やらないってことで関わってきたってわけですね。左翼思想ってことばは大ざっぱだけど、そういう門のようなものが僕らにはあって、それを通りながら人を理解するってことができたけど、今はそれがない。どうやって他人と関わっていいのかわからないんですよね。

永田 世代論ということでいえば、我々の世代は、あれかこれか、なんですよね。あらゆる局面で少くとも一回は二者択一を自分に問うてみるというところがある。ところが今の若い人達は全てを受け容れられるし、全てに浸透していけるようにみえる。我々の上の世代の人達をみると、すべてに浸透するとはいわないけどすべてを受け容れようとする姿勢が強いですね。そういうことに対する反発みたいなのはありますね。

小池 誰が何て言っても自分の掌で踊っている、みたいな安定感があるわけでしょう？（全員笑）

永田 そうかなあ。

小池 そうだよ。「権力の構造」みたいな……。

永田 今日はずい分と教条的じゃないか。（全員笑）

小高 僕らには確かに左翼的なものいいというような共通するものがあった。でもそれだけだろうか。僕らの世代を評価して言うと、僕らには変化していく姿勢があるんではないだろうか。変化していくものの中から、不変のものをみつけようとしていく姿勢があるんではないだろうか。その変化と不変の両方を見ようとする視点をもっているといえないだろうか。

小池 なかで一元化していきたいってことだね。

小高 若い人は一生懸命変わっていくものを追いかけていくし、上の方の世代は、僕らが両方見ているんだってことをわかってくれない。

小池 ずい分子どもっぽいね、わかってくれないなんて。（全員笑）

永田 僕らには自前の方程式でなんとか物事を解こうとする意識があるんだけど、若い世代の思考には方程式なんか必要ないみたいだね。今日考えたことと昨日考えたことが全然別のことでも問題ないって感じ。そこに倫理的な統一性とか連続性とかをもっていたいというようなのはすでに古いのかね。

そういうことに今だれも何もいわないのは困るんじゃないか。そうは思う一方で、そんな方程式が必要な時代なのかっていう不安もあるんだよ。

小高　それはあるね。僕たちには今の自分と過去と未来の自分をどっかでつないでいきたいっていう志向が確固としてある。そういう意味で、小池光なんか一貫して倫理的な歌人なんだと思うわけ。

小池　それは倫理の拡大解釈だな。（笑）

永田　話が抽象的になってきたので、少し歌の方に移しましょう。「路上」五十三号に小高さんが「失踪」という作品を出している。これは編集者の友人が失踪してしまった。その残された方の論理というのが歌われているわけなんだけど、その中の「捨てること羨しくもあり友につき語れば妻は卑怯と言い断つ」というのがありますね。小高さんは失踪した友に心情的にすり寄って発言しているわけで、これに対して奥さんは一言のもとに否定するってことですね。僕が家で女房にこう言えば、女房も確実に小高さんの奥さんと同じ反応を示すと思う。つまり、女性は男に比べるとはるかに日常の中でゆっくりとしっかりと成熟していけるんじゃないか。ここに男と女の感性の差が出ていると思って面白く読んだんですけど……。女にとっての中年はどうなんだろうか。

小池　肌だよ、お肌の曲り角……。

小高　肉体的中年っていうのはあるけど、精神中年ってのはないんじゃないの。肉体的中年としての意識は男性より女性の方が強いんでしょうね。男の場合はいつまでも夢を捨て切れないところがあって、小池さんの場合でもまだどこか夢をみているというか。

小池　それはない、全然ない。

小高　いやあるよ。革命とまでは言わなくても、普遍性と言ってもいい。とにかく社会的なものにつながりたい思いがある。女性の場合は非常に固有性にこだわる。

小池　今の話は非常にステレオタイプ化されてるね。こっちの頭で考えた女性像だよ。女ったってもっと面白くて変なのいるよ。これじゃあまりに……。

小高　典型的過ぎる？　でも典型にこだわらないと歌にならないんだよ。

小池　なるほどね。この歌だって、一生懸命歌になるもんないかって捜してたら友達が失踪してくれたんで、よかったなあって……。（全員笑）

小高　勿論これは、一生懸命凸にしてる歌なんだけど、日常性の中に失踪があるってことがよくわかってね。これ、いわゆる、岡井さん的失踪じゃないんだよね。だらしない失踪なんだ。

小池　失踪なんていったってだらしないよ。岡井さんのだってだらしなさの極みだよ。

小高　いや、歌を読む限り、いかにも…。

小池　そこが問題なんだよ。実際に日常に起ることは何でもズルズルベッタリのだらしないもんであって……『日々の

思い出』……。（全員笑）

小高　だらしないって、小池さんにとっちゃ反語でしょう。それは倫理的なんだよ。意識したダラシなさ。

小池　まあ、そうでありつつ、そうでもない。

永田　つまり、中年というイメージはどこまでもみっともないだらしないもんなんだよね。そのネガティブイメージを、どこまで反転することができるかってことになると思う。

小池　ネガティブなの？　突然話は飛びますが、じゃ今なぜ不倫がはやるの。中年って、すごくいいんだぜ。

永田　いやそれは不倫願望でしょう。現実になかなか起こらないから美しい。

小池　それは君が知らないだけだよ。（笑）

小高　僕のまわりに不倫はいっぱいあるけど、けっして美しいもんじゃないよ。

小池　美しいっていえないかもしれないけど……。不倫で面白いのは、昔なら何があっても添いとげようってね、つまり歌にするかどうかは別として凸中の凸のドラマだったんだけど、今はね、ただ男と女が寝ただけっていうことになっちゃう。少し裏返してみただけでトリックがばれちゃうみたいな……ね。

小高　でもね、たとえば小池さんが不倫をして歌にするとしたら、日常のひとつとして日付をつけて、不倫しましたって歌作る？

小池　それはギャグですか。（笑）

女房・子供

小高　小池さんの場合なんか、凸化できる部分まであえて凹化しているというかパロディ化してるんだよね。

小池　それはいえる。

小高　意識過剰なんじゃないの。もっと凸化していってもいいって気もするんだ。

小池　凸化し過ぎて歌がね……、累々たる、じゃが芋の芽から芽が吹き出たみたいなのが目のあたりに散乱してるからね、へっこみ過ぎるくらいでバランスがとれるんじゃない。それが円熟じゃない。（全員笑）

小高　僕のように後から歌を始めた者は一生懸命凸化を志してるわけです。永田・小池・三枝昻之あたりに意識して凹化されていかれると困るんだ。やりにくくてしょうがないよ。

小池　僕と永田の間には線があるよ。僕なんか後から出てった方だからね。永田なんか凸だよね。

小高　そう、凸だよ。

小池　裕子さんと結婚したなんて凸中の凸！

小高　ここで司会を変わろうか？（笑）、永田さんはずっと相聞っていう凸型の歌でやってきたわけだけど、今の歌でも凸だよね。

小池　そう、永田の歌にはいつも裕子さんの歌が二重・三重にまぎれてるんだよね。

小高　おい、ちょっとそれ嫉妬じゃない。（笑）

小池　永田の場合ただの奥さんじゃない、裕子さんだからね、黙ってても想像できる部分があるわけ。そこで波紋を投げられるっていうこと、意識してるでしょう、ずるいんですよ。（全員笑）

小高　歌のあいだから裕子さんが見えてるものね。

小池　歌は氷山の一角の文芸だからね。一番簡単な素材として、裕子さんをポンともってくるとその落差で読めるもんがあるんですよ。「……グラリグラリと妻は傾く」っていうところで。

小高　裕子さんの方にも、ふとんたたんで包みこんで寝かせるなんて歌があったな。

小池　歌人どうしが夫婦っていうの多いでしょう？　もちつもたれつ、どうしょうもないよね。（全員笑）

小高　小池さんも奥さんをフィクションで作り上げて歌にすることもできるんじゃないの。

永田　小池に妻の歌ってないね。

小池　うまくいってないからですよ。それだけですよ。（笑）まじめに言いますと、子供の場合はね、かなり突飛なことといっても子供という枠組の中から取れるんだよね。女房に限らず、大人になった人間は一般化しにくい。

小高　僕の場合も女房を歌にするっていう場合、かなり一般化した女性として扱うことになるんだよ。典型に押しこめちゃうんだね。

小池　さっきの小高さんの歌でも卑怯って言ったことになってるから歌になったわけで、面白いわネって言ったことになったら、了解不能になるだろうなあ。その点永田の場合、裕子さんという顔が浮かぶからね、面白いわネって言ったことで歌になるかもしれない。

永田　だからどうなんだよ。（笑）

小池　ずるいんだよ。つまりスタートラインのずっと前に立っているんだ。（全員笑）でも、最近の永田の歌変わってきたね、凸を意識しなくなった。

小高　え、もう少し詳しく言って。

小池　三十一文字でドラマを作るんじゃなくて、言葉の関係からいわば詩を書くようになった。原点に戻って来てるって言える。例えば「夕暮れの大煙突よりたちのぼる煙見えれば左折して五分」とか……。

小高　うんなるほど。さっきの日付の歌の影響があるなあ。

小池　あるある。（笑）これはなかなかですよ。

小高　この歌の場合は今までの永田和宏っていうのを知ってるから読めるんじゃない。こういう歌ばかりだったらどうなんの。

永田　よく出る議論だ。

小高　こういう歌があるから中年の歌がいいという、例証とは思わない。

小池　それはね、いわゆる歌壇を背負って立つ御方の意見だね。

小高　いや、名前がなかったらどうかっていうことだよ。

小池　名前はあるに決まってるでしょう。

小高　こういう歌ばかりだったらどうなるかってところですよ。

永田　そこがね、今日やりたいとこなんだ。たとえば、無意味なことの、その無意味性に過剰なまでの意識を投入するっていう歌、小池のにもあるでしょう。「立食ひのまはりはうどん啜るおと蕎麦すする音差異のさぶしさ」、この差異はマルクス主義と資本主義の差異とかいうんじゃないんだよね。前衛短歌の場合はこういうところに目をつけて議論してきたんだけど、小池の場合の差異はうどんとそばの啜る音の差異。こういう何でもないばかばかしさへのこだわりが面白い。

小池　この歌は何でもない素振りしてるけど複雑な意味があってネ。（笑）差異っていうのは現代思想のキイワードでしょ。それをひっかけてるわけですよ。ポストモダンの歌なんだよ、これは。（笑）

小高　小池さんの言うことはわかるけど、この差異だってあっという間に一般名詞になっているんだよ。

小池　でもこれを現代思想にひきつけて読む人、何人いる？

小高　そうかなあ。現代思想もあっという間に流布しているから、差異なんてことば氾濫してると思うんだけど。意識過剰だよ。

永田　ところで話を少し具体的な歌人にひき寄せて考えてみたいと思うんだけど、中年短歌といって、まっ先に僕が思い出すのは、小高賢・晋樹隆彦・大島史洋あたりなんだ。不思議なことにみんな編集者なんだよね。

小高　そしてみんな不器用だ。（笑）僕なんかの場合、短歌って詩型をあとから手に入れたからね、歌を書く意味づけにいつもこだわっているんですね。大島さんの初期歌集なんかすごく抒情的なんだけど、どうしてああなってくるのかわからない。

永田　ああって？

小高　つまり日常のどうでもいいことから、ギリギリ自分を責めてる歌が多いでしょ。

永田　彼は二十歳代からすでに中年の歌だったと思うけど。

小高　でも第一歌集は初々しかったよ。

永田　いや、でもあの思考の形態は明らかに中年のものだ。

小池　それは「未来」っていうのが中年の集団だったからだよ。（全員笑）

性欲は未だ衰えず

小高　「歌壇」の一月号に佐佐木幸綱さんが「四十七才の茂吉が次子を得しことを二種の年譜に確かめており」という歌を詠んでいます。佐佐木さんは自分と同じ四十七歳の茂吉が、老いの歌を作っている一方で子供も作っているということでね、自分の老いという観念に重ね合そうとしてるようで面白い。それで最後の歌は「性欲は未だ衰えず青竹の並びてたてる道を来しかど」とある。こういう歌にとても興味を感じます。つまり歌の上では老いを嘆いたりしてる一方で子供を作ったり、あるいは性欲は衰えていずと言う。その精神と肉体の乖離が面白いんだよね。

小池　それはお答えしますとね……。（笑）「性欲は未だ衰えず」なんて言うのは衰えたっていうことなんですよ。

小高　読みが浅かったのか。（笑）

小池　茂吉の歌で「こぞの年あたりよりわが性欲は淡くなりつつ無くなるらしも」ってあるけど、四十二歳の歌なんです。茂吉をもってしてもポーズなんだよ。まして永田となると「性欲も淡くなりしか秋の日の焚火のごとく老けゆくらしも」。永田、はずかしくないの？　三十年後に作る歌じゃないの？（笑）

小高　中年の強さともいえるんだけど、歌の中に自己批評が入るとどうしても迫力がなくなるんだよね。単純じゃないから。

小池　単純じゃないから迫力がない？　なるほど、面白い意見だね。そうかも知れない。

小高　小池さんの初期の歌は単純だよ。お父さんとの葛藤やなんかも。

小池　だけど単純な歌っていうのは書き続けていく限りあり得ないんだよね。月に十も二十も作るんだから、単純な歌を量産していたら底が割れてくるよ。今の歌人はみんな歌作ることがプログラムの中に入ってんだから、スタンスとらなくちゃ持続しないよ。

小高　複雑になりながら、同時に歌に強さを加えていくことをどう考えるかということなのかな。僕たちの場合もこれから人生長いんじゃない。どうすればいいんでしょうね。

小池　茂吉についていうと、そのあたりはまったく無差別に全部つっこんだんだ。野放図にスタンスをとった歌もあるし、無制限に並列化して独得の厚みを出した歌もあるし……。

永田　茂吉の魅力はそういう、駄歌も秀歌も同じところに並んでいるっていう点だね。

小高　もしかすると小池さんや永田さんよりインテリ度が足りないんじゃない？

小池・永田　そうそう。（笑）僕らはもう茂吉にはなれない。

小池　彼は愚昧なる大衆というか、そのおろかさといやらしさを最後まで共存させてたからね。やっぱり読んでみて面白いのはまん中あたりが特に。『赤光』や『白き山』はこれで完結しているってものがあって、逸脱しているものが少ないでしょ。まん中はね、逸脱に次ぐ逸脱。駄作の山というところがある。

小高　自分の歌と関わりなく、読者として面白いっていうこと？

小池　そうだね、大きな謎がある。茂吉という個人を越えて日本の近代というものの暗黒部であるし、輝しい面もでてきているってことだよ。日本人の近代精神史を読む面白さというところ。

永田　それは小池が、茂吉の中に平均的近代日本人を見てるからだろう？

小池　そう、それもある。
永田　だけど現実に言えば、茂吉は非常に突出した人間だったんだ。それでいながら、近代日本人の平均的感性を表現し得た理由は何だろう。
小池　血筋というものもあるだろうけど、よくわからない。他のジャンルを見回してもああいう人はいなかったんじゃない？
小高　短歌という形式のせいではないだろうか。他のジャンルでは落ちてしまう部分が現われる要素をもっているとはいえないかな。例えば漱石の場合などもね。漱石のふきげんとかよく言われるけど、周囲の人とか伝記を書いた人が云々するだけで小説には直接表われていない。それが形式のふしぎさではないだろうか。小池さんの場合もね、短歌に妻は登場しないわけだけど、でもそれがなければ短歌として完結しないような気がするんだよね。
永田　面白いところにきたね。僕らがここでことさら中年ということを問題にしようとしているのは、短歌という形式においてもっとも端的に現われるからというところに由来しているんだよね。小説や俳句じゃ作者が中年かどうかはおそらく問題にならない。短歌の場合、七・七のところが余計な情を要求するということがあって、それが今の自分の感情にどう釣合うかということになるからなんだよね。詩型に側していうとどうなるかな。
小池　うーん、むずかしいところだね。僕らは茂吉みたいに馬鹿でいられない辛さ、あるいは弱さがあるからな。
永田　絶えずどこかでつじつまを合わせたいみたいなところだね。
小池・小高　そうそう。
小池　大きな愚かな存在っていうのは、歌人に限らずもういないんだよね。根本的な文化の質の問題だからね。
小高　知をもって愚直も表現しなくちゃならないんだからね。知をもって非知を表現するのは、すごく大変なことだ。小池さんのうどんとそば啜る音の差異の歌なんか、すごく知的に操作された歌なんだ。
小池　そのとおりみたいだね。
小高　それをわかる人がいるかどうかということもあるけど、こういうことが今、僕らのやるべきことなんだろうか？
永田　中年っていうのは何かカッコつけようとするとすごく滑稽になる存在なんだよ。その滑稽さを滲ませたいという気持がね、小池もそうだけど中年の歌にはあるんだよね。大島にしても晋樹にしてもどこかおろおろとした滑稽さがあって読者というか、僕らを安心させてくれるんだよ。もっと他の中年像っていうのはないんだろうか。

〈らしさ〉と演技

小高　小池さんも永田さんも社会ではりっぱな中年としての役割を果たしているんだと思う。だけどその自分を嘘と感じるものがあって、それをパロディ化しようとする意識が歌の中で強調されてくるんではないか。外でりっぱなことしてる反動じゃないの。

永田　少し無理をしてね。

小高　小池さんも父兄の前じゃりっぱな先生ぶり発揮してんでしょ？　パロディはできないでしょ？

小池　うーん。でも何かを演じているって気は絶えずするな。永田だって京大教授なんて嘘みたいだし、京大にいけば歌人だなんて嘘だろって、感じなんだろ？（笑）僕も家に帰れば父親なんて嘘だろって感じで、その嘘って感じに妙に真実味があるんだよね。

永田　その嘘だろって感じのところに凸なものをもってくるわけじゃない？　ある意味ではぶざまな中年を演じてみせるわけなんだ。だけど読者からみるとそれがあまりに典型的な中年じゃかえって信用できないってことがある。そのバランスが難しいんだよね。小池の歌でいうとやはり『日々の思い出』にある「けふわれは元気にて声に余力ある授業をしたり『コリオリの力』」と「夕暮るる雨の一日や革靴の量《かさ》のふくるるその中の足」、どっちも好きな歌なんだけど、どっちが中年らしいかというと後の歌なんだ。でもいかにも、らしすぎるんだね。その点前の歌は、「けふわれは元気にて」とわざわざ言うあたり、企まない中年らしさというかね、いかにも自然に出ているという気がする。こういう中年の歌がもっとできないだろうか。

小池　僕らの上の世代はデッパリのない時代にどんなふうにデッパリを作るかで苦労したけれど。僕はそんなデッパリは関係ないというところから考えているから今しんどいとは思わない。今しんどかったら年とってからだってしんどいはずと思うからね。

永田　今までは中年ってことをことさら意識せずにきたってことかな。

小池　無難にきりぬけてきたって感じ。ひたすら耐えて……。

小高　さほど耐えているって感じでもないよ。宮さんあたりじゃ、もう小池さんの年には主宰者だものね。このあたりから宮さんには圧倒的に旅行詠がふえてくる。でも僕らは旅行もできない。

永田　たえず日常とベッタリしてるしかないわけだ。

小池　僕は旅行詠はつくらない。相聞とか、いわゆるドラマになる歌は作らないんだ。いつも何もないところからやるの。非常に倫理的でしょ？

小高　少し意識過剰じゃないの？

永田　岡井・馬場・島田さんあたりの歌人の歌はどうです。何か中年の歌ありますか？

小高　岡井さんにはある。五十で「数かぎりなき悪徳をゆるしつつたのし中年機内に眠る」。

永田　五十で中年は困るなあ。

小高　いや、意識でいえば中年でしょ？

小池　そうだよ、今の常識じゃね。

永田　今は年齢七掛説か。我々はまだ二十八歳なんだ。

小池・小高　そうなんだよ。
永田　でも実際はどうなんだ。中年だろ？
小高　年齢からいうと、三十五・六歳から六十五・六までが中年じゃないの？
永田　それじゃ、まだあと二十五・六年も中年ってわけか。
それまでがんばるしかないのかなあ。ただ、僕らが中年というところにこだわるのは、先に老年という時代が見えているから、それからさかのぼって今を何とか考えたいという意識によるわけだ。
小高　そこで永田さんの歌だけど「性欲も淡くなりしか……」ってね、こういう歌やめてほしいな。それから若いもんが飲んでいるけど自分は、とかいう歌があったでしょ？　例えば研究所の教授なら、その場にたって歌うってことないの。無理に戯画化するだけじゃなくてさ。
永田　いや、あるよ。「吊るしたる羊歯は影射す詰め甘き結論をはげしく叱りいたりき」叱るっていうのは権力ですからね。（笑）歌としてはよくないか。
小池　小高さんは昔の帝国大学教授っていうイメージに基づいていってるんだろ？　今はね、総理大臣だってある種の記号的存在なんだ。
小高　記号的存在っていうのはよくわかるね。例えば永田さんが研究所にいけば、記号的存在の教授になるっていうふうにね。でもそういうことって歌にはならないのかな。そこには記号にはまりきれない部分ってあるわけでしょ？
小池　今は教授ったって何てことない存在でしょ。そこに何か隠してるもんがあるっていう方がおかしい。
小高　そうじゃないよ。その記号に入る瞬間ってあるわけでしょ？　その瞬間を積極的に歌うべきだと思うんだ。小池さんのでいえば「佐野朋子のばかころしたろと思ひつつ教室へ行きしが佐野朋子をらず」。傑作だと思うんだよね。現場意識がでていてね。
小池　小高さんはオーソドックスだねえ。
永田　この歌にもね、非常に昔ながらの教師像っていうのがあるんだよね。
小高　それもそうですね。（笑）
永田　いや、読者の側からいうとそういうものがないと鑑賞できないんだよ。僕の場合でもね、一般的なイメージをどこまで反転できるかってことがあってね。小池の歌にも古い教師像の反転があるからおもしろいわけなんだ。
小高　その古いイメージがなければつまらないわけだ。
小池　うん、歌っていうのはいつも何かを受けているんだよね。
永田　中年の歌ってことについての結論めくけど、一般的に中年がどうイメージされているかってことの把握がなければ新しい中年の歌ってできないってことだな。
小池　適確な把握は必要だね。中年全体を、ドブネズミのような冴えない存在として把えてしまったらまちがいなんだよ。
小高　漱石とか鷗外もいつの時点でか自分を中年と意識した

ときがあったと思うよ。変ないい方だが、その時にひげをはやしたと思うんだ。つまり自分の内面と外面を一致させたかったんだね。僕は、ひげのかわりに短歌の方法を自分の中に作りたいと思ってる。

小池　中年ということに特別な思い入れはないからね。現実にはデッパリなんかないんだということだね、僕の結論は。

永田　相聞と挽歌は誰にでも来るピークなんだけれど、もうひとつのピークを作れないかという気持がありますね。素晴しい中年の歌を模索していきましょう。

（「塔」'88年5月号）

Profile

こだか・けん　１９４４年生まれ。歌人。歌集に『耳の伝説』『家長』『本所両国』『液状化』など、評論集に『宮柊二とその時代』など。

Profile

こいけ・ひかる　１９４７年生まれ。歌人。歌集に『バルサの翼』『草の庭』『静物』『滴滴集』など、評論集に『茂吉を読む』など。

対談

文学と科学、大いに語りましょう

有馬朗人・永田和宏

◇日本の文化は対極化する

編集部　いよいよ二〇〇一年です。俳人であり歌人であり、また科学者であるお二人に、二十一世紀の俳句と短歌、そしてサイエンスについて大いに語っていただきたいという趣向です。

有馬　初めまして。永田さんからはいつも歌集や歌誌をお送りいただいています。それらを拝見しておりまして、一度お目にかかりたいと思っていたのですが、今回やっと念願がかないました。さて、二十一世紀ということですが、ここらで文明、文化というものが変わるかどうかです。俳句あるいは短歌も詩もみんな変わるんだろうか。そのへんはどんなものでしょうか。

永田　二〇〇〇年という年は、生物学のほうではヒト遺伝子（ヒューマンゲノム）の全解明という問題もありまして、かなり大きな進歩が見られた年ですから、一般の人たちもサイエンスに対して無関心でいられなくなってきたということは十分にありましたね。明治の初めに文明開化がありました。あのとき旧派の歌人たちは、新しい文明をどううたうかという問題に直面した。電信機とか汽車とか新しい文明の利器が入ってきたわけですが、それを題詠としてどううたうかといったことです。速いということを言うのに、電信機の速さも汽車の速さもどちらも、「千里行く虎も及ばじ」と言って、全く同じ感覚で表現しているんです。人間の感性が新しい文明についていくのは、なかなかたいへんなことなんだなあと思うわけですね。二十世紀後半の著しい科学技術の進展のなかで、たぶん短歌は新しい文明への対応を、かなりシビアに迫られたと思うのですが、俳句はどうだったんでしょうか。

有馬　俳句でもかなり、いまでもそうですが俗語をどんどん入れていくということがあったでしょう。ですから一部ではわりに早く変わっていった。だけど根本的には、旧派以上に月並みの宗匠がいっぱいいたから、その宗匠たちの変わりは非常に悪かったですね。ただ、ことば遊びというような点では、かなり新しいものを取り入れてはいましたけれど。

そこで一つ、私が心配していることがあるのです。世界では二十世紀の初め、あるいは十九世紀の終わりから、絵画にしてもクリムトのような世紀末的なものがあって、それからインプレッショニスト（印象派）になったり、とくにピカソのようないろいろなものを破っていくような力のある人が出てきましたね。二十世紀の最後のころは多少世紀末的な色彩があった。そしていよいよ二十一世紀に入ると、世界では科学だけではなくて、ゲノムの問題、バイオサイエンスの問題もあるけれど、いろいろな芸術の面でも、ものの考え方でも新しい力をもったものが出てくると思う。

そこで私は何を心配しているかというと、一方、日本は六十五歳以上の人口がますますふえるでしょう。そのふえ方は予測によると二〇二〇年から二〇三〇年までは止まらないですね。そうすると東京大学の教授の定年を六十五歳にしようということになるわけです。こうした状況になったとき、果たして日本では新しいものが出るだろうかということなのです。

短歌のほうは、いまでもいろいろな賞の受賞者は若い人がずいぶん出ているが、俳句の新人は五十歳ですよ。いまの年齢構成で五十歳が新人であるとすると、二〇二〇年ごろは新人が六十歳ということになりかねない。このへんを私は心配しているんです。こういう年齢構成では、ほかの国がどんどん新しいものに移っていくときに、日本は非常に保守的になりはしないか。そのへんはどうですか。

永田　恐らく文化が二つに分かれてしまうということはありますね。いま、政府も含めてＩＴ（情報技術）革命ということがやかましく言われていますが、一方で六十五歳以上の方たちは一般的に言ってほとんどその世界とは関係のない生活をしておられる。一方ではもろにインターネットに浸かった世代があって、この二つの世代でことばが通わなくなってしまう。そういう可能性はずいぶんあって、短歌でもそうなんです。一部では結社を越えたｅメール歌会を頻繁にやっていますし、一方ではｅメールなんて見たことも触ったこともない世代がいて、そういうことばが出てきてもお互いに理解ができない。

文明開化のときもそうだったと思うんです。新しいことばを取り入れることはできますが、そんな新しいことばへ対応する自分の感性が従来のものと全然変わっていない。これがいちばん大きな問題になってくるのではないですか。

有馬　たしかにそうかもしれません。俳句のほうでは明治二十五年ごろに正岡子規が出てきます。その前と後とではガラッと変わってしまう。正岡子規自身は、一方では古いものに興味をもっていて寄席などによく行っていたし、そういう江戸的なものを理解しながら、一方では新しいもの好きで、野球が大好きで自分も実行したし、野球の弟子が高浜虚子であり河東碧梧桐だった。それがいつの間にか文学に行くわけでしょう。そういう「書生っぽの俳句」が一方にあって、それが新聞というメディアをうまく捕まえたから、いちはやく日本を制覇するんだけれど、一方では江戸時代からの宗匠がいっぱいいて、その下には連衆がいたわけです。ですから、おっしゃるように二つにスパッと分かれていました。現在もそうでしょう。eメール派とそれ以外です。

◇海外詠のつかまえ所

永田　有馬さんはかなり早い時期に海外詠を作られたけれど、そのころは海外詠そのものがまるで理解の埒外《らちがい》にあって、「そんなものを作るな」と言われたそうですね。海外に行くと、それに接してない人にはどうしても感じられない部分がありますから。そのへんはどうでしたか。

有馬　短歌のほうでも森鷗外、あるいは斎藤茂吉はずいぶん早い時期から海外の短歌を作っています。二、三十年前ころ、詩人の中村稔さんたちが中心になって茂吉を研究しているわけですが、茂吉がヨーロッパに行ったときの話になると、歌集では『遍歴』あたりでしょうか、とたんに認めない。「この短歌はおもしろくない」というわけです。茂吉のいい海外短歌はずいぶんあると思うんだが、とにかくあまり認めない。この傾向はあの当時の歌壇や俳壇も通じてあったのではないでしょうか。でも、その人たちの評論でおもしろかったのは『滞欧随筆』は全面的にほめるということ。女の子を見ていた話、ドナウの源流に行った話とか、文章だと読めば何となく雰囲気がわかってくるんでしょうね。短歌だけだとなかなか雰囲気が読み切れなかった。ましてや俳句になるともっとわかりにくいと思います。

永田　逆に言いますと、俳句のほうがあるショットで切りますから、海外のものをそのものとして写しやすいような気がするんですが。

有馬　そのとおり。そのかわり絵葉書だという批評が出てきます。私は少しツムジが曲がっているから「絵葉書俳句でけっこうです」と言うんです（笑）。なぜかというと絵葉書ほど写真家が苦労して、いちばんいいところを撮っているものはないですからね。それなのに絵葉書海外俳句は評判が悪い、報告に過ぎないって。そこへいくと短歌は、永田さんの歌集『華氏』のナッシュビルとかメリーランドあたりの歌をみてもよくわかるんだが、生活が具象的に出せるでしょう。その点はいいですねえ。

永田　ええ。それはずいぶん違います。有馬さんの〈神父来て柱時計を巻く炎昼〉はイタリアに行かれたときのものですね。句集『立志』に収載されています。私はこういう作品は海外詠という範疇ではとらえない。絵葉書とは全然違います。こういうとらえ方ができるのが、俳句の強みかなと思います。

有馬　たしかにそうですね。私はいつも海外俳句というと鷹羽狩行の〈摩天楼より新緑がパセリほど〉をあげるんです。昭和四十年代、生まれて初めてアメリカに行ってニューヨークのエンパイアステートビルの上からセントラルパークを見て作った有名な作品です。それは一つのスナップショットです。パッと切り取っている。だから成功すればいいんだけれど、そうではなくて、お堀があったとか衛兵が立っていて敬礼したとか、そんな話になってしまうとつまらなくなる。

永田　珍しさだけ、ことばだけが入っているというのはおもしろくないですね。さっき茂吉の話が出ましたが茂吉の海外詠、あれは日本なんです。場面は全部海外ですが、感性は日本で作ったのと同じ。人間の感性はコンサバティブ（保守的）なので、新しい環境に直面しても新しい自分の感性でものをとらえることがなかなかできない。だから茂吉の『遍歴』は、日本に帰ってから作ったんだというのが定説になっています。たしかに日本で作ったから日本的な感性なのかもしれないけれど、私自身がアメリカにいたときも、切り取ってくるショットがいかにも日本的なんです。

有馬　いや、私もそうですよ。私の海外詠について「平常心だ。日本にいるのと海外に行ったのと同じだ」と言われる。これはほめことばでもあるんだけれど、おっしゃるように本人は変わってない、景色が変わるだけだということにもなりますね。だからそこのところは難しいと思うんです。絵でもそうでして、フランスにずっといっている人々、たとえば梅原龍三郎の絵にしても何となくセザンヌの構図やルノアールの色彩に近いところもあるんだが、よく見ると色は日本人の色だし構図も結局は日本人のものだ。私は梅原の絵でいちばん好きなのは「北京晴天」ですが、あれはまさに日本的な切り口ですよ。

それを極端にやった人が一人いるんです。高浜虚子です。あの人は着流しの着物で行ったんです。だから西欧には行ったんだけれど、そこで西欧文化を尊ぶわけでもない。日本の文化の延長、日本の旅行の延長としてフランスに行き、イギリスに行っているわけ。あのくらい徹底して日本の精神をもっていって俳句を作った人はまた珍しい。

◇留まるか、流れるかの海外詠

有馬　そこで質問なのですが、あなたは『華氏』の「あとがき」に「作者としてはかならずしも海外詠といった風には読んでいただかないほうがありがたいという気がしている。出かけたのではなく、生活していたという気分である」と書いておられる。これは私も同感です。ただ、このごろ注意して言っておりますのは、海外に行ったときの作品でも二種類ある、一つは生活者としてそこに滞在して作っているもの、もう一つは旅人としての海外詠ということです。これは旅吟というべきでしょう。同じ海外でも旅吟と滞在吟がある。そういうふうに分けておりまして……。その中間もあることはありますが。

永田　それは「生活」ということだと思いますね。現地で暮らしている人々の生活に触れられるか、生活を共有できるかという問題が大きいと思います。旅行をしている場合にはそれに接するのはちょっと難しいですね。旅での触れ合いというとすぐに美談になってしまうんだけれど、実際に生活をするときには、もっとシビアなせめぎ合いがいっぱいあります。子供はすぐにケンカをするし、向こうの連中と本気で議論をすると当然英語のハンディで負けてしまうし。

有馬　カンカンになるという歌がありましたね。私も口でやると負けてしまうから、取っ組み合いをしたこともあるんです（笑）。

永田　そこで逆に有馬さんに質問があります。俳句には日常の生《なま》な自分はほとんど出てこないでしょう。そういうときに滞在吟と旅行吟とはかなり違いますか。

有馬　旅行も度重ねて同じところに行けばいいんです。前衛派は別として、われわれ伝統俳句に入っている者としては、どこかで四季を見つけないといけない。四季のないところでも自然の移り変わりを見ないといけない。そうしますとヨーロッパやアメリカは長い短いは別としても、四季がいちおうありますからわりにやりやすいが、いずれにしてもある程度の長さの月数、一年ぐらいはいないと移り変わりが見えません。そういう移り変わりを見ようと思ったら長く行くか、しょっちゅう違う季節に行くか、それをしないとだめです。そういう意味で、明らかに滞在をしていた人の季節の詠み方と、旅行者としての季節の詠み方の違いはあると思います。

私が旅行者によく言うのは「いちばんいいときといちばん悪いときに行け」ということです。たとえばフィンランドに真冬に行って、いかに彼らが苦労をしているかを一方で見て、一方では六月とか七月のいい季節に行く。両方を見るとだいたいそこの人たちの自然に対する感覚がわかります。ですから旅吟でも不可能ではありません。

永田　有馬さんの句集『耳順』では、句の前にどこで詠んだかが書かれていますね。「アメリカ、サンタフェ二句」とあって、次に「日本」という註があって驚きました。ほかの国に行かれたときでも、帰ってきたら必ず「日本」が出てきて日本詠が並ぶ。この「日本」を出されたのはどういう思いからですか。

有馬　あれはその一つ前の句集『知命』から始めたと思うんですよ。最初の句集のとき、私は三十代後半で海外を行ったり来たりが非常に多かったから、私の師匠の山口青邨から、どこで作ったかを書いておいたほうがいいだろうと言われました。読んでくださった方たちからも、どこで作ったかわからないという批評がありましたから。それで、『知命』にはシカゴ滞在なりニューヨーク滞在なり、どこそこと書くようにしたのですが、海外と日本との区切りを入れようとしたとき「どこそこで以下何句」だと自分でも数えるのが面倒臭い（笑）。それなら思い切って区切りに「日本」を入れようというのが私の発明なんです。ここで日本に帰ってきたんだよ、いままでの旅心とはまったく違うものになってますよ、ということをはっきりさせる意味で、それで意識的に「日本」を立てた。ですから、たしかにこのことではよくからかわれました。

永田　この「日本」を立てられたのを見て、その当時の有馬さんの感性からすると外国へ行くというのではなくて、あるときには「日本へ行く」という、そんな感じかなあという気がしたんですが。

有馬　そう。事実、アメリカに滞在中に日本へちょっと来たこともあります。アメリカに一年いて、夏休みの国際会議のとき一週間だけ日本に戻る。そんなときは生活者として戻っているわけではない。たまたま日本へ旅をした、そんな気持ちですね、おっしゃるとおりです。ところが『立志』になりますと、完全に日本に定着してしまっていて、海外へ出掛けるときには旅行者という感じで行っていますから、今度、改めて昔に戻って「アメリカ何句」という格好に直しました。

◇ここが俳句にはできないところ

有馬　『華氏』の〈ようやくに華氏で暑さを感じいるこの頃赤きTシャツを好む〉はいい歌です。たしかに「華氏」ということは一年くらい生活していないと実感できないと思う。これはとても旅吟ではできない。それに対して、私の好きな歌ですが〈午後の風暗く匂える海港に笊を単位にカニ売られおり〉は旅吟でもできる。そして俳句にもなる。しかし〈貝の化石一つ届きて少年のはにかむごとき夏の消息〉は、子供さんをヴァージニアの夏の学校に行かせたんでしょうね、こういうのは短歌でないとできない。

永田　そうです。俳句ではこういうのはフラストレーションですか。

有馬　ええ。フラストレーションがあります。〈はにかむごとき〉だけ取ればまだできるんです。〈少年の消息がはにかむごとし〉とか。しかし、これだけの内容を言うためには五七五七七がないとできない。その点、俳句のフラストレーションです。短歌がうらやましいと思ったのは、『華氏』を拝見してもそうだけれど、「パスカルの原理」みたいなことばがそのまま作品に入ってくるという点です。俳句に「パスカルの原理」なんて入れたら、俳句にならないですよ。ゲノムですら危ない。遺伝子くらいは何とか作りたいと思っていますが、相対性原理なんて入れたら俳句にならないです。それが短歌はできるんだなあ。しかし〈パスカルの原理をさらうわが少女光を繭のごとくまとえる〉はおもしろい。〈パスカルの原理〉というのも、短歌はこれだけ長いから、子供が勉強するものだろうと読者は推測できるわけ。だけどパスカルの原理を知っている読者は非常に少ない。

永田　これも短歌では以前に話題になったことですが、私は放射性物質《アール・アイ》の歌を作ったことがあります。〈放射性物質《アール・アイ》わが日常に乱るれど感性毳立つばかりにて候《そろ》〉。これは岡井隆さんが作った歌、〈放射性物質《アール・アイ》あつかふ部屋の若者はおどろくばかり感性撓《しな》ふ〉への返歌でした。そうしたら小池光が私の歌をとりあげて「この歌がわかるのはせいぜい十人くらいだろう」と言った。さっきのポピュラリティの問題とも関係するのですが、みんなにわかってもらおうということで作っていると、短歌は平板になってだめになる。

有馬　そう。パスカルの原理はわからなくてもいい。さっきの歌では〈光を繭のごとくまとえる〉で抒情性が出てきている。でも、俳句になさってごらんなさい。〈パスカルの原理をさらうわが少女〉では勉強をしているだけになるでしょう（笑）。パスカルの原理のおもしろさが出てこない。

永田　でも、短いことのメリットってありますよね。有馬さんの〈笑ひ出す十二神将春の闇〉はすごくインパクトの強い句で、私は好きです。これは短歌では絶対にできない。〈笑ひ出す〉が効くのは、この長さでないとだめなんですね。あと付けられるのは〈春の闇〉くらいです。自分がそこでどういう角度で見たとか、十二神将はどんな格好をしていたかなんて言うと、全部だめになる。

有馬　「われも一緒に笑ひだしけり」なんてね（笑）。

永田　〈晩成を待つ顔をして狸かな〉にしても、どんな狸だったか。これは生きている狸じゃないと思っているんです、信楽《しがらき》焼の置物の狸かもしれない。でも、その狸の説明があると〈かな〉が生きてこない。いまの句でも、これだけの短さで〈笑い出す十二神将〉があるからものすごくインパクトが強い。そういう短さというか。

有馬　ありがとうございます。だから短いことのよさってあると思うんです。それがなければ俳句の意味がないものね。たまたま科学の技術用語を使ってうらやましいと申し上げたけれど、七七があることないことで、ある種の根本的な違いはあると思うんです。

◇サイエンス思考法と文学思考法

永田　有馬さんはもともとご両親が俳句をやっておられたから、自然に入ったということですね。もちろん俳句のほうがサイエンスよりも早かった？

有馬　志はサイエンスのほうが早かったですけれどね。

永田　私は高校のころ、自然科学か文学か、どっちへ行こうか迷ったんです。あのころは文学には漠然としたあこがれしか持っていませんでしたが、物理は湯川秀樹先生にあこがれたというのがあるんです。高校のときに湯川先生の伝記などいろいろなものを読んであこがれたんです。私は伝記文学の大切さを力説しているんです。この頃の子供たちは偉人伝なんていうのを読まなくなりましたね。偉人の伝記を読んで、自分の将来にいろいろな夢をもつというプロセスがとても大切だという気がするのですが。それはともあれ、私は湯川先生が定年になる直前の学生でした。最後の講義でした。古典力学がおもしろかった。みんながあげてくれる歌で『黄金分割』という歌集の〈スバルしずかに梢を渡りつつありと、はろばろと美し古典力学〉があります。古典力学では世界の全ての現象が単純な数式ですっきりと全部見えてしまう。そこがすごくあこがれでした。

有馬 これは三井修さんの『永田和宏の歌』に書いてあったのかな。複雑なものをどんどん単純化していくと本質的なものが最後に現れる、それが美しいんだとおっしゃった。そこは古典力学の美を一つの典型にしておられる。

永田 そうですね。F＝ma（力＝質量×加速度）という数式から微分方程式を解いていったら全ての公式が出てくるという、あの世界の美しさにだんぜんあこがれてしまった。ところが大学に入るとだんだん複雑になってきました（笑）。

有馬 それがいちばん素直じゃない？ 私はこのごろの複雑性の科学ということに対しては、その必要性は認めながら、一方では非常な批判をもっているんです。ものごとは複雑だから単純化できずに、複雑なものは複雑として、カオスはカオスとして見ろという行き方でしょう。それは一つの考えであるけれど、それからは何も生まれてこないんです。

永田 それと全く同じことを漢方について思いますね。あれは効くと思う。だけどサイエンスではない。漢方ではなにが効いているのか、個々の要素に分けたらだめだと言います。どの物質が本質的に効いているのかわからないがとりあえず全部が集まっていって効果をもつ。これは医術としてはいいが、医学という科学の中で、複雑なものを複雑なままで扱っていていいのかという不満があります。

有馬 はじめからそれへもっていってはだめだと思うなあ。複雑なものをまず最初に与えられても、いちおう要素に還元する。いまは要素還元法は評判が悪いけれど、いったん要素に還元して、その流れでの本質を見ておいたうえで、複雑性をもう一度見直して組み立て直す。これが本当の道じゃないかと思います。

永田 ええ、それをしないとサイエンスは衰退するんじゃないかと思います。

有馬 ゲノムを読んでいくときもそうでして、ゲノムという本質の一つの要素のいちばん下まで見ていってゲノムを読んでおいた上で、どういうふうに複雑系に発展していくかを調べることが重要ではないかと思うんです。

永田 そう。でも、俳句を作るときはそうではないですね。

有馬 そう。文学はそうじゃない。しかし、論を書くときにはどうしてもエレメント（要素）に入っていくでしょう。その上で全体を見る。

永田 そうですね。ぼくは論を書くときと歌を作るときでは、まるで違うメカニズムが働いています。論を書くときはできるだけ遠くまで、一つの見方でどこまで見通せるかというところで、組み立てますから。

有馬　やはり論理を進めていくときは透明で、要素還元をして、はっきりしていかないといけないんじゃないでしょうか。でも俳句を作るときには、そんなことをいちいち考えているわけではない。総合的な直感でパッと行くことが多いと思います。

◇〈二兎を追ふほかなし〉の覚悟

永田　一度、うかがいたかったのですが、有馬さんは二足ではなくて「二足半のわらじ」を履いているとおっしゃっています。私も「二足のわらじ」を履かざるを得なかったのですが、そういうことにどこかに後ろめたさがつきまとってきたということです。私はようやく最近になって、それから抜けられたかなと思うんです。

有馬さんの〈二兎を追ふほかなし酷寒の水を飲み〉はよくわかります。まさに「追ふほかはなし」です。有馬さんには俳句、サイエンス、そしてもう一つ、行政がある。これは時間の問題では困るけれど、あまり抵触しないということですね。ただサイエンスはノルマがないでしょう。ある時間やれば、それでいいというものではない。どこまでやってもきりがない。たとえば鷗外は夜十時までは医者をやる。それ以降は文学をやるとはっきり分けました。彼は臨床的な医者なのでそれが可能なのですが、有馬さんや私の場合は研究者ですから、どこまでやってもきりがないはずなんだけれど、それをどこかで打ち切って俳句や歌の仕事をしたりする。このことが物理的な時間の制約以上に、精神的には相当つらい。

有馬　いいポイントですね。本当は左見右見《とみこうみ》しないで徹底的に一芸をやることでしょう。でも、一芸をやっている人でも、パスカルではないけれどダイヴァーション、慰め、どこかで楽しまなければいけない。それもあるから、どちらかをもう一つ持ち込むことはある。ただ、自然科学の研究は単純に楽しむ、いわゆるホビーにはできませんね。そこがつらいところです。

永田　俳句もそうでしょう。短歌はホビーじゃないんです。

有馬　そうです。いまとなればホビーではない。だから、二兎を追うほかないという覚悟をするわけです。ですけれども、ほかの人に勧めるときにはどちらかに専念なさいと言います。それをいった人が私の師匠の山口青邨です。弟子どもを集めては「まずは生業を大切になさい。専念しなさい」と言った。そんなことを言いながら青邨自身は俳句をずいぶんやっていた。大学生活の終わりごろを見ると、むしろ生業の鉱山学よりは俳句のほうに懸けていたんじゃないかと思う。それをまわりの人はわからないから「青邨はアマチュア俳人だ」とみんな言う。私に対してもアマチュア俳人だとみなさんはおっしゃるんだけれど、青邨を見ていて、そうじゃない、文学に本当に懸けていたんだという気がするんです。

そういう点で青邨は私のことをよくわかってくれまして、「アマチュア俳人のほうが純粋でいい。人におべっかを使ったりしなくても純粋な文学をやれるからね」と言ったことがある。生活のことを心配しなくていいということですね。私はそれは青邨の述懐だと思っているんです。しょっちゅう非難されていたものだから、それに対する反論でもあったと思う。

それはともかくとして、率直に言って、少なくとも六十歳くらい、定年になるまでは科学なら科学にうんと入り込むでしょうねえ。

永田　ええ。いまの自分の実際の生活時間を見ていると八割方はサイエンスですもの。

有馬　それでここまで成功されれば立派なものです。

永田　いえいえ（笑）。ただ、いま歌を取ってしまうと、科学のほうも絶対にだめになるだろうし、逆に科学に見切りをつけると歌の方もだめになるだろうという実感があるんです。

有馬　そう。だから、パスカルの言ったダイヴァーション、慰め、あれが重要なんじゃないですか。パスカルは徹底的にキリスト教を学んでいたというべきでしょう。それに物理とか数学が入るけれど、そういう態度と遊びということ、その両方があったと『パンセ』などを読むと書いてあります。ですから、慰めとして何かをもつのは悪いことではない。ただ、その慰めは決して単純な道楽とかホビーという意味ではなくて、もっと本質的な自分自身の生活のなかの一つの糧としてですね。それがさらに進めば、自然科学も芸術も同じ立場で伸ばせると思う。

だけれど若い人に言うとき、どちらかをやれと勧めるか。私の場合、若いときとくに貧乏も貧乏、それもひどかったから、いまでも物理をやっていて根本的な基礎を十分にわかっていないところがある。大学のころ、みんなが勉強をやっている間、私はアルバイトをやっていたから基礎中の基礎の勉強が抜けているところがある。おまけにそこで俳句をやったから、その分だけまた時間をとられたから、いまになるとこれは物理の上で欠陥があるなと思うことがあるんです。

逆に、では俳句というものを見たとき、万葉までさかのぼらないまでも、芭蕉から始まってとことん俳論を読み切っているとか、過去の俳句を全部読んで、塚本邦雄さんみたいとは言わないけれどずっと覚えているかというと、そこまでやってないんです。これが「二足のわらじ」のつらいところです。

◇「やったぞ」と思う瞬間

永田　そう。ただ、自分に納得の仕方と若い人に言う言い方とは、また全然違ってきますね。たとえば寺田寅彦が忙しくて実験室に籠り切ったことがあった。そんなとき岩波茂雄がやってきて「先生にはエッセイも書いてもらわないと困る。エッセイと科学があってはじめて寺田寅彦があるんだ」と言ったという。私は自分としては、このごろそれに近い感じがしています。ただ、ちょっと困っているのは、娘までがサイエンスと歌と両方をやり始めたこと、これはちょっと早いんです、いま両方やると危ないのかなあという気がしています。

有馬　自分の場合は覚悟するからね。でも、自己弁護になるといけませんが、私は俳句と物理をやっています。このごろは行政も始めたが（笑）。これは別にしておいて、俳句と自然科学、とくに物理をやっていたとき、どちらかをやめたからといって、もう一つのほうに二十四時間全部かけるかというと、そうはならないですよ。両方をやることで忙しくはなっていると思うけれど、どっちかをやめたって、その分カラオケに行ってしまうとか（笑）。ま、カラオケは俳句の一つの種にはなるけれど、釣りに行くとか何かをやるだろう。だから、開き直りだと言われるかもしれないけれど、物理なり俳句なりをやめたからといって、完全にどちらかに専念できるかというとそうじゃないと思う。どちらか片方に専念している人が費やす時間と、われわれとはそれほど違わない時間を使っているのではないでしょうか。ただし、くたびれますよ（笑）。

永田　私には〈ねむいねむい廊下がねむい風がねむい　ねむいねむいと肺がつぶやく〉という歌があるんです。本当に眠いですよ。ただ私は、傲慢な言い方かもしれないけれど、ほかの科学者よりはたくさん仕事をしていると思っています。ほかの歌人よりはたくさん仕事をしています。それはしょうがないことだと思っています。でも、楽しいですよ。サイエンスと歌を両方やっていてよかったと思います。サイエンスをベースにして歌人になったということは、自分にとっては最終的に非常によかったと。

　歌も楽しい。なんでこんなに歌が楽しいか。一首一首で新しい自分が見つかるというか、一首一首で新しい世界との対応があって、自分にはこんな面もあったのかという発見がある。一方で、サイエンスではどこか世界に穴があるんです。この穴は自分が埋めないと、だれも埋めてくれない。たとえば自分の見つけた遺伝子がいくつかあります。これはぼくがやらなくてもだれかがやってくれたのかもしれないのですが、自分が機能を見つけてやらんとこの世界の穴は埋まらないんだという思いがある。そういうものがあって、これは自分に与えられたすごい贅沢だという気がします。

有馬　それはそうなんじゃないでしょうか。私は「新しさ」ということをよく言います。俳句と物理に何の共通点があるのかと言われます。俳句を作ることと物理を進めることはまったく無関係です。自然を見ることは共通だけれど見方が違います。論理的に進めていくのと、直感的に進めるのと違いがあります。だけれども根本的には、だれかがやっていない、いままでの人が見ていないものを見つけなければいけない。

　俳句でも短歌でも、あるいは物理でも、どこかその人らしい表現、その人らしい発見をしないといけない。そうすると本質的な共通点は、いままでのものを単に繰り返すのではなくて、どこか自分自身が努力して見つけたというものがなければならないと思います。俳句でも、物理でも、ああ、こういう詠み方はだれもしていなかったな、これは発見されてなかった、この解釈は新しい、そういうものがある。そこは広い意味での新しみという点で共通点があると言っているんです。
永田　私もそういうふうに聞かれることがあって、やはりそこに帰着してくるように思います。
有馬　それを見つけることがおもしろいんです。
永田　そうですね。俳句でも短歌でも世界を切り取りますから。その切り取り方は自分しかできないものです。そういうおもしろさがある。切り取ることで、自分にはこんなことも感じられたんだということ。
有馬　そう。よく切り取れたな、スパッといったなと思うときは、いい作品だと思う。

◇駄作の山から秀歌は生まれる

有馬　変なご質問を申し上げる。私の女房（有馬ひろこ氏）も俳句を作るんだけれど、永田さんの奥様の河野裕子さんは有名な歌人でいらっしゃる。『華氏』でもしょっちゅう奥様のことを書いていらっしゃる。怒ったり何やかや。これはフィクションですか、それとも本当ですか（笑）。
永田　うーん（笑）。本当らしいウソもいっぱいあります。完全にフィクションばかりだと、歌って成り立っていかないと思うんです。
有馬　真実味がないと迫力がないでしょうね。
永田　ええ。友人のなかには、永田はずるいよと言うのがいます。「妻」とひとこと言えば、みんなが河野裕子という存在を思い浮かべて、そこから鑑賞も広がると言うんです。そういう点を知らず知らず利用していることもあるのかもしれません。今度これは私がお聞きしたかったのですが、一冊の句集を読んだとき、一句一句は非常に屹立していてイメージがはっきりしているんだけれど、その俳人の生活とか日常とかはあまり見えてこない。短歌の場合、あえて駄歌、だめなものを「地の歌」として入れておくことで、一連の中からその人間が見えてくる。その人間が見えてくることで一首が際立つというメカニズムがあるのですが。
有馬　たしかに。いい短歌だけを並べたらいけないとかと言いますが、これは俳句でもそうです。秀句だけ並べると退屈してしまう。
　今回、『華氏』、その後の『饗庭』の二冊を読ませていただきましたが、若いときの『黄金分割』もいいなと思ったんです。〈なにげなきことばなりしがよみがえりあかつき暗き吃水を越ゆ〉は好きな短歌でした。三井修さんも書いておられるけれど、若いときのいわば前衛を意識したものからずーっと変わってこられた。しかし本質的には「アララギ」の流れである。そういうときの葛藤ってないものですか。
永田　自分の歌が変わることでですか。
有馬　ええ。
永田　昔はいかに新しいものを作るかという意識がすごく強かったですね。これまでになかったものを作る。とにかく何かを変えなくてはいけない。それは革新への意識ですし若気の至りでもあったわけです。ただ、だんだんと肩の力が抜けてきたというか、自分のいちばんうたいたいものをうたうのがいちばん、あとで歌集単位で見たときにインパクトが強いと思うんです。不思議なもので、歌会に出して一首で勝負するときに高い評価を受けた作品が、歌集になると必ずしもよくないということが多いんです。

有馬　それは俳句でも同じです。

永田　アンソロジーになるとまた逆にだめになってしまう。茂吉があんなにおもしろいのは、一万五千首という膨大な歌を作ったが、あれは本当のところ駄作の山です。

有馬　虚子もそうです。句集を見ていると、なんでこんなのがおもしろいのかと思うことがありますね。でも、十句に一句くらい、ピカッと光るものがある。茂吉も私なりに見ていますと五首に一首くらい、アッと思うのがあります。

◇作者の生活が匂うほどおもしろい

永田　何年間かの句で一冊の句集をまとめるとき、季というか、時間は順番に動いていくのですか。

有馬　だいたい順番です。短歌でもおやりになると思うけれど、句集を編むときに季題別に分けていくやり方があるのですが、あれ、私は嫌いです。秋、落葉とかで分けていくと同じような句が並んでしまうでしょう。

そうではなくて、『華氏』の場合でも、高安国世先生が亡くなったという訃報が来たというところから始まり、アメリカ生活が始まり、やがてアメリカから帰ってくる途中でアリゾナを通り日本に着く。ああいうのがずーっと追いかけられると、なるほど永田さんの生活はこういうふうに動いたのかということがわかります。そしてそれだけではなくて、感情もずいぶん変わっていくわけです。それがおもしろい。

それと同じように句集も季題別に並べてしまうと、その感情が全然見えなくなる。個々の俳句は独立していなければいけないからそれはそれとしていいんだけれど、一つの句集として見たとき、季題別にしたり年代をめちゃくちゃにしてしまうと、その人の生活が全然見えない。そういうのはどうも、私は嫌いです。

永田　歌集でもテーマ別にしたり、そういう作り方があるのですが、あれはだめだろうと思いますね。

有馬　もちろん『古今集』だって、恋の歌とかでまとまっています。それはそれで一つのやり方だけれど、個人の歌集、句集の場合は、その人が見えてきたほうがいい。しかも、その中に十句なり十首なり、ああ、すばらしいなと思える句があれば読んでよかったと思うんです。

永田　そのためにはその人の生活を匂わせるような何かがないと、ちょっと難しいところがあります。

有馬　あってもなくてもいいような地の句がところどころあったほうが、いい歌、いい句が目立ちます。それは歌集や句集の組み方の一つのテクニックだと思います。

永田　しかし、私が歌を始めたときは前衛短歌の時代でしたから、そういう日常性を一切否定したんです。ただ、いまから考えると、それを否定すると歌のおもしろさがなくなってくるなあという気がします。

有馬　下手でもうまくても、その人の考えなり生活が浮かんできたほうがおもしろいと思う。

そこで塚本邦雄さんの論と私の意見が違うところがある。高柳重信と私が徹底的に議論して別れちゃったことがある。それは何か。私は「俳人でも歌人でも作者が見えたほうが作品がおもしろいよ」と言う。でも塚本さんは「それはだめだ。短歌は短歌、俳句は俳句で見るんだ」とおっしゃる。かつての「俳句研究」の編集長だった高柳重信が徹底的にそうだったんです。「名前は消していい。有馬朗人だけでいい。その人がどんな学校を出ようと貧乏であろうとそんなことはどうでもいい。作品で勝負だ」と言う。でも私は「その人が貧乏人だったということがわかると、富田木歩にしてもこういう貧乏人がこういう句を作ったということがわかったほうがおもしろいんだ」という論争です。

永田　いまはそうですね。昔はそういうことは切るほうでした。短歌でも俳句でも前衛の時代は徹底的に禁欲的なんです。これはいけない、あれはいけないと言いながら、純化しようとする傾向があった。でも、短歌、俳句ってそんなやわな形式ではなくて、何を持ち込んでも耐えられる形式だと思っているんです。むしろ持ち込めるものはなんでも持ち込んだほうがおもしろいし、そんな風にして歌は変貌し発展してきたんだと思います。

◇自分に季題を呼び寄せなくちゃ

永田　さっき季題のことをおっしゃいましたが、季語のことも一つ聞きたいんです。有馬さんの〈紙袋吹き割つて山笑はせる〉が気になっているんです。「山笑ふ」は春の季語ですが、この句は〈山笑はせる〉でして、恐らくこれは季題があって句ができたのではないですね。有馬さんのなかで紙袋を割ったということがまずあって、ポンという音がしたときに山が笑ったような気がした。ここで季題が入ってきた。季題というのはどういうふうに意識されているんでしょうか。

有馬　非常に単純です。みんなでピクニックに行ったんです。お弁当を食べ終わったあと、それを入れていた紙袋を膨らませてパンッと割ったらみんなが笑った。同時に山がそこにあった。いかにも春だなあ、ピクニックだなあ、山がいよいよ笑ったなという感じがしたので、そういう句を作ったんですけどね。

永田　いまはそういう作り方は普通ですか。季題を意識してというかたちではないのですか。

有馬　そこが難しいところで、季題をあまり意識してしまうと常套になってしまう。

永田　季題に引きずられますからね。

有馬　そう。そこが微妙なところです。

永田　この句はそこが非常に違う季題の扱い方だなというこ

とで、印象に残っています。まず山が笑ったと感じた。それがたまたま「山笑ふ」という季題になった。だけど考えてみると季題というのはみんなそういうかたちで出てきたものですね。人間の感性がまずあって、あ、山が笑ったようだというのが春の季になる。前はそういうかたちであったものが、いまの俳句ではむしろ季題が大事で、そこからどう発想するかでしょう。

有馬　どなたも俳句を作っている人はお弟子さんたちに、「季題に引きずられるなよ。季寄せ、歳時記ばかり見るなよ」と一方で言いながら、実際、作るときに窮しますと、歳時記から種を拾うんです（笑）。

永田　この句は季題ができて、それが定着していくときの現場を感じさせる気がします。こういうのが季題のいちばんおもしろいところです。

有馬　ありがとうございます。そういうのが、ある意味では季題にとらわれずに自然に、むしろ季題を発見していくというやり方になるんです。

永田　作っていて、自分の中に向こうから季題がやってくる。それが本当でしょうねえ。私は昔から俳句に対する一つの危惧があるんです。俳人は季題を大切にされる。それは自然をうたうという俳句の本性から来ていると思うのですが、季題はけっこうくせもので、それが月並みを招来しているんじゃないかという気持ちがあるんですが。季題というものは、こういうかたちで出てこないと本来はまずいものでしょうね。

有馬　そうです。でも、いつもそれはやれませんから、やはり季語集に当たるわけですよ。

永田　季が入っているかどうか、気にされますか。

有馬　（深くうなずきながら）はい。季語が動かないかどうかが、いちばん気になります。人の俳句を見ていても、自分自身のを見ていても変えられるんです。「秋の暮」でも「春の暮」でも同じじゃないか、ちょっと感じは変わるけれど、ということがある。

◇「や・かな・けり」はよく効く

有馬　そこでまたおうかがいしたいことがあります。「句またがり」についてです。定型をどこまで重要視なさるか。塚本邦雄さんあたりから急激に、句またがりでありながら最終的には三十一文字に収まるというかたちが前衛では使われるわけですが、永田さんの作品にもけっこう句またがりがありますね。あれは意識的におやりになっているんでしょうか。

永田　それはかなり意識的です。俳句でもそうだと思いますが、五七五なり五七五七七、いつも句の切れ目が意味の切れ目になっているのがズラッと並ぶと退屈になります。とくに長くやっていると、自然にそういうリズムになってきますね。そんなとき、どうやってそんな短歌的なリズムに自分として違和感をもたせるか。そのへんは意識的にやることはあります。

有馬　定型感覚というものと句またがりとの関係をどうなさ

るのか。たぶん直観でやっておられるんだと思うのですが。

永田　パッと出てきたとき、それが定型をはみ出している場合、定型に直すのがいいのか、それともいまのままでやったほうが最終的によくなるのか、そこの判断だと思います。

有馬　俳句でももちろん句またがりがあります。しかし、そうしようと思って作ったのではおもしろくない。やはり自然に出てくるときに成功するような気がするのです。短歌のほうはこのごろ句またがりをおやりになる方が多いけれど、そのへんはどうしておられるのかなあと思ったんです。

永田　私も別にうかがいたいことがあるんです。基本的には短歌は情を持ち込む。情を持ち込まざるをえない詩型だが、これは以前「俳句研究」にも書いたことですが、俳句の基本は情をどこで振り捨てるかということだと思うのです。ただ、俳句ではそれに代わるものとして「かな」「や」があります。ある意味では切字も情の持ち込み方だと思います。有馬さんの作品には「かな」も多く見られますが、俳句では基本的に「かな」に込めた感情を、読み手はすべて理解してくれるという信頼感があるわけでしょうね。

有馬　そうですね。俳句といっても情を完全には切り捨てていない。形式論的にいえば五七五七七の、七七を切って五七五で終わる。ただ、その後ろに七七が続くであろうということを前提にしている。そしてまた、俳諧の出発点は連歌および連句から来ていて、発句の後ろには必ず付句が来る。そういうことを思っているわけです。

永田　有馬さんに〈晩成を待つ顔をして狸かな〉がありますね。この〈かな〉を考えますと、だんだん有馬さんの顔が思い浮かんでくる（笑）。なぜかというと〈かな〉には〈晩成を待つ〉という自分の思いが投影されているからではないか。そうすると、これまで有馬さんのサイエンティストとしての歩み、俳人としての歩みがそこに重ね合わされて、読むほうとしてはどうしても有馬朗人という顔を思い浮かべざるをえない。短歌ではこの「かな」を、すなわち自分の思いを何らかのかたちで直接に言おうとする。しかし俳句ではそれが止められる。

有馬　だからフラストレーションが起こる（笑）。晩成を待つ狸がいる、その後ろ側には自分はまだ晩成していないがこれから晩成するんだとか、短歌にはそういう七七がつく。それをいちいちやっていると俳句にならない。といって「晩成を待つ狸がいます」では何もおもしろくならない。そこで、おっしゃるように切るわけです。切ることによって、ずるいといえばずるいんだけれど、読者の方たちはここのところを理解してくださるでしょうね、といって投げ出すから、どう理解されるか。晩成を待っているのは本当の狸を見て言っているのか、それとも自画像をかいているのか。いろいろ解釈があると思います。それはそれとして、切字を使わないと平板になってしまう。それこそスナップになってしまう。そこで「や・かな・けり」を使うわけです。

ただ、水原秋桜子さんは壮年期には「かな」が少ない。「や」

も少ない。晩年は使うんですけどね。特に新興俳句の一時期においては俳人の多くは「や・かな・けり」を拒否した。それを復活するのが、もちろんその人だけじゃないんだけれど、いちばん極端に復活しようとしたのが秋桜子の弟子の石田波郷です。〈霜柱俳句は切字響きけり〉と詠み、切字の重要性を徹底的に言うわけです。私も波郷主宰の「鶴」という結社の人たちとつきあっていて、なるほど「や・かな」は効くなというのを実感しました。ですから、私も五十歳近くまで「かな・けり」、特に「けり」はほとんど使えなかった。

◇実作をしてこそわかる良さ

永田　フォンタナという画家がいて、画布にスパッと切れ目を入れる、その切れ目の入れ方で自分のエモーションの全てを見てくれというわけですが、「かな」とか「や」とかで切っていった場合、最終的にはあそこに行ってしまうという気がします。「かな」の問題も含めて俳句における読者とのつきあい方は、短歌とまたずいぶん違いますね。「第二芸術」論はいまだにだれもきちんと答えられてないと思うのですが、あれはきわめて重要な問題を含んでいます。私はあれは読者論だと思っているんです。臼井吉見、桑原武夫たちが「第二芸術」と言う裏にあるのは、芸術というのは、百人の作者がいて九万九千九百人の読者がいる、それが本当の芸術なんだという西洋的な信仰なんです。十万人の作者がいるようなものは芸術でもなんでもない。もちろん主体性の問題とかいろいろありますが、突き詰めていうと「第二芸術」論の本質は読者論だったと思うんです。彼らが信じて疑わなかった芸術というもの、これは俳句とか短歌とは全然違うんです。

有馬　短歌のほうがまだ「第二芸術」よりは遠い。短歌も「第二芸術」でやられてはいるけれど、三百万人の短歌人がいるなんておっしゃらないでしょう（笑）。

私は、日本人が海外で作る俳句ではなくて、外国人が作る国際俳句について考えていることがあります。それは短歌や俳句が海外に対してどういうショックを与えたかということでして、このごろ書いたり言ったりしています。中国の漢詩だって非常なエリートが勉強した上で作るものです。ドイツ人に「何人くらい詩人がいますか」と聞いたことがあるんです。「せいぜい二千人でしょう」と答えた。そのくらいのものです。五千万人くらいの人口があって、そのうちのごく一部が詩を書く。

そういうのに対して、短歌なり俳句なり三行詩なり五行詩が持ち込んだショックは、まずだれでも書けるということだと思う。なぜだれでも書けるかというと短いからです。これが一つ。もう一つ、俳句の場合には自然ということを言います。素材が自然であればいい。だれでも日常、見ている自然がある。日常生活をうたえばいいよというのが、俳句の一種の至上命令みたいなものです。ですから、西洋人であろうと東洋人であろうと自然を見て、ああおもしろいや、ことばを五つ六つ並べればいいんだなというので俳句はできてしまう、いい俳句かどうかは別ですよ。でも、たまにはおもしろいものが見つかることがある。それでできあがっていくわけです。そうすると、だれでも作れるということが、大きな文明的な意味でのショックだったと思います。しかし、これが芸術としてすばらしいものを導入したことになるかどうか。私はまだわからない。

永田　それは非常に大きな問題だと思います。逆に言うと弱みがありまして、この短詩型はだれにでもわかるものではない。自分で作らないとそのよさが本当にはわからない。結局、「第二芸術」論がまずかったのは、有馬さんも書いておられますが桑原武夫はひどい作品を選んでいる。彼には本当の俳句のおもしろさはわかっていなかったと思う。これが短歌とか俳句とかの詩型の宿命で、自分が作っていないと本当のよさはわからないところがある。やはり自分が実際に作らないことには、この詩型のもっている微妙なところのおもしろさまでは、なかなか読み取れない。逆に、読者がそれぞれ短歌を作っていることで、その感性を共有するところがあります。

たとえば藤原俊成が『古来風体抄』で「歌といふものなからましかば、色をも香をも知る人もなく、なにをかは本《もと》の心ともすべき」と言っています。歌があるから花に感応するのであって、桜が美しいから私たちが歌に詠むというのは間違いだというのですね。歌があるからこそ、われわれは自然に美を感じるのだと俊成は言うわけです。日本人が短歌や俳句をもっている意味はすごく大きい。いま海外でそういうものがブームになっているのは、そういうところがあると思います。

◇難解さは読者への試金石だ

有馬　落とし穴もある。このごろ、俳句のほうで「平明」ということが非常に尊ばれますね。

永田　短歌でもそうです。

有馬　それが危険だと思う。革新をしていく人、新しいものを導入していく人は、たとえば岡井隆さんにしても永田さんにしてもいいけれど作品が難しいですよ。決してやさしい俳句、短歌で改革は行われない。そこのところです。われわれ俳人は百万人いるか三百万人いるか知らないが、俳句大衆化時代を喜んでいます。金子兜太さんだって、いまはいい時代だと言うが、金子兜太の過去の作品なんて一般の人は、わかりゃしないですよ（笑）。〈銀行員等朝より蛍光す烏賊のごとくに〉を平明とするか。私は違うと思う。だけど、兜太さんみたいに革命的な俳句を作った人がいたので、いま平明の意味が出てくると思う。でも平明だけでは先が行かないでしょう。

永田　私もそう思います。塚本邦雄の作品をはじめて読んだとき、まったくわからなかった。ただ十年ぐらいすると何も難しいことなんてないじゃないかと思う。これはわれわれの感性がそこで新しいものを獲得したんだと思うんです。

有馬　私も塚本さんの〈日本脱出したし　皇帝ペンギンも皇

帝ペンギン飼育係りも〉を読んだとき、へえっと思ったもの。でも読んでいるうちに、なるほどこれはおもしろいなあと感じるようになった。ああいう平明をぶち破るものが何かないといけない。

永田　ただ、いまの危険なところはポピュラリティの問題ですよね。これだけ俳句、短歌界が隆盛になってくる。昔は売れないことを前提に歌を作り句を作っていました。本来、売れるということが作家とは付属的なものなのに、売れる売れないということが作家の価値判断にまで及んでしまうのは非常に怖いことです。

有馬　怖い、怖い。私はいい意味での前衛は大切にしないといかんと思っているんです。なにもいままでの伝統をすべてぶっつぶすというだけではなくて、伝統のなかの前衛もあるわけです。それは単純な平明なものではない。そういうものを大切にしていかなくてはいけない。

永田　最初に言った、感性が新しい文明についていけるかどうか、海外のものについていけるかどうかという問題と同じで、わからないものをどんなふうに受容できるか。これは短歌や俳句において試されている、読者の資質なんでしょうね。

有馬　自然科学もそうじゃないですか。いまになると古くなったと思うけれど、若いときに見ていて、その時代にはポピュラーだと思ったものがあるでしょう。それをやっていけば安全ではあったけれども、あまり先に進めなかったかもしれない。

さて、そろそろ時間のようです。最後にうかがいます。これから短歌はどこへ行くんでしょう。私は非常に楽観主義なんです。人間の生活がどんどん変わるでしょう。昔は汽車とか列車というと日常に密着したものであるけれど、いまは汽車がなくなってきて電車になり、電車すらなくなるかもしれない。そのうち飛行機もなくなるかもしれない。そういうふうに時代が変わっていくから、当然それに対する人間の生活のしかたも変わっていく。周辺の現象が変わっていく。それに対して人間の感性がどこまで新しくなっていくか。

人間だから、それこそ遺伝子が本質的に変わらないかぎり、同じ人間としての伝統的な考え、人間性は残す。だけども同時に新しい時代、新しい環境に対して感性が変わっていく。そこで新しい作品が生まれる。だから、万葉からいまにいたるまでずっと短歌は続いたのと同じように、俳句も芭蕉以来続くでしょう、というのが私の単純な感じですが、どうでしょうか。

永田　私も似たようなことを思っています。先日、熊本で久しぶりに現代短歌のシンポジウムがあったんです。私もパネルディスカッションに入って話したんですが、ゲノムの問題にしてもＩＴの問題にしても、社会は変わっていくから若い人の感性がどんどんわからなくなっていくしということで、かなりペシミスティック（悲観的）な意見が出ました。

そこで私が言ったのですが、絶対に短歌は滅びない。どんどん出てきた新しいものに対してプリミティブ（始原的）な形でも、それに当たっていくことで自分がちょっと変わって、それでまた次にその自分の対処のしかたに自分で対応する。そういう機動的なかたちでこれまで短歌はずっと来ました。ある時期になって非常に細く深くなっていくと、どこかでパッと違う詩型ができて、また新しく展開する。俳諧ができたのもそうです。連俳になったのももちろんそうです。そういうかたちで何度も収縮したり膨らんだりを繰り返しながらだけれど、短詩型は残っていく。私は非常に楽観的なのです。

有馬　同感ですね。きょうはほかに師弟論もやりたかったのですが、時間がなくなって残念です。

永田　結社の問題もうかがいたかった。有馬さんはなぜ忙しい時間を割いて結社をやられるのか、これも重要な問題です。俳句、短歌は一人ではできないんですよ。

有馬　そう。話はまだまだ尽きないので、近いうちにまたこの続きをやりましょう。楽しみにしていますよ。

（角川「短歌」'00年1月号）

Profile

ありま・あきと　1930年生まれ。俳人、物理学者。俳句結社『天為』主宰。句集に『母国』『知命』『天為』など。科学者として『科学の饗宴』など著書多数。

第三回若山牧水賞

1999.2.6 ～ 2.7　宮崎市・東郷町

たゆたうユーモア感覚

大岡　信

『饗庭』の美点のひとつは、ユーモアの感覚が決して無理押しにではなく作品の中にたゆたっていることである。ユーモアは意図して生み出すものではなく、人生の経験の総和からごく自然ににじみ出てくるものである。

従って、ある程度の年齢をけみした、技術的にも熟達している作者の作品でなければ、ユーモアに潤っているという状態は期待できない。

やわらかき春の雨水の濡らすなき恐竜の歯にほこり浮く見ゆ
水鳥の水走る間の蹠《あしうら》のこそばゆからむ笑いたからむ
曇天の低く垂れいる空の腹に埋もるるごとく凧は動かず
顔以外で笑えることを喜んでいるかのように犬が尾を振る
あきらめて優しくわれはあるものをやさしくあれば人はやすらう

引用しはじめれば次から次という具合になるが、どの歌にも思考に柔軟な屈折があり、その屈折を通じて歌にさらに新しい見どころが生じている。

つまり、屈折のための屈折をねらった、頭だけのこざかしい歌ではない。作者の内面のひだの豊かさを感じさせる。五十歳代のはじめにあるという作者は、着実に実力をたくわえてきていて、めでたいことである。

多様な〝作品世界〟示す

岡野　弘彦

科学の上で先鋭な問題を第一線で追究している研究者であり、歌人であるというのは一つの特色。そういうことを離れても、一冊の中で新しい表現境地を切り開いている優れた歌集だ。

たとえば「水鳥の水走る間の蹠《あしうら》のこそばゆからむ笑いたからむ」は、水鳥が飛び立とうとして水の上を滑走し始める足裏の感覚をとらえた歌。こういう感覚の持ち方は従来の歌人たちの作品の世界にはそう見当たらない注目すべきものだろう。

自分の家族に目を向けている次のような歌「朝食の卓にまでどうどうと聞こえ来て息子は尿《いばり》まではいましけれ」。斎藤茂吉なんかはときにこういう思い切った表現をしたが、これに類するような歌はない。非常に繊細で感受性の敏感な永田さんが、ときにこういう世界をとらえるところが新鮮だ。

また、「小《ち》さき女性の足跡ひとつまっすぐに茂吉の墓に行きて戻れる」は非常に即物的なとらえ方のようだが、見事に一つの世界が切り取られていて、この一首から一編の小説のような世界が開け始めるような気がする。こういう歌もこの歌集の中の特色を示しているものだと思う。

こうして説明してくると、永田さんが特別な形を狙っているようにあるが、歌集全体の印象は非常にオーソドックスな着実な面を持っている。「水を抱くように水面《みのも》に降りたきるオオハクチョウの胸のゆたけさ」のように、悠々として柄の大きい歌の調べの本来の美しさを持った定型詩もたくさんある。

永田さんの特徴は知的でやや乾いた叙情にあると思うが、家族や男女の愛情にかかわる叙情歌には、しっとりとうるおって、読む者の心をどきっとさせるほどつやめいた作品もある。

このように、非常に多様な作品世界を示していて、これからの歌人としての大成を期待させる歌集であると思う。

女性的な洞察力加わる

馬場　あき子

この前に出された『華氏』という歌集は科学的な渇いた世界を持っていた。一方『饗庭』にはもう少し違った潤い、優しさがある。日々に出会うさまざまなものや人、場面というものに対して丁寧に、謙虚につき合っていこうとするやわらかな人間性がある。

彼は本来写実派に学んだ人なので、「見る」ということについては人一倍神経質で丁寧。それだけでなく、そこに非常に豊かな人間的な感性、言ってみれば同じく歌人である妻の河野裕子さんの影響を受けたかもしれない女性的な視野、深い洞察力を加えて、この歌集はできあがっているように思う。

そういうような観察は「顔以外で笑えることを喜んでいるかのように犬が尾を振る」にも表れている。人間だけに許された感情表現を犬はしっぽで表現しているんだ、という犬に対する優しい寄り身というのが感じられる。永田さんのものを見る目の基本は、こういうところにあるのではないか。

するどい自意識を歌った歌も魅力的。「おのが視界の真中《まなか》につねに角《つの》見ゆる犀の自意識澄み透るまで」というのは永田さんの自画像に近い歌で、自分の自意識がサイの角のようにまなかいに立っている。いつもそれを自負している。しかしそれはごう慢なのではなく、非常に厳しい孤独を経たものである。

例えば「夜盗蛾《ヨトウガ》の細胞に発光遺伝子を導入したり　夜が静かなり」では、夜の研究室で孤独さえも忘れて夜盗蛾と格闘している自分というものを、悲しみ、寂しみ、かつ肯定するがゆえにいくつもの断念がされなければいけない。言ってみればそれは「人生的な詠嘆」ということになるのだが、そういう古めかしい言葉を拒否しながらときにユーモラスに、ときに放胆に、ときに美しく、五十代を迷いつつ己の自画像を描こうとしている。そこに大変魅力を感じた。

自然と近しい関係表現

伊藤　一彦

永田さんのこれまでの歌集のタイトルは『メビウスの地平』『黄金分割』『無限軌道』という、いかにも科学者らしい抽象的なものだった。しかし今回は『饗庭』という自分の古里の地名を付けたところに、永田さんの意図するところがあると思う。

特に家族の歌の中には、互いがぶつかりあう中で理解しあうプロセスがよく出ている。自然の歌にしても、自然を他人行儀に褒めたたえるのではなくて、もっと自然と自分との近しい関係を表現している。たとえば「鼓膜をひっぱりだそうとでもするような熊蟬の声朝よりつづく」のように、お互いに遠慮なく突っこみ合っているとらえ方はこれまでになかった気がする。自然をしっかり見つめることは鋭く厳しく怖くなっていくところがあるが、永田さんの場合は自然、人間を見つめることが厳しさではなく温かさにいく。より大きな力の前で引き裂かれた自分というものを今度の歌集に示したと思う。

ただ、引き裂かれるときに悲観的にとらえるのではなく、むしろ引き裂かれた自分がこれからどうなっていくのかということを楽しみにしているところがある。ある意味では、牧水が生涯失わなかった明るさのようなものと通じている。

また、「やわらかき春の雨水の濡らすなき恐竜の歯にほこり浮く見ゆ」のように、これまで短歌が表現できなかったざん新な表現もある。目の前にいるのは骨なのだが、そこに恐竜の魂が感じられる。

近代短歌は自然を見つめることを主張したが、それは自然と人間との緊迫した関係が主流だった。しかし、たとえば「顔以外で笑えることを喜んでいるかのように犬が尾を振る」のような歌をみると、自然と人間がおのずから融合していく世界を目指した牧水の自然観と通じるものがあり、牧水の晩年の温かさと似て親しみを感じる。

牧水・はるかなまなざし

若山牧水論／永田和宏

愛誦性と青春性

牧水との出会いは、高校の時の課外授業である。ご自分でも歌を作っておられた国語の先生が、放課後、ガリ版刷りの近代短歌の鑑賞をしてくださったのだ。落合直文以下、与謝野晶子、石川啄木、北原白秋、斎藤茂吉、土屋文明など、明治以来の主な作者の作品を二百首ばかりあげて、一首一首丁寧に鑑賞してくださった。何週間続いたであろうか。

受験勉強のさなかである。日々、受験用の問題集とにらめっこしている生活のなかに、そこだけがふっとやわらかな陽だまりであるかのような、不思議に心のやすまる時間であった。

国語の時間に、教材として習う短歌は、意味の解釈や文法などに片よりがちであまり興味をもてなかったのだが、先生自身の好悪も交えて、歌の背後の味わいまでをゆっくりと述べていかれるその時間は、まったく退屈を感じることがなかった。すぐに真似をして、短歌らしきものを作り、地元の新聞歌壇に応募して、入選したこともあった。短歌との出会いである。

短歌は、青春の文学である。できるだけ早い時期に接することが望ましいと私は思っている。しかし、その接し方が教材として扱われると、せっかくの出合いが、逆に短歌から興味を失わせやすいという点がまたむずかしいところでもある。

そのなかにもちろん若山牧水の歌もあった。晶子や茂吉、白秋、啄木などとならんで、もっとも多く載せられていたと思う。晶子と牧水の歌が当時はもっとも好きだった。

幾山河越えさり行かば寂しさの終《は》てなむ国ぞ今日も旅ゆく

牧水は近代歌人の中でもっとも歌碑の多い作者だと言われる。そんな愛誦性と青春性が歌碑として残したいと思わせるのであろう。もう百基を越えるだろうか。その数多い歌碑のなかで、もっとも多く刻まれているのが、この「幾山河」の歌である。だれにも納得しやすいところであろう。もっとも早く作られた歌碑もまた、この歌であった。昭和四年、沼津市の千本松原に作られたものである。牧水の亡くなった翌年のことであった。

このほかにも北海道の幕別、福岡市の鳥越文学碑公園、宮崎の高千穂峡や日向市駅、長野県の小諸、岡山県の二本松峠などにあると言う。もっとあるのだろうか。ひとつの歌でこれだけ全国に歌碑として残っている歌は、他に知らない。

実際に「幾山河」の歌が作られたのは、牧水二十三歳の明治四十年、中国地方を旅し、岡山の二本松峠を過ぎるときに作られた歌だと言われている。しかし、そんな特殊な場は無視して、全国に歌碑として残っているのは、この歌の人口に膾炙《かいしゃ》した愛誦性と普遍性をものがたっているだろう。

「幾山河」の歌が、カール・ブッセの「山のあなたの空遠く、幸い住むと人のいふ」という詩句の影響を受けていることは多くの指摘があるが、この歌を初めとして、旅の歌人と呼ばれる牧水の歌には、単なる青春の感傷性だけではない、常になにか飢渇感とでもいうような必死さと、求道者のような哀しみが感じられる。幾つの山や川を越えて旅をしても、ついには「寂しさのはてなむ国」など見つかることはないだろう、という思いは、牧水自身が「自分の生きてゐる限りは続いてゐるその寂寥」と呼んだとおりである。

　この歌は、牧水の歌の中でもっともよく知られた歌であるばかりでなく、もっとも牧水という歌人の本質をよく表した歌でもあると私には思われるのである。それがなぜであるかについて、次回から述べてみることにしよう。

あこがれの歌人

　伊藤一彦も指摘するように、若山牧水は「あこがれの歌人」と呼ばれることも多い。牧水にあこがれるという意味ではなく、牧水が常に何かにあこがれながら、その果てしない旅を続けた歌人であるというのである。

　その典型が前回あげた「幾山河越えさり行かば寂しさの終《は》てなむ国ぞ今日も旅ゆく」であることはだれも異存がないだろう。行けども行けども、尚《なお》その先にあるものを思いながら、旅を続ける。この他にも、牧水の旅の歌には、現実の自分の場にはない何かが向こうに待っている。その何かに「あこがれ」を抱いての旅であることを感じさせるものが多い。


　　けふもまたこころの鉦《かね》をうち鳴《なら》しうち鳴しつつあくがれてゆく

　直接に「あこがれ」ということばが出ている歌である。この歌には、窪田空穂の有名な一首が影を落としていよう。「鉦鳴らし信濃の国を行き行かばありしながらの母見るらむか」という空穂の歌が、亡き母を恋うところに主題があるとすれば、牧水の一首は、旅そのものにあこがれ、恋いつつ旅をするというのが主眼である。いわば旅のなかに自分をおくという、そのこと自体をモチーフとした歌であるということが出来る。

　牧水にはつねに何かを求めながら、求めきれない歯がゆさのようなものがあった。さまざまの機会にそのことを自身で述べているが、たとえば「常に何ものか

を覓《もと》めてやまぬ何物かがわが生命の底にある」という
ことばがそれを端的に表している。「創作」を解散して新たに「自然」を創刊した、その創刊のことばである。
このような「常に何ものかを覓めてやまぬ」精神にとって、自分のいま居る場所、現実には、どうしても癒《いや》されない居心地の悪さがある。有名な一首「白鳥は哀しからずや空の青海のあをにも染まずただよふ」にはそれが如実に感じられよう。海の青にも空の青にも染まりきれない白鳥は、まさに牧水自身以外ではあり得ない。

海底《うなぞこ》に眼《め》のなき魚の棲《す》むといふ眼の無き魚の恋しかりけり

海底はるか、どこかにいる〈筈《はず》〉の「眼のなき魚」を恋う歌である。「眼のなき魚」という哀れな存在に心が寄っていくところに、若さのもつ感傷性と甘美さもまた感じられよう。いま自分がいる場、得ているものより、もっといい場、もっといいものがどこかにある筈だ。その〈筈〉に賭けていたのが牧水の旅であったのかもしれない。

牧水を旅の歌人と呼ぶならば、もうひとりの旅の歌人は、西行法師であろうか。出家した西行は、旅にその後半生を託した。しかし、同じ旅でありながら、牧水の旅とは大きくそのあり方が違っていることは言うまでもない。
西行の旅は、すべてを捨て去った旅である。捨て去って、自然と同化しようとする旅であった。それに対して、牧水のは求める旅である。
『死か芸術か』の中に、「なにゆゑに旅に出づるや、なにゆゑに旅に出づるや、何故に旅に」という一首がある。牧水にとって、旅に出たいと思う自分そのものが、一個の不可思議な存在として意識されていただろう。
あるいは「とこしへに解けぬひとつの不可思議の生きてうごくと自《みづか》らをおもふ」という歌もある。先の歌に繰り返される「なにゆゑに」は、この一首において、より直接に自らを不可思議の存在として意識させることになる。飢《かつ》えたように何物かを求めつづける自分を、呆《あき》れて見ている牧水の視線が印象的だ。

虫けらの這ふよりもなほさびしけれ旅は三月《みつき》をこ

えなむとする

牧水の旅には、従って自虐的なところが多分にある。旅は慰めである以上に、苦しみでもあった。身をさいなむようにして旅をつづけ、その苦行によってかろうじて心の均衡を保とうとしているようなところがある。いつも一歩さきにあるものを求めての旅であるゆえに、その旅には、目的地に到達するという達成感はない。旅をする過程そのものを目的とするからである。「虫けらの言ふよりもなほさびしけれ」といいながら、それでも三月を越える旅をつづける。そこに自虐性が胚胎し、その自虐はまた「あこがれ」にも通じていた筈だ。

痛切な悲哀

牧水は、旅の歌人であるとともに、恋の歌人でもあった。

いざ行かむ行きてまだ見ぬ山を見むこのさびしさに君は耐ふるや

第二歌集『独り歌へる』の冒頭におかれた作品である。ちなみに牧水は、明治四十三年、二十六歳でこの第二歌集を出してから、以後第十二歌集まで毎年一冊ずつ歌集を出しつづけた。驚くべきエネルギーである。また、二十四歳で第一歌集『海の声』を出してから四十四歳で没するまでの二十年間に全部で十五冊（遺歌集も含む）という数の歌集を出した歌人は、日本詩歌史のなかで後にも先にも牧水しかいないだろう。近代の歌人たちは多作の作家が多いが、これだけ集中して作歌のみを生活の中心としていた歌人も珍しいと言わなければならない。現代の歌人には、ちょっと真似のできないところである。

この歌は直接には恋の歌である。恋の歌であるとともに、旅を恋う歌であるところがいかにも牧水的なのである。初句「いざ行かむ」が、自らを旅へと駆り立てる内的衝迫であるとすれば、つづく「行きてまだ見ぬ山を見む」は、その理由づけであるとともに、旅へのあこがれを直接うたったものでもある。「まだ見ぬ山」がある〈筈〉だという思いが、牧水を旅へと駆り立てる力であったことは前回述べたところである。

下句に至って、突然恋の思いへとつながり、そこに甘美さが漂うが、旅と恋、青年牧水をとらえて離さなかったふたつの要素が、この一首には十全に表現されている。ともにあこがれあり、そして寂しさでもあった。

ここに歌われる「君」、園田小枝子との恋が実らなかった経緯については、詳しく調べられている。

ああ接吻《くちづけ》海そのままに日は行かず鳥翔《ま》ひながら死《う》せ果てよいま

接吻《くちづ》くるわれらがまへに涯《はて》もなう海ひらけたり神よいづこに

山を見よ山に日は照る海を見よ海に日は照るいざ唇《くち》を君

恋の謳歌となるところがおもしろいが、この恋の絶頂期にあって、恋の直接性が海という場でなされていることも既に多くの評者が指摘しているところである。海は安房、根本海岸である。

このように堰《せき》を切ったように歌いだされた牧水の恋の歌は、しかし、常に一方に悲哀感を漂わせている。悲哀感という以上に、せっぱつまった悲愴感と言うべきだろうか。そう見るのは、あるいは結末を知っているわれわれ後世の人間の無意識のはからいであるかも知れない。

これらの歌が作られた当時、牧水は鈴木財蔵に宛てて、次のような葉書を送っている。

「勝利の悲哀といふ言葉は何といふ惨しい意味を含んで居るのであらう、安房行もそのサブゼクトの一端に位置して居たのだ、徒らに酔ひ徒らに笑ひ徒らに喜ぶ奥の底に沈んで居る痛切な悲哀はなかなかに説明が出来にくい、僕生まれて未だ二十歳をしか経てゐない、それでゐて案外に曲折の多い過去（一生）であつたやうな気がする。」

ここで牧水の言う「痛切な悲哀」は、もう少し後の手紙では「僕は君或る一人の女を有《も》つてゐる、その女をいま自由にしてゐる、またされて居る、恋といふものださうだ、こんな状態にある両個男女間の関係を、なんとさびしいものだらう」とも言っている。

園田小枝子は夫もあり、二人の子もある女性だったのであるが、その当時牧水はそのことを知らない。知らないままに、牧水は恋をしている二人の男女そのものを見つめて、「なんとさびしいものだらう」と言うのである。破れた恋ではあったが、そして純真でひたむきな思慕ではあったが、その恋には最初から危うい影がさしていた。なによりもそれを牧水の嗅覚は嗅ぎあてていたと思えてならないのである。

その原因は確かに小枝子の側の事情にあったとしても、牧水の「まだ見ぬ山」へのあこがれが、いっそう強く、性急に小枝子に迫ることになり、破綻への急坂へ衝き動かすことにもなったのではないだろうか。

君睡《ぬ》れば灯の照るかぎりしづやかに夜は匂ふなり
たちばなの花

オール・オア・ナッシング

牧水は、まだ早稲田大学の学生であったころ、坪内逍遥の外国文学の特別講義を熱心に受講していたようである。牧水の研究家、大悟法利雄によれば、その坪内逍遥の講義のなかで、牧水は「オール・オア・ナッシング」という言葉に強く魅かれたという（大悟法利雄『鑑賞若山牧水の秀歌』）。

オール・オア・ナッシング。つまり「一切か、無か」ということになるだろうが、この言葉は、イプセンの著書『ブランド』のなかで、一点の妥協も許さない主人公の牧師ブランドが常に叫んでいた言葉であるという。この言葉には、牧水だけではなく、当時の早稲田の学生たちの多くが感動し、彼らの合言葉にさえなっていたらしい。

「牧水はイプセンに傾倒していたわけではないが、

その言葉には魂をゆさぶられるほど感激し、たちまちその信奉者となってしまった。晩年になってさえも、何かの時にはよくこの『オール・オア・ナッシング』を叫んでいたもので、私はしばしばそれを聞いたことがある」と大悟法利雄は述べている

この言葉によって牧水の性格や性情に変化があらわれたのか、あるいは牧水の本来の性格が、この言葉に共鳴させたのか、わたしにはわからない。しかし、牧水の歌にまとっている浪漫性、感傷性の影、ある種の癒《いや》しがたい悲哀感とでも呼ぶべき色彩は、この言葉によって強く炙《あぶ》り出されてはこないだろうか。

かくばかりくるしきものをなにゆゑに泣きて詫びしを許さざりけむ
鋭くもわかき女を責めたりきかなしかりにしわがいのちかな

いずれも園田小枝子との恋の破局に際して歌われた歌である。単純に、自分を裏切った女を許しえない男の述懐ととるべき歌ではないだろう。牧水は、自分の性格をこそ悲しんでいるのである。もちろん相手の態度に許しがたいものを抱いたであろうことは想像に難くないが、それ以上に、牧水の性格の「オール・オア・ナッシング」が、恋の成就か、さもなければ破滅か、というところへまで精神的に自らを追いつめていった、そんな自分をこそ悲しんでいると読むべきだろう。

こんな性格は、母親譲りのものだったのだろうか。たとえばこんな歌がある。

われを恨み罵りしはてに噤みたる母のくちもとにひとつの歯もなき
母が愛は刃《やいば》のごときものなりきさなりいまだにそのごとくあらむ
斯る気質におはする母にねがはくは長き病の来ることなかれ

牧水歌のなかではいささか異色の作品である。故郷に帰った折の、家族の間の葛藤を歌った一連にある。母の性格もやはり「オール・オア・ナッシング」だったのだ。「恨み罵り」して遂には口を閉ざす母、その「愛は刃のごときもの」であったと言う。そしてそれはいまも変わらないとも。そんな愛の持ち方において、そ

して許せないという一点において、自らと共通するものを感じ取った牧水は、そんな母であるからこそ「ねがはくは長き病の来ることなかれ」と願わずにはいられないのである。人を許せない人間が病を得て、人の世話になることの悲惨さ、まわりの人間の苦しさを牧水は思ったはずだ。

　黒牛の大いなる面《つら》とむかひあひあるがごとくに生《い》
　くにつかれぬ

もう一度、恋の歌にもどれば、その葛藤のなかで牧水はこのような一種とぼけた味わいのある歌を作っている。「あるがごとくに生くにつかれぬ」。自分の性格を見つめ、それに辟易もしている。黒牛と向かいあいながら、苦笑いでもしているような歌ではないか。

　かたはらに秋ぐさの花かたるらくほろびしものは
　なつかしきかな

名歌と言うべき歌である。「ほろびしものはなつかしきかな」という滅びへの共感、一種のニヒリズムの影は、しかし「オール・オア・ナッシング」と別ものではない。〈全て〉などというものは、本来得られるものではない。常にオールを求めながら、求めきれずにあるところで妥協しながら生きていくのが人間である。オールでなければ、ナッシングであると決めつけるところからは、あとにはニヒリズムが残るだけであろう。前に述べた牧水の自虐性、旅への永遠のあこがれは、このようなついには現実において求められないオールを求め続けた結果ではなかっただろうか。

懐かしさ

牧水は、歌を作りはじめてから四十四歳で死ぬまでのわずか二十年間に、十五冊の歌集を出し、総歌数約七千首の歌を作った。近代の歌人のなかでも、とりわけ作歌に集中・没頭した歌人であったということができよう。文字通り〈歌三昧〉といった生活である。まことに徹底した歌人生であり、羨ましいほどである。

そんなにも歌に賭けた牧水であるが、彼にとって歌を作るとは、どのような意味を持っていたのだろうか。

われ歌をうたへりけふも故わかぬかなしみどもにうち追はれつつ

初期の牧水にとって、歌は、歌わずにはいられない、追いつめられてせっぱ詰まって歌うものであった。「故わかぬかなしみども」の実体は、恋の煩悶であったり、家族の問題や生活の貧しさであったりと、さまざまであっただろうが、「うち追はれ」るようにしてなされたものが、牧水の歌であっただろう。

啼け、啼け、まだ啼かぬか、むねのうちの藍いろの、盲目《めしひ》のこの鳥

破調期の作品である。「啼け、啼け、まだ啼かぬか」と激しく責め立てている「盲目のこの鳥」は、歌を作る牧水自身でもあった筈だ。自分を苛むようにして、それでも心のうちを吐露しなければいられないところが、歌人の、そして牧水の業であると言うべきであろうか。

歌を作ることは、自分を見つめることにほかならない。それなくしては歌はできない。これは牧水にかぎらず、いま歌を作っている誰もにとって真実である。その意味で、歌を作ることは辛いことではある。いつも自分を相対化して、対峙しなければならないからである。

あはれ見よまたもこころはくるしみをのがれむとして歌にあまゆる

一方で、歌は苦しむ自分、哀しい自分を慰めてくれる詩型でもある。どんなに否定したい自分でも、情けない自分でも、それを歌うことによってどこかで救済されてしまうところがある。かつて寺山修司は、歌では自分をどんなに否定しても、結局自己肯定になってしまうと言った。それが自分が歌を捨てた理由である

とも…。このもの言いは、たしかに一面の真理をついているだろう。

牧水にとって、「故わかぬかなしみどもにうち追はれつつ」なすものが歌であったが、一方で歌は甘える対象でもあった。「くるしみをのがれむとして歌にあまゆる」という表現は、おそらく修辞を越えて牧水の生《なま》の声を映していた筈だ。

白玉の歯にしみとほる秋の夜の酒はしづかに飲むべかりけれ

牧水といえば酒の歌、酒の歌といえばこの一首というほどに有名な歌である。この一首は実は、先回あげた「かたはらに秋ぐさの花かたるらくほろびしものはなつかしきかな」と「あはれ見よまたもこころはくるしみをのがれむとして歌にあまゆる」の二首に挟まれるように歌集『路上』におさめられていることはあまり指摘されない。

単なる讃酒歌と異なり、この一首がしみじみとした味わいをもたらすのは、牧水の滅びへ傾く精神と、逃避にも似た歌への傾倒の、二つに挟まれるようにしてある点を見逃すことができない。牧水の酒は、歌への傾倒と一脈通じる自虐の雰囲気もまた強く持っていた。

北原白秋が、牧水を「彼こそ本当の酒仙であろう」と評したことはよく知られている。しかしそのあとで白秋は、「ともすれば、非常に陰鬱になつて、黙つてチビリチビリとやつてゐる。さういふ時は、妙にどす黒い重い感じである」と付けくわえることも忘れない。「なほ耐《た》ふるわれの身体をつらにくみ骨もとけよと酒をむさぼる」などという歌を読むと、白秋の観察もうなづける気がする。

若山牧水の歌が、青春の歌であり、感傷と浪漫性を色濃くもった歌であることに異論はない。しかし一方で牧水には、以上述べたような、暗い、虚無的とも思われる傾向も強くあった。それは牧水が、いつも一歩向こうにある筈の何かに強く魅かれていたからだろう、というのが私の牧水観である。

牧水のまなざしは、つねにはるか彼方に向けられ、遂に得られることのないであろう、何か永遠のあこがれのような存在にむけられていたのだと思われてならない。それが、私が牧水を懐かしさと感じる理由だろうか。

▼歌集解題▲

【凡例】各歌集のデータは次の順。
タイトル
発行年月日・出版社・判型・頁数・装丁・定価・収録歌数

松村正直編

①『メビウスの地平』
・一九七五年十二月十日・茱萸叢書・A5変形判函入・一六四頁・建石修志・二二〇〇円・二二五首

口語を用いた清新な相聞歌と青春期特有の悩みや鬱屈を詠って評価が高い。前衛短歌、特に塚本邦雄の影響が随所に見られる。限定五百部、通し番号付き。

②『黄金分割』
・一九七七年十月一日・沖積舎・A5判函入・一五五頁・辻憲・二五〇〇円・二五四首

一九七三年から七七年までの作品を収める。旧約聖書のカインとアベルの物語のカインに成り代って詠んだ「首夏物語」五十首を巻末に置く。科学用語を用いた分析的で硬質な抒情と科学者としての眼が光る。栞に高安国世・中井英夫・春日井建の文章を載せる。巻末に初出一覧あり。

③『無限軌道』
・一九八一年十一月二〇日・雁書館・A5判カバー装・一七一頁・高麗隆彦・二三〇〇円・二五五首

一九七七年から八〇年までの作品を収める。巻頭に幼くして亡くした母を詠んだ一連「饗庭抄」があり、後年のモチーフにつながっている。〈「ペンローズの三角形」的対位法の試み〉〈三度のカノン〉〈二進法雑記帳〉といった副題を持つ、実験的な構成の連作を含む意欲的な歌集である。巻末に初出一覧あり。

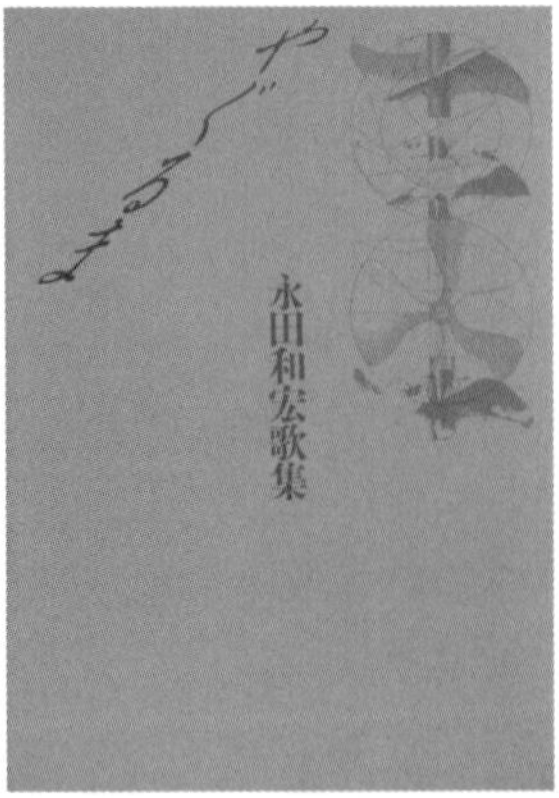

④『やぐるま』

・一九八六年十一月二〇日・雁書館・A5判カバー装・一五七頁・高麗隆彦・二五〇〇円・二五七首

　一九八一年から八四年までの作品を収める。妻や二人の子など家族を詠んだ作品が増えてきているのが特徴。この歌集から「あとがき」が書かれるようになる。巻末に初出一覧あり。

⑤『華氏』

・一九九六年一二月一二日・雁書館・A5判カバー装・二五〇頁・小紋潤・三〇〇〇円・六〇四首

　一九八四年から九二年までの作品を収める。I部はアメリカ留学中の歌、II部は日本に帰ってきてからの歌となっている。巻頭に師高安国世の死を詠んだ一連「時差」を置く。後半から日常的な題材を詠んだ歌が多くなり、中期永田作品への移行が見られる。

⑥『饗庭』

・一九九八年九月一日・砂子屋書房・A5判カバー装・二〇三頁・倉本修・三〇〇〇円・四八〇首

　一九九一年から九五年までの作品を収める。歌集名は故郷の「饗庭村」より。ゆったりとした調べを持つ作品が増え、歌集としての厚みが感じられるようになった。内容的には壮年期の苦しみを含んだものが多い。第五〇回読売文学賞・第三回若山牧水賞。

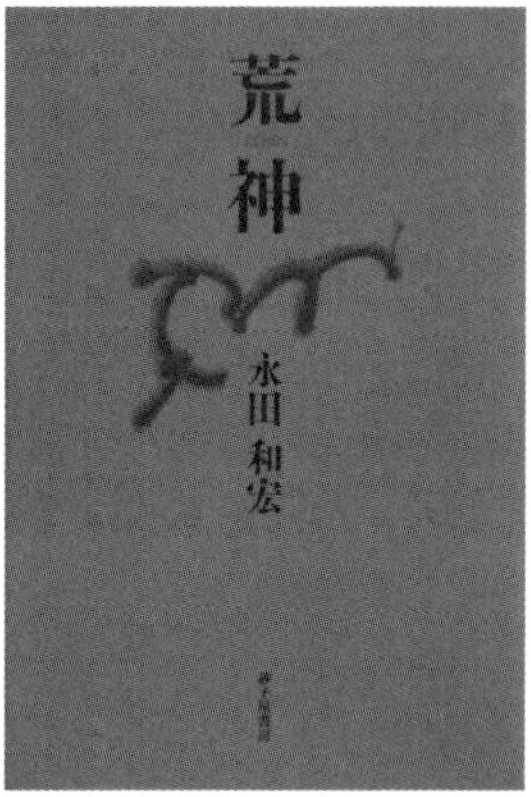

⑦『荒神』
・二〇〇一年八月二三日・砂子屋書房・A5判カバー装・一六八頁・倉本修・三〇〇〇円・三八四首

一九九五年から九八年までの作品を収める。歌集名は職場近くの「荒神橋《こうじんばし》」より。研究者として、歌人として、父親としての立場や責任の重さが色濃く表れている。第二九回日本歌人クラブ賞。

⑧『風位』
・二〇〇三年十月二六日・短歌研究社・A5判カバー装・一七四頁・中須賀岳史・二八〇〇円・塔21世紀叢書第40篇・四〇四首

一九九八年から二〇〇〇年までの作品を「短歌研究」の作品連載を中心にまとめている。破調や字余り、散文的な歌など、今まで以上に自在な詠みぶりが目に付く。歌集後半に妻の病気・恩師の死という重い内容が詠われている。第三八回迢空賞・平成十五年度芸術選奨文部科学大臣賞。

⑨『百万遍界隈』
・二〇〇五年十二月二四日・青磁社・菊判カバー装・一八二頁・中須賀岳史・三〇〇〇円・塔21世紀叢書第77篇・三九五首

一九九九年から二〇〇一年までの作品を収める。歌集名は職場近くの地名より。日常や家族を詠った作品が中心。前歌集と同時期の作品が多い点について「今度の歌集は、裏の顔とでも言えばいいのだろうか」とあとがきに記されている。

永田和宏自筆年譜

昭和二十二年（一九四七）　〇歳
五月十二日、滋賀県高島郡饗庭《あいば》村五十川《いかがわ》に生まれる。父嘉七、母チヅ子の長男。村祭りの朝の、難産であった。

昭和二十四年（一九四九）　二歳
母、結核を発病。高部よし乃という近所のおばあさん（報恩寺住職未亡人）にあずけられ、以後母の死後、四歳まで一緒に暮らす。薬代などのため、父は京都に出て働き始める。

昭和二十六年（一九五一）　四歳
一月、母死去。父に枕元につれて行かれ、何か言ったら、その場にいた人たちがいっせいに泣いた。私のもっとも古い記憶である。十月、父、川島さだと再婚、三人で京都、紫竹に移り住む。

昭和二十八年（一九五三）　六歳
妹、厚子誕生。

昭和二十九年（一九五四）　七歳
京都市立紫竹小学校入学。

昭和三十年（一九五五）　八歳
妹、悦子誕生。

昭和三十四年（一九五九）　十二歳
右京区双ヶ丘の麓に転居。

昭和三十五年（一九六〇）　十三歳
京都市立双ヶ丘中学入学。

昭和三十八年（一九六三）　十六歳
嵯峨野高等学校入学。

昭和四十一年（一九六六）　十九歳
京都大学理学部に入学（三回生から物理学科に分属）。合気道部、バスケットボール部など転々としているうち、京大短歌会設立のポスターを見て、ふらふらと第一回の集まりに出かけ、高安国世を知る。この頃より、母歩行困難となる。

昭和四十二年（一九六七）　二十歳
高安国世の「塔」に入会。同時に同人誌「幻想派」創刊に加わる。安森敏隆、北尾勲、川口紘明らを中心に各大学の学生が集まった。七月、京大楽友会館での歌会で河野裕子に出会う。「幻想派」0号に「序奏曲・夏」二十三首。合評会に来られた塚本邦雄氏に「華麗なる馬車馬」と評され感激。第五次「京大短歌」を創刊。（花山多佳子、辻井昌彦ら）

昭和四十四年（一九六九）　二十二歳
「短歌」二月号に「疾走の象」七首が初めて掲載される。『現代短歌'70』に「海へ」二十首。七〇年安保を控えて、学園闘争が盛り上がり、もっぱらデモと短歌に明け暮れる。「塔」の編集に携わる。

昭和四十五年（一九七〇）　二十三歳
高安国世、深作光貞らを中心とした現代歌人集会の発起人会に参加。深作による「Ｒｅｖｏ律」創刊に参加。

昭和四十六年（一九七一）　二十四歳
京都大学を卒業し、森永乳業中央研究所に就職、国分寺に住む。佐佐木幸綱歌集『群黎』の出版記念会で福島泰樹、高柳重信と一緒になり、一晩飲み歩く。

昭和四十七年（一九七二）　二十五歳
五月、河野裕子と結婚、横浜市菊名へ転居。

昭和四十八年（一九七三）　二十六歳
八月、長男淳誕生。私と同じく難産であった。京都大学ウィルス研究所の市川康夫助教授を訪ね、白血病細胞分化の研究を始める。

昭和四十九年（一九七四）　二十七歳
『現代短歌'74』に評論「虚数軸にて」を書き、このころより評論の依頼を受けることが多くなる。目黒区へ転居。転居の日の夜、冨士田元彦編集の「雁」の座談会があり、三枝昂之、佐々木幹郎、坪内稔典、石寒太らと遅くまで飲む。

昭和五十年（一九七五）　二十八歳

五月、長女紅《こう》誕生。中野区へ転居。七月、母さだ死去。十二月、第一歌集『メビウスの地平』（茱萸叢書）刊。第四回現代歌人集会賞。

昭和五十一年（一九七六）　二十九歳

三か月間、自治医科大学で研究。〈現代短歌シンポジウム〉を三枝昂之、福島泰樹らと早稲田大学で開催。十月森永乳業を辞し、京都大学胸部疾患研究所の市川康夫教授の元に移る。子供を二人持った無給の研修員で、将来の保証はまったくなかったが、不思議に悲壮感はなかった。塾で物理を教え、夜中過ぎまで実験をし、多くなってきた作品と評論の依頼をなんとかこなし、この時期から数年間がもっともよく働いた時期かもしれない。「短歌」六月号に「定型論の水際にて」五〇枚。「短歌」九月号に「首夏物語」五〇首。

昭和五十二年（一九七七）　三十歳

「短歌」十月号に評論「問と答の合わせ鏡」。十月、第二歌集『黄金分割』（沖積舎）刊。京都で〈現代短歌シンポジウム〉の第二回を企画開催、梅原猛、塚本邦雄両氏の講演。「国文学」短歌の特集に佐佐木幸綱を執筆。

昭和五十三年（一九七八）　三十一歳

「短歌」八月号に「短歌的喩の成立基盤について」五〇枚。『現代短歌'78』に「饗庭抄」五〇首。十一月、「磁場」に「Entweder-oder 氏の肖像―『天河庭園集』以後の岡井隆」「骨髄性白血病細胞の分化」の研究によって京都大学理学博士。『黄金分割』普及版刊。

昭和五十四年（一九七九）　三十二歳

六月、京都大学講師（胸部研）に採用される。『短歌の本第3巻　短歌の理論』（筑摩書房）に「短歌の文体」五〇枚。

昭和五十五年（一九八〇）　三十三歳

「塔」に「戦後アララギ」を連載。岩倉に転居、父と同居。

昭和五十六年（一九八一）　三十四歳

「短歌研究」二月号で斎藤史と対談。三月、『研究資料現代日本文学5　短歌』（明治書院）に分担執筆。〈コロキウムin京都〉を企画、佐佐木幸綱、高野公彦、三枝昂之、伊藤一彦、小池光、河野裕子ら十人による徹底討論を行う。第一評論集『表現の吃水――定型短歌論』（而立書房）。十一月、第三歌集『無限軌道』（雁書館）。

昭和五十七年（一九八二）　三十五歳

一月、『短歌シリーズ・人と作品　現代短歌』（岡野弘彦他編、桜楓社）に高安国世、前田透、山中智恵子、島田修二、馬場あき子、岸上大作を分担執筆。七月、「短歌」で岡井隆と対談「岡井隆の現在」。「心の花」一〇〇〇号記念号に「喩の蘇生」五〇枚。

昭和五十八年（一九八三）　三十六歳

滋賀県石部に転居、河野の両親と同居。父、井ノ上治子と再婚。現代歌人集会と中の会共催で、「女・たんか・女」を企画・司会（於名古屋）、河野、阿木津英、道浦母都子、永井陽子らが討論、翌年の〈春のシンポジウム〉の導火線となった。「短歌現代」に「普遍性という病」。「短歌研究」に比喩論を、「塔」に「虚像論ノート」を連載。

昭和五十九年（一九八四）　三十七歳

石部町岡出に家を新築して転居。「短歌

人」で座談会「テーゼなき世代の鬱々」（伊藤一彦・春日井建・小池光・永田）。「塔」三〇周年記念号を光田和伸と編集。四月、「方法的制覇」12号に座談会「ラビリントスの中の声―文学と医学の間」（岡井隆、田村雅之、樋口覚、永田）五月、アメリカの国立癌研究所（NCI、NIH）に客員准教授の身分で招かれ渡米。小池光、小紋潤らが多くの歌人を集めて東京で壮行会を開いてくれた。七月、師高安国世死去。総合三誌に追悼文、追悼歌。八月、裕子と子どもたちをニューヨークまで迎えにゆく。九月、ボストンへ学会をかねて家族旅行。十二月、アパートから緑の小さな一軒家に転居。

昭和六十年（一九八五）　三十八歳

淳、アメリカンフットボールチームにはいり、家族を挙げてフットボールにとりつかれる。版画家平塚運一画伯の知己を得る。各地へ旅行。道具を買ってキャンプに凝る。

昭和六十一年（一九八六）　三十九歳

二月、第二評論集『解析短歌論――喩と読者』（而立書房）刊。裕子、喘息がひどくなる。五月、西海岸（サンフランシスコ、ヨセミテ、ラスベガス、グランドキャニオン、ロスアンゼルス等）を旅行して帰国。滋賀県甲賀郡石部町岡出に住む。淳、石部中学校一年に転入、翌年近江兄弟社中学校に転学、紅、石部小学校五年に転入。十月、京都大学教授（結核胸部疾患研究所、細胞化学部門）となる。十一月「塔」の編集責任者となる。「朝日グラフ」にグラビア。

昭和六十二年（一九八七）　四十歳

一月、「共同通信」に短歌時評担当（以後三年間）。「現代短歌雁」創刊・編集委員となる（佐佐木幸綱、高野公彦、小池光、永田、以後二十号まで）。四月、「短歌春秋」第十号で鼎談「渡米して」（岡井隆・河野裕子・永田）。十一月、第四歌集『やぐるま』（雁書館）刊。吉川宏志などを中心とする京大短歌会の顧問となる。

昭和六十三年（一九八八）　四十一歳

一月、日本細胞生物学会庶務幹事、会報「細胞生物」編集幹事（～平成三年）。四月、京都大学胸部疾患研究所に改組（細胞生物学分野教授）。紅、同志社中学校に入学。五月、「塔」の三五〇号記念号で小高賢、小池光と鼎談「清く正しい中年の歌」。七～八月、第四回国際細胞生物学会（モントリオール・カナダ）に出席のため、平芳一法助手と渡米。カリフォルニア、シカゴ、ニューヨークなど約1ヶ月。「歌壇」十二月号で〈シリーズ今日の作家〉として永田和宏特集。七月、「朝日グラフ」でエッセイ、翌年『死を語る、死を想う』として同社より刊行される。

平成一年（一九八九）　四十二歳

一月、学術会議研究連絡委員会委員（～平成十三年）。「正論」にエッセイ「きのこ黙示録」（日本エッセイストクラブ編『ベストエッセイ集　チェロと旅』として単行本化一九九〇年七月）三月、淳、近江兄弟社中学卒業、同志社高等学校入学。四月、がん特別研究（Ｉ）「癌細胞における熱ショック蛋白質発現機構」代表（～平成四年）。四月、「塔」座談会「蛍雪時代の男たち」（小池光、小高賢、坪内稔典、永田）。七月、「雁11号」にて永田和宏特集（大岡信、塚本邦雄、坂野信彦執筆）九月、Medical Immunology 誌にて矢原一郎と対談。十月、朝日新聞「仕事の周辺」連載（七回）。

平成二年（一九九〇）　四十三歳

二月、東レ科学技術研究助成。三月、熱ショックタンパク質国際会議（京都・宝ヶ池）講演（初めての国際会議招待講演）。五月、京都市左京区岩倉上蔵町に転居。七月、現代歌人集会にて講演。京都新聞「現代のことば」（毎月一回、三年間連載）。第一回高安国世記念詩歌講演会開催（講演・近藤芳美、中西進）京大会館。八月、『永田和宏歌集』（現代短歌文庫第九巻、砂子屋書房）。九月、『白血病細胞の分化誘導療法』（共編著　中外医学社）刊。国際会議「熱ショックタンパク質」（イタリア）初めて海外から国際会議に招待され講演、矢原一郎とローマ、ナポリ、ラベッロを旅行。十月、貝塚市市民文化祭で河野裕子と対談。十一月、「全国学生短歌大会」にて小池光と公開対談「短歌と笑い」。

平成三年（一九九一）　四十四歳

一月、東京電力研究会委員（～四年）毎月上京。三月、紅、同志社中学を卒業、同志社高校に入学。四月、日本血液学会総会にて特別講演。塚本邦雄インタビュー「雁20号」五月、第二回高安国世記念詩歌講演会（大岡信、塚本邦雄）シルクホール。六月、時評集『同時代の横顔』（砂子屋書房）刊。十月、多田富雄作「無明の井」（京都観世会館）を京都新聞に紹介。内藤国際カンファランス岐阜（以後平成五年まで毎年開催・講演）。十一月、本居宣長記念講演会・松坂市。東大寺学園ＰＴＡ総会講演「理系と文系」。この年五月にＮＩＨ（ベセスダ）、コールドスプリングハーバー（ニューヨーク）、七月にトロント（カナダ）にて招待講演。

平成四年（一九九二）　四十五歳

一月、「生化学イラストレイテッド」（翻訳、医学書院）刊行。「短歌新聞」で時評を担当（一年間）。三月、マージナルマン・フェスタ「現代短歌は世紀末から始まる」にて三枝昂之と対談。四月、淳、同志社大学英文学科に入学。南日本新聞歌壇選者となる。国際学術共同研究「蛋白質合成初期過程におけるストレス蛋白質の役割」代表（米国、フランス、～平成七年）。上原記念生命科学財団助成受賞。五月、第三回高安国世記念詩歌講演会（井上ひさし、馬場あき子）シルクホール。七～八月、国際細胞生物学会（スペイン、マドリッド）出席、のちレンタカーで矢原一郎とアンダルシアを一週間旅行。十月、京都新聞にエッセイ「四季折々」（一年間）。この年、四月にツーソン（アリゾナ）、二月にホノルル（ハワイ）にて招待講演。

平成五年（一九九三）　四十六歳

一月、吉川宏志・前田康子結婚式媒酌（京都）。Cell Structure and Function 副編集長となる（以後六年間）。四月、「塔」編集発行人となる。晶子アカデミーにて講演、岡山県歌人協会総会にて講演。がん特別研究（Ｉ）計画研究「熱ショック・ストレス蛋白質の機能、発現機構とその制御」代表（以後三年間）、重点領域研究「ストレス蛋白質の構造と機能」計画班代表（以後三年間）。七月、信濃毎日新聞にエッセイ連載「短歌と時間」（十四回）。十月、「短歌往来」で編集長インタビューをうける「中年—ロマン・生・性」。十一月、第四回高安国世記念詩歌講演会（大野晋、金子兜太）シルクホール。この年、七月にゴードン会議（ニューハンプシャー）、十二月にパリ（フランス）にて招待講演。

平成六年（一九九四）　四十七歳

一月、「正論」にエッセイ「熊に噛まれた話」。『和歌文学講座9　近代の和歌』（武川忠一編、勉誠社）に「近代短歌の様式―写生と連作を中心として」を、『同10　現代の短歌』に「現代短歌の様式」を分担執筆。二月、『ストレス蛋白質―基礎と臨床』（編著、中外医学社）刊。三月、『昭和の歌人たち』（昭和歌人集成・別巻、短歌新聞社）刊。四月、国際学術研究「コラーゲン特異的分子シャペロンHSP47の生理的機能の解析」代表（ドイツ、米国、オーストラリア、～平成九年）五月、第五回高安国世記念詩歌講演会（大岡信講演、岡井隆、谷川俊太郎、永田鼎談）シルクホール。鹿児島「にしき江」80周年記念大会にて講演。六月、日本細胞生物学会「第8回細胞生物学シンポジウム」主催。十月、徳島県歌人クラブにて講演「短歌をよむ喜び」。十一月、『分子生物学・免疫学キーワード辞典』（共編著）医学書院、評論家の樋口覚がこの辞典の編集担当であり、何度もホテルに泊まり込みで編集会議をした。特集「ストレス応答とストレス蛋白質」責任編集（「最新医学」最新医学社）。十二月、京都芸術文化協会にてシンポジウム「文学の表現と現代」（大野新、高城修三、河野仁昭、岩城久治らと）。尼崎彬著『日本のレトリック』（ちくま学芸文庫）に解説。この年、一月に日米癌セミナー（ワシントンDC）、二月にロンドン（英国）、三月にパリ（フランス、家族同伴）、五月にコールドスプリングハーバー（ニューヨーク）、六月にローマ（イタリア）、十月にシドニー（オーストラリア）にて招待講演。

平成七年（一九九五）　四十八歳

一月、新春座談会「先端医学の言葉のネットワーク形成をめざして」（週刊医学界新聞、長野敬、宮坂信之、宮坂昌之、永田）。読売新聞に「ものの見方」連載（六回）。四月、紅、京都大学農学部に入学。五月、晶子アカデミーにて講演「読者とは何か―鉄幹と新詩社」。「図書新聞」に時評担当（一年間）。六月、歌人集会春季大会in福岡にて講演。第23回器官形成研究会大会主催。八月、「未来」全国大会にて岡井隆と対談。九月、「現代短歌南の会」創立二十周年記念シンポジウムにて講演・鼎談（伊藤一彦、河野裕子、永田）。十月、岩波書店主催「短歌パラダイス」歌会（熱海、翌年、岩波新書として刊行）。同志社女子大学にて講演「発見のよろこび」。「現代短歌雁」座談会。「短歌研究」座談会。十二月、特集「ストレス蛋白質から分子シャペロンへ」責任編集（「実験医学」羊土社）。この年、三月にサンタフェ（ニューメキシコ）、ミュンヘン、デュッセルドルフ（ドイツ）、グロニンゲン（オランダ）、四月にノッティンガム、マンチェスター（英国）、十月にミュンヘン（ドイツ）にて招待講演。

平成八年（一九九六）　四十九歳

二月、『岡井隆コレクション7　時評・状況論集成』（思潮社）に解説を執筆。四月、共同通信エッセイ「せせらぎ」連載（一年間）。戦略的基礎研究「普遍的な生体防御機構としてのストレス応答」代表（以後五年間）。五月、上賀茂神社「曲水の宴」（第三回）に参加（現在に至る、岡野弘彦、河野裕子ら歌人と冷泉家時雨亭文庫による披講）。六月、「NHK短歌」にエッセイ「私の歌道標」。九月、ジャムセッション・イン・京都　斎藤茂吉―その迷宮に遊ぶ」を企画、岡井隆、小池光と隔月で鼎談（京大会館、六回開催）。十二月、第五歌集『華氏』（雁書館）刊。この年、一月にハワイ（米国）、三月にタオス（ニューメキシコ）、六月にフィラデルフィア（米国）にて招待講演。

平成九年（一九九七）　五十歳

一月、産経新聞歌壇選者となる（～平成十七年）。三月、「現代短歌雁」鼎談〈座〉の変容と短詩型」（高野公彦・坪内稔典・永田）。四月、特定領域研究「分子シャペロンによる細胞機能制御」領域代表（～平成十三年）。五月、歌集『華氏』で第二回寺山修司短歌賞受賞。朝日カルチャーセンター横浜で岡井隆と対談「現代短歌の周辺」。六月、「芦屋―夏の恋歌　短歌コンテスト」選者および講演（以後三年間）。八月、読売新聞「潮音風声」連載（十回）。九月、「平成の歌会」（平安神宮、産経新聞主催）選者となる（現在に至る）。「細胞工学」に特集「分子シャペロン」責任編集（秀潤社）。十月、佐佐木幸綱編『短歌名言辞典』に分担執筆。宣長翁顕彰短歌大会にて講演。十一月、第四回秋季BS市民参加短歌大会にスタジオ出演（選歌）（岡井隆・馬場あき子・安永蕗子・高橋睦郎、永田）。欧文原著論文が100報に達する。この年、七月にブダペスト（ハンガリー）、河野同伴）、七月にゴードン会議（ニューハンプシャー）、十一月にシドニー（オーストラリア）にて招待講演。

平成十年（一九九八）　五十一歳

一月、国際学会Cell Stress Society International（米国）理事。日本生化学会評議員。二月、NHK学園中国地方短歌大会（岡山）にて講演（ラジオ放送）。三月、「分子シャペロン国際会議」を主催（八～十二日、京都宝ヶ池）。四月、改組により京都大学再生医科学研究所教授（細胞機能調節学分野）。西行祭短歌大会（中尊寺）にて講演「西行と現代―時間への思い」。「短歌」（角川書店）誌上にて「昭和短歌の再検討」を共同執筆（～平成十二年九月）。五月、春の短歌祭（大阪）にて講演「短歌における時間表現」。六月、「ながらみ現代短歌賞、出版賞」選考委員になる（以後五年間）。七月、朝日カルチャー特別講座（名古屋）にて講演。富山県短歌大会にて講演。犬の次郎、死す。九月、京都市左京区岩倉長谷町に転居、淳は植田裕子と共に上蔵町の家に住む。九月、第六歌集『饗庭』（砂子屋書房）刊。十月、NHK学園「中国地方短歌大会」において講演「歌をよむ面白さ」。現代歌人協会「短歌フェスティバルin京都」にて馬場あき子と対談。十一月、『生体物質相互作用のリアルタイム解析実験法』（共編著）シュプリンガー・フェアラーク東京。十二月、討論集『斎藤茂吉―その迷宮に遊ぶ』（岡井隆、小池光と共同執筆、砂子屋書房）刊。この年、四月にパルマ（イタリア）、五月にコールドスプリングハーバー（ニューヨーク）にて招待講演。

平成十一年（一九九九）　五十二歳

一月、Cell Structure and Function編集長（～平成十四年）。二月、歌集『饗庭』で第三回若山牧水賞受賞、宮崎日々新聞に「牧水・はるかなまなざし」を六回連載。歌集『饗庭』で第五十回読売文学賞（詩歌俳句賞）受賞。『短歌と日本人Ⅶ　短歌の想像力と象徴性』（岡井隆編、岩波書店）にて共同討議「文体」（小林恭二、北川透、小池光、岡井隆、永田）。三月、滋賀の故郷にて母チヅ子の五十回忌。「短歌」特別座談会「短歌否定論の時代を辿る」（ゲスト、佐佐木幸綱）。四月、「短歌新聞」巻頭インタビュー、読売新聞にエッセイ「鍋と蓋」を河野裕子と交互に十回執筆。五月、「短歌四季」に「永田和宏と塔四十五周年」。五月、『短歌と日本人Ｖ　短歌の私、日本の私』（坪内稔典編、岩波書店）に『私』の変容」を分担執筆。七月、淳、植田裕子と結婚。『佐佐木幸綱の世界11　同時代歌人論Ⅱ』に解説を執筆。八月、淳の長男、櫂誕生。十月、ＮＨＫ、ＢＳ短歌大会・大垣歌会を主宰。十月、『岩波現代短歌辞典』刊（編集委員）。十二月、第4回臨床ストレスタンパク質研究会大会主催（会長）。この年、一月にチェンナイ（インド）、四月にコパーマウンテン（コロラド）、五月にマラティア（イタリア）、五月にミュンヘン（ドイツ、家族同伴）、六月にフィラデルフィア（米国）、七月にＮＩＨ（ベセスダ）及びニューハンプシャー（米国）、十月にソウル（韓国）にて招待講演。

平成十二年（二〇〇〇）　五十三歳

一月、日本生化学会理事（～平成十四年）。三井修著『永田和宏の歌』（雁書館）刊。朝日カルチャーセンター特別講座（柳橋）にて講演「〈私〉の多様性を楽しもう」。二月、「日本経済新聞」に「ミドルからの出発」として紹介される（後に足立則夫著『やっと中年になったから』として単行本化）。三月、京都大学附属図書館に故片田清先生（高校時代の恩師）の遺した一万四千冊余りの全集本を寄贈、「片田文庫」として開架閲覧、および同氏の遺したＬＰレコード、ＣＤなど数万点をも寄贈。これらの寄贈の仲介をする。四月、「写生論再考」「日本現代詩歌研究」第四号。『Real-Time Analysis of Biomolecular Interactions』（共編著、Springer-Verlag 社）刊。朝日カルチャーセンター（中之島）にて岡井隆、穂村弘、河野裕子らと座談会（前登志夫講演）。七月、京都新聞「現代のことば」を三年間連載（月一回）。広島県歌人協会にて講演。九月、日本歌人クラブ近畿短歌大会（大阪）にて講演。滋賀県歌人協会二十周年記念短歌大会（大津）にて講演「ふるさと近江の歌を訪ねて」。ツキヨタケ観賞会に参加（京大芦生演習林、翌年も参加）。十月、河野裕子乳癌手術（京大病院）。ＮＨＫ、ＢＳ短歌大会・丸亀歌会主宰。塩尻短歌大学にて講演「挽歌のリアリティ」。十一月、「図書」（岩波書店）にエッセイ「新村出の校歌」。十二月、市川康夫先生（京大名誉教授）膵臓癌で死去。この年、五月にコールドスプリングハーバー（ニューヨーク）にて招待講演。

平成十三年（二〇〇一）　五十四歳

一月、「短歌」（角川書店）にて有馬朗人と対談「文学と科学、大いに語りましょう」。朝日カルチャー特別講座（名古屋）講演「新世紀に残す短歌」。三月、詩歌文学館賞選考委員（～平成十五年）。山川登美子記念短歌大会にて講演「老いと青春」（以後毎年選者）。四月、淳、青磁社を創立、最初の出版として河野裕子歌集『歩く』を出版。戦略的基礎研究「小胞体における蛋白質の品質管理機構」代表（以後五年間）、基盤研究Ａ代表（以後三年間）。『細胞生物学―驚異のミクロコスモス』（編著、日本放送出版協会）刊（以後毎年改訂版）。六月、「未来」五十周年記念大会にて講演「未来と塔を考えることから見えてくるいくつかの問題」。『分子シャペロンによる細胞機能制御』（編著、シュプリンガー・フェアラーク東京）刊。七月、共同研究『昭和短歌の再検討』（砂子屋書房）刊。八月、第七歌集『荒神』（砂子屋書房）刊。九月、福岡県民文化祭にて講演「老いと青春」。十一月、貝塚市文化祭にて講演「発見のよろこび」。「短歌往来」座談会「歌の源流を考える」（篠弘、谷川健一、三枝昻之、永田）。この年、五月にEMBOシンポジウム（スペイン）、六月にミュンヘン（ドイツ）、七月にリスボン（ポルトガル、河野同伴）にて招待講演。河野とポルトガルからフランス・ブルゴーニュを廻る。

平成十四年（二〇〇二）　五十五歳

一月、日本細胞生物学会会長（～平成十七年）。臨床ストレス蛋白質研究会代表幹事（～平成十八年）。二月、上田三四二賞選者となる（上田三四二記念小野市短歌フォーラムとなり、現在に至る）。三月、永田研主催の「細胞生物学セミナー」が第100回を迎え、記念シンポジウム開催。四月、「塔」にて「岡部桂一郎特集」花山多佳子と岡部桂一郎にインタビュー。上田三四二墓前祭にて講演「上田三四二と時間意識」（関川夏央と）。放送大学客員教授（現在に至る）、一年に渡り録画を行う。特定領域研究「小胞体関連分解の分子機構」計画班代表（～平成十八年）。五月、歌集『荒神』で第二十九回日本歌人クラブ賞受賞。義父河野如矢死去。以下三ヶ所で講演、斎藤茂吉短歌大会「老いと青春」（上ノ山）、詩歌文学館賞授賞式「詩と時間」（北上市）、日本歌人クラブ総会「刹那から劫まで」（東京）。六月、特集「短歌の争点ノート」（国文学、学燈社）に「短歌の争点10」。七月、現代歌人協会理事（現在に至る）。「リトム」十周年記念号鼎談（佐佐木幸綱、三枝昻之、永田）。「清流」にて紹介・インタビュー「夫婦で歩む人生」（河野裕子と）。九月、淳の長女、玲誕生。十月、京都大学市民講座にて講演「ストレスに抗して生きる―細胞の環境適応戦略」。この年、五～六月にポートランド及びシカゴ（米国）、十一月に台北（台湾、河野同伴）にて招待講演。

平成十五年（二〇〇三）　五十六歳

一月、アジア太平洋細胞生物学会副会長（現在に至る）。三月、NHK歌壇選者（～平成十七年）。五月、宮中歌会始詠進歌選者（現在に至る）。『分子生物学・免疫学キーワード辞典　第二版』（共編著）医学書院。日本細胞生物学会大会（大津）を主催。六月、現代歌人集会大会（鹿児島）にて講演「初句と結句」。「現代詩手帖」特集「戦後関西詩」に「奴隷の韻律を読みなおす」。七月、滋賀県歌人協会にて講演。「歌壇」巻頭に写真とエッセイ「あの頃の歌、今日の歌」。十月、第八歌集『風位』（短歌研究社）刊。日本生化学会総会においてマスターズレクチャー。この年、七月にベルリン、ハイデルベルグ（ドイツ）、七月にゴードン会議（ニューハンプシャー）、九月にトマール（ポルトガル）及びベリンゾナ（スイス）、九月にケベック（カナダ）、十二月にバンガローレ（インド、河野同伴）にて招待講演。

平成十六年（二〇〇四）　五十七歳

一月、京都新聞歌壇選者（～平成十九年）。初めて歌会始に列席。財団法人安田医学財団理事（現在に至る）。国際学会 Cell Stress Society International（米国）会長（～平成十五年）。Biological Chemistry（ドイツ）副編集長（現在に至る）。二月、黒川能を観る（馬場あき子、河野裕子ら）。朝日新聞「直言」欄に「研究の視野を広げる学会に」。「塔」五十周年記念のため鼎談（佐佐木幸綱、河野裕子、永田）。この年より斎藤茂吉文学賞選考委員になる（～平成十九年）。三月、歌集『風位』で第五十四回芸術選奨文部科学大臣賞。大阪歌人クラブにて講演。四月、NHKラジオ「こころの時代」にて二夜インタビュー。「塔」五十周年記念号刊。「短歌四季」にて「永田和宏と『塔』五十周年」。六月、歌集『風位』で第三十八回迢空賞。静脈瘤の手術（京大病院）。七月、東京新聞にエッセイ「短歌とサイエンスのあいだで」。八月、「塔」五十周年記念全国大会（京都宝ヶ池、天野祐吉、馬場あき子、茂山千之丞）。「現代詩手帖」特集「春日井建の世界」に「『極』同窓会の春日井建」。九月、「図書」（岩波書店）に「知への欲求—死と読書」。「短歌」特別座談会「女うたはどこへ行くのか」（馬場あき子、佐佐木幸綱、永田）。「短歌研究新人賞」選考座談会。十月、「GYROS」に「タンパク質の多様性獲得戦略」。京都歌人協会にて講演。「玲瓏」全国の集いにて講演「塚本邦雄の短歌」。京都市文化芸術振興条例策定協議会委員（この年より二年間）。十二月、「短歌研究」座談会「塚本邦雄が切り開いた新しい地平の現在」（佐佐木幸綱、小池光、小島ゆかり、穂村弘、永田）。岐阜大学フォーラム特別講演「科学と文学の間」。『先端医学キーワード小辞典』（共編集）医学書院。「細胞工学」誌に特集「階層別にみる蛋白質のフォールディングと品質管理」責任編集（秀潤社）。この年、五月にコールドスプリングハーバー（ニューヨーク、河野同伴）、NIH（メリーランド）にて招待講演、十月に河野と秋田県黒湯温泉に旅行。

平成十七年（二〇〇五）　五十八歳

一月、読売新聞に永田紅と対談「超・世代論」。二月、『細胞生物学事典』（共編著）朝倉書店。黒川能を観る（馬場あき子、佐佐木幸綱、高野公彦ら）。日本学術会議シンポジウム「日本の科学情報発信・流通はどうあるべきか」（東京）にパネラーとして参加。三月、朝日新聞歌壇選者となる（現在に至る）。四月、朝日新聞にて座談会「朝日選歌の五十年」（馬場あき子、佐佐木幸綱、高野公彦、永田）。宮島全国短歌大会にて講演。万葉短歌祭にて講演。「Membrane Traffic」に自伝風エッセイ「科学と文学のあいだ」。五月、上田三四二賞授賞式（小野市）にて講演。六月、ロレアル女性科学者賞選考委員（現在に至る）。七月、「短歌」巻頭グラビア。九月、「現代詩手帖」塚本邦雄追悼号に「塚本年譜の意味」。「短歌研究」に「塚本邦雄秀歌百首抄」。「短歌」にて三枝昂之と対談「いつも塚本邦雄がそばにいた」。九月、高知県短歌大会にて講演。九月、『続永田和宏歌集』（現代短歌文庫第五十八巻、砂子屋書房）刊。「実験医学」誌に特集「細胞内タンパク質の社会学」共同編集（羊土社）。十月、沼津牧水祭にて河野裕子と対談。十一月、京都新聞大賞・文化学術賞を受賞。「タンパク質の一生」国際会議を共同主催（淡路国際夢舞台、海外から60名、国内300名）。十二月、第九歌集『百万遍界隈』（青磁社）刊。この年、五月にザコパネ（ポーランド）、六月にケアンズ（オーストラリア、河野同伴）、九月にトマール（ポルトガル）、十二月にハワイ（河野同伴）にて招待講演。

平成十八年（二〇〇六）　五十九歳

一月、第二十四回京都府文化賞・文化功労賞受賞。淳の二男、陽誕生。四月、佐々木真フルート演奏会（大阪ドーンセンター）にて講演（以後毎年一回）。四月、宇宙利用研究「分子シャペロンHSP47の重力応答機構」代表（以後三年間）。五月、「幾山河」第19号に「牧水歌愛誦性の考察」。六月、与謝野晶子賞および「永田和宏と行く隠岐の旅」で隠岐へ（馬場あき子、河野裕子ら）。大津市熟年大学にて講演。歌人集会大会にて岡井隆と対談。七月、京都新聞連載「言葉のゆくえ」が始まる（坪内稔典と月一回同じテーマで共同執筆）。朝日カルチャーセンター（大阪中之島）にて「朝日選者と語る」佐佐木幸綱と。九月、「塔」にて写真家井上隆雄と対談「ものを見る眼」。「歌壇」にて佐佐木幸綱と対談「結社の未来」。十月、大特集「永田和宏を探検する」「短歌」（角川書店）。湯川秀樹の短歌を読む会で講話（京大清風荘）。十一月、鳥取県歌人協会にて講演。滋賀県文化祭にて講演。ＮＨＫウイークエンドジャパノロジーにゲスト出演（英語で短歌を語る）。十二月、永田研究室二十周年記念パーティー（芝蘭会館、京大）。『細胞生物学』（共編著、東京化学同人）刊。「蛋白質核酸酵素」五十周年記念号に「たこつぼ生物学と〝物理学通論〟」。この年、七月にサクストン・リバー（バーモント）、十月に北京（中国）にて招待講演。

平成十九年（二〇〇七）　六十歳

一月、臨床ストレス応答学会創立理事。「なごみ」（淡交社）に「古歌逍遥」を写真家鈴木理策氏の写真と共に連載（一年間）。「朝日新聞」に永田紅との往復書簡「たまには手紙で」を連載（六回）。二月、「塔」のために清水房雄氏インタビュー（花山多佳子、永田、東京）。四月、学術創成研究「蛋白質品質管理機構」研究代表（以後五年間）。五月、中日文化センターにて講演。七月、子規記念館にて天野祐吉プロデュースによる道後寄席（鼎談：河野裕子、永田紅、永田）。九月、島根県歌人協会にて講演。十月、川内市文化祭（鹿児島）にて講演。「明日の友」（婦人の友社）にて柳澤桂子と対談「科学と短歌に惹かれて」。ＮＨＫＢＳ短歌大会、門司歌会を主宰。第十歌集『後の日々』（角川書店）刊。十一月、山口県歌人協会にて講演。十二月、「未来」主催のシンポジウムにて鼎談（岡井隆、岩田正、永田）。十二月、『作歌のヒント』（ＮＨＫ出版）刊。この年、六月にトマール（ポルトガル）、ミラノ（イタリア）、チューリッヒ（スイス）［ＮＨＫ「河野裕子と行くスイス・イタリア」で渡航中の河野らとコモ湖（イタリア）、グリンデルワルド（スイス）で数日合流］。七月にパームスプリングス（カリフォルニア）、八月にオクスフォード大学、マンチェスター（英国）、十月にケアンズ（オーストラリア）にて招待講演。

平成二十年（二〇〇八）　六十一歳

四月、秋田大学工学資源学部生命化学科客員教授。五月、歌集『後の日々』第十九回斎藤茂吉短歌文学賞。六月、岩波新書『タンパク質の一生—生命科学の舞台裏』（岩波書店）刊。コールドスプリングハーバー（ニューヨーク）、ＮＩＨ（ベセスダ）にて招待講演。

【編者プロフィール】

松村正直（まつむら・まさなお）

1970年　東京生まれ
東京大学文学部卒業
「塔」編集長
歌集『駅へ』（ながらみ書房）
歌集『やさしい鮫』（ながらみ書房）

◆編集に取り掛かってから約二年半。ようやく一冊が出来上がることになった。シリーズの刊行を首を長くして待っておられた皆さんに、まずはお詫びしたい。今回、歌人永田和宏の四十年にわたる軌跡を改めてたどりながら、最近永田がしばしば口にする「自分の時間にだけは嘘をつかないで歌を作る」ということの意味が少しだけわかったように思う。監修の伊藤一彦氏、青磁社の永田淳氏には大変お世話になりました。厚く御礼申し上げます。

（松村）

◆諸般の事情により、刊行が大幅に遅延したことをお詫び申し上げます。収載のインタビューなど、二年以上前に収録、執筆された記事が数点あり、現時点とは若干の齟齬がありますが、御海容願います。本書は歌人・永田和宏の素顔に迫ろうとしたものであるが、細胞生物学者としての一面も、随所に垣間見ることができたのは喜ばしいことである。前二冊に引き続き、今回も伊藤一彦氏、宮崎県文化振興課の方々、そして松村正直氏、永田和宏氏にお世話になった。記して厚く御礼申し上げます。

（永田淳）

シリーズ牧水賞の歌人たち

・・・・続刊予定・・・・

Vol.1	高野公彦（好評発売中）	定価 1800円＋税
Vol.2	佐佐木幸綱（好評発売中）	定価 1800円＋税
Vol.4	福島泰樹	予価 1800円＋税
Vol.5	小高賢	予価 1800円＋税
Vol.6	小島ゆかり	予価 1800円＋税
Vol.7	河野裕子	予価 1800円＋税
Vol.8	三枝昻之	予価 1800円＋税
Vol.9	栗木京子	予価 1800円＋税
Vol.10	米川千嘉子	予価 1800円＋税

（シリーズ全巻をご予約いただきますと、定価の一割引にて販売させていただきます。）

シリーズ牧水賞の歌人たち Vol.3

永田和宏

2008年7月2日　初版第一刷発行
2013年8月24日　初版第二刷発行

監　修　伊藤一彦
編集人　松村正直・永田淳
装　幀　加藤恒彦
発行人　永田淳
発行所　青磁社
〒603-8045 京都市北区上賀茂豊田町 40-1
Tel075-705-2838　Fax075-705-2839　振替 00940-2-124224
seijisya@osk3.3web.ne.jp　http://www3.osk.3web.ne.jp/~seijisya/
印刷所　創栄図書印刷

ISBN978-4-86198-096-1 C0095